사피엔스 한국문학
중·단편소설
24

김정한

사하촌
모래톱 이야기
수라도

「사피엔스21」

사피엔스 한국문학 중·단편소설 24
김정한 사하촌

1판 1쇄 펴낸날 2013년 12월 10일
2판 1쇄 펴낸날 2019년 5월 1일

지은이 김정한
엮은이 신두원
펴낸이 최병호
본문 일러스트 이경하
펴낸곳 (주)사피엔스21
주소 10403 경기도 고양시 일산동구 중앙로 1233 현대타운빌 205
전화 031)902-5770 **팩스** 031)902-5772
출판등록 제22-3070호
ISBN 978-89-6588-193-3
ISBN 978-89-6588-072-1 (세트)

* 파본은 교환해 드립니다.

김정한

● 사하촌
모래톱 이야기
수라도

사피엔스 한국문학 중·단편소설 24 | 엮은이 · 신두원

사피엔스 한국문학 - 중·단편소설을 펴내며

『사피엔스 한국문학』은 청소년과 일반 성인이 한국 문학을 대표하는 작가들의 대표 작품을 편하게 읽으면서도 한국 현대 문학의 흐름을 이해하는 데 다소라도 도움이 되도록 기획한 선집(選集)입니다. 이미 다수의 한국 문학 선집이 시중에 출간되어 있으나, 이번 선집은 몇 가지 점에서 이전 선집들과의 차별화를 시도하였습니다.

첫째, 안정되고 정확한 텍스트를 독자에게 제공하는 데 주안점을 두었습니다. 문학 작품은 말 그대로 언어라는 실로 짠 화려한 양탄자입니다. 더군다나 한국 문학을 대표하는 작가들의 대표 작품들이라면 두말할 나위가 없겠지요. 이들 작품을 감상하는 데 있어서 정확하면서도 편안한 텍스트를 제공하는 것은 선집이 지녀야 할 핵심 덕목이라고 할 수 있습니다. 그래서 이번 선집은 각 작품의 최초 발표본과 작가 생애 최후의 판본, 그리고 가장 최근에 발간된 비판적 판본(critical version) 등을 참조하여 텍스트에 정확성을 최대한 기하되, 현대인이 읽기 쉽도록 표기를 다듬었습니다. 또한 낯설거나 어려운 낱말에 대한 풀이를 두어서 작품 감상의 흐름이 끊어지지 않고 작품에 자연스럽게 몰입할 수 있도록 편집하는 데 많은 노력을 기울였습니다.

둘째, 선집에 포함될 작가와 작품을 선정하는 데 고심에 고심을 기울였습니다. 물론 기존 문학 선집들의 경우에도 작가 및 작품 선정에 그 나름의 고심을 기울였을 것입니다. 하지만 문학 선집이라는 것은 시대의 흐름과 독자의 취향, 현대적 문제의식 등을 종합적으로 고려해야 하는 것이어서, 시간이 지나고 세상이 바뀌면 작가 및 작품의 선정 기준과 원칙도 달라질 수밖에 없습니다. 이번 선집은 이러한 점들을 고려하여 작가와 작품을 엄선하되, 오늘을 살아가는 청소년과 일반 성인들이 갖고 있는 문제의식 및 취향에 부합할 수 있도록 노력하였습니다.

셋째, 청소년을 위한 최선의 한국 문학 선집이 될 수 있도록 하였습니다. 오늘날 세상은 디지털 문명으로 매우 빠르게 흘러가고, 우리 청소년들은 입시의 중압감과 온갖 뉴미디어의 홍수 속에서 자칫 마음을 키우고 생각을 넓히는 데 소홀해지기 쉽습니다. 이러한 정보의 홍수와 경쟁의 급류 속에서 문학은 자칫 잃기 쉬운 성찰의 기회를 제공해 줍니다. 시대와 호흡하면서 인간의 삶이 제기하는 다양한 문제를 다채롭게 형상화한 작품을 읽으며, 그 작품 속에 그려진 세상과 인물에 공감하면서 때로는 충격을 받고, 때로는 고민에 휩싸이며, 그 속에서 새로운 자아를 발견하는 과정을 통해 청소년들이 깊은 생각과 넓은 마음을 키울 수 있을 것이라 확신합니다. 작품별로 자세한 해설을 달고 그 해설에서 문학 교육의 핵심 내용을 비중 있게 다룬 것 또한 청소년 독자를 위한 배려에서 비롯된 것입니다.

문학 선집을 엮는 일은 두렵고도 설레는 일입니다. 감히 작가와 작품을 고른다는 것도 두려운 일이었거니와, 이 선집을 시대가 요구하는 최고의 선집으로 만들어야겠다는 사명감도 이번 문학 선집을 엮는 과정에서 저희 엮은이들과 편집자들의 어깨를 짓누르는 한편 가슴 벅찬 기대를 품게 만들었습니다. 부디 이 선집으로 많은 이들이 한국 문학의 정수(精髓)를 만끽하길 바랍니다. 그리고 날카로운 질책과 따스한 성원을 아울러 기대합니다.

끝으로 이 자리를 빌려 물심양면으로 선집의 출간을 뒷받침해 주신 (주)사피엔스21의 권일경 대표 이사님 이하 편집부 직원 모두에게 감사를 드립니다. 또한 이 선집을 위해 작품의 출간을 허락하신 작가들과 저작권을 위임받아 여러 편의를 제공해 준 한국문예학술저작권협회 측에도 감사의 말을 전합니다.

엮은이 대표 _신두원

일러두기

1. 수록 작품은 최초 발표본과 작가 생애 최후의 판본, 그리고 가장 최근에 발간된 비판적 판본(critical version) 등을 참조하여 텍스트를 확정했습니다. 참조한 판본은 작품 뒤에 밝혔습니다.
2. 한 작가의 작품 배열은 청소년들의 눈높이와 문학사적인 지명도를 고려하여 그 순서를 정하였습니다.
3. 뜻풀이가 필요하다고 판단되는 낱말과 문장은 본문 아래쪽에 그 풀이를 달았습니다.
4. 표기는 원문에 충실히 따르는 것을 원칙으로 하되, 맞춤법과 띄어쓰기는 최대한 현행 표기법을 따랐습니다. 단, 해당 작가만의 개성이 묻어 있는 말이나 방언, 속어, 고어 등은 최대한 원문대로 살려 놓았습니다.
5. 위의 원칙들은 작가에 따라, 지문과 대화에 따라, 문체에 따라, 문맥에 따라 적용의 정도가 달라질 수 있습니다.

차례

사하촌(寺下村)*

일제 강점기 때만 해도 우리나라 사람들 중 대부분은 농민이었어요. 그 농민들 중 대부분은 자기 땅을 갖지 못하고 지주의 땅을 빌려서 농사를 짓는 소작농이었고요. 이 작품은 그런 소작농들이 모여 사는 어느 마을에 가뭄이 들자 농민들이 결국 집단 행동에 나서게 되는 과정을 그리고 있어요. 가뭄은 자연재해인데 농민들은 누구를 상대로, 그리고 왜 집단 행동에 나서게 되었을까요?

사하촌(寺下村) '절 아래 마을'이라는 뜻. 절이 소유한 땅에서 소작을 지어서 살아가는 사람들의 마을을 뜻한다.

1

타작마당[•] 돌가루 바닥같이 딱딱하게 말라붙은 뜰 한가운데, 어디서 기어들었는지 난데없는 지렁이가 한 마리 만신[•]에 흙고물[•] 칠을 해 가지고 바동바동 굴고 있다. 새까만 개미 떼가 물어뗄 때마다 지렁이는 한층 더 모질게 발버둥질을 한다. 또 어디선지 죽다 남은 듯한 쥐 한 마리가 튀어나오더니 종종걸음으로 마당 복판을 질러서 돌담 구멍으로 쏙 들어가 버린다.

군데군데 좀 구멍이 나서 썩어 가는 기둥이 비뚤어지고, 중풍든 사람의 입처럼 문조차 돌아가서, 북쪽으로 사정없이 넘어가는 오막살이 앞에는, 다행히 키는 낮아도 해묵은[•] 감나무가 한

타작마당(打作--) 타작하는 마당.
　타작(打作) 곡식의 이삭을 떨어서 낟알을 거두는 일.
만신(滿身) 온몸.
흙고문 고운 흙가루.
해묵다 어떤 물건이 해를 넘겨 오랫동안 남아 있다.

주* 서 있다. 그러나 그거라야 모를 낸 후 비 같은 비 한 방울 구경 못한 무서운 가뭄에 시달려 그렇지 않아도 쪼그라졌던 고목 잎이 볼 모양 없이 배배 틀려서 잘못하면 돌배나무로 알려질 판이다. 그래도 그것이 구십 도*가 넘게 쪄 내리는 팔월의 태양을 가리어, 누더기 같으나마 밑둥치에는 제법 넓은 그늘을 지웠다. 그걸 다행으로 깔아 둔 낡은 삿자리* 위에는 발가벗은 어린애가 파리똥 앉은 얼굴에 땟물을 조르르 흘리며 울어 댄다. 언제부터 울었는지 벌써 기진맥진해서 울음소리조차 잘 아니 나왔다. 그 곁에 퍼뜨리고 앉은 치삼 노인은, 신경통으로 퉁퉁 부어 오른 두 정강이 사이에 깨어진 뚝배기를 끼우고 중얼거려 댄다.

"요게 왜 이렇게 안 죽을까? 요리조리 매끈거리기만 하고……. 예끼!"

그는 식칼 자루로 뚝배기 밑바닥을 탁 내리 찧었다. 빽! 하고 미꾸라지는 또 가장자리로 튀어 내뺀다. 신경통에 찧어 바르면 좋다고 해서, 딸애 덕아가 아침 일찍부터 나가서 잡아 온 미꾸라지다. 그것이 남의 정성도 모르고!

"요 망할 놈의 짐승!"

치삼 노인은 다시 식칼로 겨누었으나, 갑작스레 새우처럼 몸

주(株) 그루, 식물, 특히 나무를 세는 단위.

구십 도 섭씨온도가 아니라 화씨온도로 따져서 90도가 넘는다고 표현한 것으로, 화씨 90도는 섭씨로는 32.22도에 해당한다.

삿자리 갈대를 엮어서 만든 자리.

을 꼽치고는 기침만 연거푸 콩콩 한다. 그럴 때마다 부어 오른 다리의 관절이 쥐어뜯는 듯이 아프며, 명줄이 한 치씩이나 줄어드는 것 같았다. 그예 그의 허연 수염 사이에서 커다란 핏덩어리가 하나 툭 튀어나왔다.

"에구 가슴이야……. 귀신도 왜 이다지 잡아가지 않을꼬?"

노인은 물 불은 콩 껍질같이 쪼그라진 눈에 고인 눈물을 뼈다귀 손으로 썩 씻었다. 곁에 누운 손자 놈은 땀국에 쪽 젖어 있다. 노인은 손자 놈의 입이며 콧구멍에 벌 떼처럼 모여드는 파리 떼를 좇아 버리면서, 말라붙은 고추를 어루만진다.

"응, 그래, 울지 마라. 자장자장 우리 애기……. 네 에미는 왜 여태 오잖을까? 입 안이 이렇게 바싹 말랐고나. 그놈의 집에서는 무슨 일을 끼니때도 모르고 시킬꼬 온! 에헴, 에헴……."

노인은 억지힘을 내 가지고, 어린걸 움켜 안고는 게 다리처럼 엉거주춤 뻗디디고 일어섰다. 그럴 때, 마침 아들이 볕살에 얼굴을 벌겋게 구워 가지고 들어왔다. 들어서면서부터 퉁명스럽게,

"다들 어디 갔어요?"

"일 나갔지."

꼽치다 반으로 접어 한데 합치다.
명줄(命-) '목숨'을 속되게 이르는 말.
그예 마지막에 가서는 기거이.
땀국 때가 낀 옷이나 몸 등에 흠뻑 젖은 땀을 비유적으로 이르는 말.
억지힘 무리하게 쓰는 힘.
볕살 내쏘는 햇빛

"무슨 일요?"

"진수네 무명밭 매러 간다고 했지, 아마."

들깨는 잠자코 웃통을 훨쩍 벗어서 감나무 가지에 걸쳐 놓고는 늙은 아버지로부터 어린것을 받아 안았다. 치삼 노인은 뽕나무 잎이 반이나 넘게 섞인 담배를 장죽에 한 대 피워 물면서 아들을 위로하듯이— 그러나 대답은 두려워하며 물었다.

"논은 어떻게 돼 가니?"

"어떻게라니요, 인젠 다 틀렸어요. 풀래야 풀 물도 없고, 병아리 오줌만 한 봇물도 중들이 죄다 가로막아 넣고, 제에기……."

"꼭 기사년 모양 나겠군그래."

"기사년은 그래도 냇물은 조금 안 있었나요."

"그랬지. 지금은 그놈의 수돗바람에……."

"그것도 원래는 약속을 할 때는 농사철에는 냇물은 아니 막아 가기로 했다는데, 제에기, 면장 녀석은 색주가 갈보 놀릴 줄이나 알았지, 어디 백성 죽는 건 알아야죠."

들깨는 열을 바짝 더 냈다.

장죽(長竹) 긴 담뱃대.
봇물(洑-) 보에 괸 물. 또는 거기서 흘러내리는 물.
　보(洑) 논에 물을 대기 위한 시설. 둑을 쌓아 흐르는 냇물을 막고 그 물을 담아 두는 곳.
기사년(己巳年) 1929년을 가리킨다.
색주가(色酒家) 젊은 여자를 두고 술과 함께 몸을 팔게 하는 집. 또는 그곳에서 몸을 파는 여자.
갈보 남자들에게 몸을 파는 여자를 속되게 이르는 말.

"할 수 없이 이곳엔 인제 사람 못 살 거여."

"참 아니꼽지요. 더군다나 전과 달라 중놈들까지 덤비는 꼴을 보면……."

아들의 불퉁스러운 어조에는, 거칠 대로 거칠어진 농민의 성미가 뚜렷이 엿보였다. 가물은 그들의 신경을 더욱 날카롭게 하였던 것이다.

치삼 노인은 '중놈'이란 바람에 가슴이 선뜩하였다. 그것은 자기들이 부치고 있는 절 논 중에서 제일 물길 좋은 두 마지기가, 자기가 젊었을 때, 자손 대대로 복 많이 받고 또 극락 가리라는 중의 꾐에 속아서 그만 불전에, 아니 보광사(普光寺)에 시주한 것이기 때문이다. 멀쩡한 자기 논을 괜히 중에게 주어 놓고 꿍꿍 소작을 하게 되고 보니, 싱겁기도 짝이 없거니와, 딱한 살림에 아들 보기에 여간 미안스러운 일이 아니었다.

"뭘 허구 인제 와? 소 같은 년!"

들깨는 화살을 방금 돌아오는 아내에게로 돌렸다. 그리고 이 꼴 보라는 듯이 물에서 막 건져 낸 듯한, 그러나 울어 울어 입 안이 바싹 마른 어린것을 아내의 젖가슴에 쑥 내던지듯 했다. 아내는 잠자코 그것을 받아 안기가 바쁘게 부엌으로 들어가더

불퉁스럽다 퉁명스럽고 무뚝뚝한 태도가 있다.
가물 가뭄. 오랫동안 비가 내리지 않아 메마른 날씨.
선뜩하다 갑자기 놀라서 마음에 서늘한 느낌이 있다.
절 논 절에 딸려 있는 논.
불전(佛殿) 불당(佛堂). 부처를 모신 집.

니, 머리에 쓴 수건을 벗어 물에 축여 가지고 어린것의 얼굴을 닦으면서 일변 젖을 물렸다.

"소 같은 년, 어서 밥 안 가져와!"

남편의 벼락같은 소리다. 아내는 부지중 눈물이 핑 돌았다. 들깨는 아내의 귀퉁이라도 한번 올려붙일 듯이 더펄더펄 부엌으로 들어갔으나 한 팔로 아기를 부둥켜안고 허둥대는 아내의 울상에 그만 외면을 하고는 미처 다 차리지도 않은 밥상을 얼른 들고 나왔다. 그러나 다른 때 같으면 곧잘 넘어가는 보리밥도 그날은 첫술부터 목에 탁 걸렸다.

2

우르르르, 쐐—.

이글이글 달아 있는 폭양 아래 난데없는 홍수 소리다. 물벌레 고기 새끼가 죄다 말라져 죽고, 땅거미가 줄을 치고, 개미 떼가 장을 벌였던 봇도랑에, 둔덕이 넘게 벌건 황토물이 우렁차게

일변(一邊) 한편.
부지중(不知中) 알지 못하는 동안.
귀퉁이 귀의 언저리.
더펄더펄 자꾸 들떠서 침착하지 못하고 경솔하게 행동하는 모양.
폭양(曝陽) 뜨겁게 내리쬐는 볕을 쬠. 또는 그 볕.
봇도랑(洑--) 봇물을 대거나 빼게 만든 도랑.

쏟아져 내린다. 빨갛게 타서 죽은 곡식이야 인제 와서 물인들 알라마는*, 그래도 타다 남은 벼와 시든 두렁콩들은 물소리만 들어도 생기를 얻은 듯이 우줄우줄 춤을 추는 것 같다. 한길 양 옆을 흘러가는 봇도랑 가에는 흰 옷, 누른 옷, 혹은 검정 치마가 미친 듯이 부산하게 떠들며 오르내린다.

수도 저수지의 물을 터놓은 것이다. 성동리 농민들이 밤낮없이 떼를 지어 몰려가서 애원에, 탄원에 두 손발이 닳도록 빌기도 하고, 불평도 하고, 나중에는 밤중에 수원지 울 안에까지 들어가서 물을 달리 돌려내려고 했기 때문에, T시 수도 출장소에서도 작년처럼 또 폭동이나 일어날까 두려워서, 저수지 소제도 할 겸 제이(第二) 저수지의 물을 터놓게 된 것이다.

그러나 고까짓 저수지의 물로써 넓은 들을 구한다는 건 되지도 않는 말이고, ―물을 보게 된 것이 차라리 없을 때보다 더한층 시끄럽고, 싸움만 벌어질 판이다.

들깨는 논이 보꼬리에 달렸기 때문에 몇 번이나 저수지 물구멍까지 올라가지 않으면 아니 되었다. 그러나 그렇게 봇머리까

---

* 빨갛게 타서 ~ 물인듯 알라마는 이미 타 죽은 곡식들은 물을 주더라도 알 수가 없다, 즉 다시 살아날 수가 없다는 뜻이다.
두렁콩 논두렁이나 밭두렁에 심는 콩.
우줄우줄 몸이 큰 사람이나 짐승이 자꾸 가볍게 율동적으로 움직이다.
누르다 황금이나 놋쇠의 빛 깔과 같이 다소 밝고 탁하다.
수원지(水源池) 상수도에 보낼 물을 모아 두는 곳.
소제(掃除) 청소.
보꼬리(洑--) 봇도랑의 끝 부근.
봇머리(洑--) 봇물이 흘러나오는 어귀.

지 가서 물을 조금 달아 가지고 오면, 도중에서 이리저리 다 떼이고 자기 논까지는 잘 오지도 않았다.

이렇게 수삼 차 오르내리고 보니, 꾹 눌러 오던 화가 그만 불끈 치밀었다.

"여보, 노장님!"

들깨는 오던 걸음을 되돌려서, 소리를 치며 비탈길을 더위잡았다.

"제에기, 논을 떼였으면 떼였지, 인젠 할 수 없다!"

그는 급기야 입을 악물었다. 어느 앞이라고, 만약 한 번이라도 점잖은 중에게 선불리 반항을 했다가는 두말없이 절 논이라고는 뚝딱 떼이고 마는 것이다.

노승은 들은 체 만 체, 들깨가 가까이 가도 양산을 받은 그대로 물을 가로막고 있었다.

"여보, 이게 무슨 짓이요. 밑엣사람은 굶어 죽어도 좋단 말이요?"

들깨는 커다란 서블로써 노승의 장난감 같은 삽가래를 뗏장과 함께 찍어 당겼다. 물은 다시 쐐— 하고 밑으로 흘러내린다.

수삼 차(數三次) 두서너 차례.
노장(老長/老丈) 노장중. 늙은 승려를 높여 이르는 말.
더위잡다 높은 곳에 오르려고 무엇을 끌어 잡다.
서블(shovel) 삽.
삽가래 삽자루 목의 양쪽에 두 개의 줄을 맨 삽. 한쪽에서 자루를 쥐고 흙을 떠서 밀면 나머지 두 사람은 줄을 당긴다.
뗏장 흙이 붙어 있는 상태로 뿌리째 떠낸 잔디의 조각.

"이 사람이 버릇없이 왜 이럴까?"

노승은 짐짓 점잖은 체하고 나무라면서도, 눈에는 시뻐하는 빛과 독기가 얼씬거린다.

"살고 봐야 버릇도 있겠지요."

"아하, 이 사람이 아주 환장을 했군. 아서라, 그렇게 하는 법이 아니다."

노승은 다시 물을 막으려고 들었다.

"천만에요! 우리도 살아야겠어요. 물을 좀 가릅세다. 노장님까지 이래서야……."

들깨는 제 손으로 갈랐다. 그리고 몇 걸음 못 가서, 또 어떤 논 귀퉁이에서 조그마한 애새끼 한 놈이 쏙 나오더니 물을 가로 막고는 언덕 밑으로 숨어 버린다.

"예끼, 쥐새끼 같은 놈!"

들깨는 골 안이 울리도록 고함을 내지르며 좇아가서 그놈의 물꼬에다 아름이 넘는 돌을 하나 밀어다 붙이었다.

길 저편에서도 싸움이 벌어졌다. ―갈가리 낡아 미어진 헌 옷에, 허리짬만 남은―남방 토인들의 나무껍데기 치마 같은 몽당치마를 걸친 가동 할멈이 봇도랑 한복판에 펑퍼져 앉아서 목을 놓고 울어 댄다.

시뻐하다 마음에 차지 아니하여 시들하게 생각하다.
물꼬 논에 물이 넘어 들어오거나 나가게 하기 위하여 만든 좁은 통로.
아름 두 팔을 둥글게 모아서 만든 둘레.

"에구, 날 죽여 놓고 물 다 가져가오."

"이 망할 놈의 늙은이, 남이 일껏 끌고 온 물만 대고 앉았네. 어디 아가리만 벌리고 앉았지 말구 너도 한번 물이나 끌고 와 봐!"

경찰관 주재소의 고자쟁이로 알려져 있는 이시봉이란 젊은 놈의 괭이는 더펄머리를 풀어 헤치고 악을 쓰는 과부 할멈의 허벅살에 시퍼런 멍울을 남겨 놓고 갔다.

들깨는 보릿대 모자를 부채 삼아 내흔들면서, 쥐꼬리만 한 물을 달고 내려가다가, 철한이란 놈하고 봉구란 놈이 아주 논 가운데서, 곰처럼 별로 말도 없이 이리 밀치락 저리 밀치락 싸움을 하고 있는 것을 보았으나, 말려 볼 생각도 않고 제 논으로만 갔다. 그의 논으로 뚫린 물꼬는 으레 또 꽉 봉해져 있었다.

"어느 놈이 이렇게 지독허게……."

막힌 물꼬를 냉큼 터놓고서, 막 논 두덕 위에 올라서자니까, 자기 논 아래로 슬그머니 피해 가는 오촌 아저씨가 보인다. 아저씨도 환장이 되었구나 싶었다. 새벽부터 나돌며 날뛰어도 반 마지기도 채 적시지도 못한 것을 돌아보고는 들깨는 그만 낙심

주재소(駐在所) 일제 강점기에, 순사가 머무르면서 사무를 맡아보던 경찰의 말단 기관.
고자쟁이(告者--) 남의 잘못이나 비밀을 잘 일러바치는 사람을 낮잡아 이르는 말.
두덕 '두둑', '언덕'의 방언.
두둑 논이나 밭 가장자리에 경계를 이룰 수 있도록 불룩하게 만든 것.

이 되어서 논 두덕 위에 털썩 주저앉았으나, 그 쥐꼬리만 한 물줄기가 끊어지자 그는 다시금 그곳을 떠났다.

철한이와 봉구란 놈은 아직도 싸우고 있었다.

"이, 이, 이놈의 자식이 사람을 아주 낮보고서."

봉구란 놈이 벋니를 내물고서 악을 쓴다.

"글쎄, 정말 이걸 못 놓겠니?"

철한이란 놈이 아무리 제비손을 넣으려고 애를 써도, 워낙 떡심 센 놈이 돼서 봉구는 달싹도 않고, 되레 철한이란 놈의 턱밑을 쥐고 자꾸 밀기만 했다.

그러던 놈들이, 들깨가 한 번 소리를 치자, 서로 잡았던 손을 흐지부지 놓고서 논 두덕 위로 올라왔다.

"예끼, 싱거운 녀석들! 물도 없애 놓고 무슨 물싸움들이야! 분풀이할 곳이 그렇게도 없던가 온!"

들깨의 이 말에, 그들은 쥐꼬리만 한 봇물조차 끊어지고 만 빈 도랑만 내려다볼 뿐이었다.

이윽고 세 사람은 봇목을 향해서 나란히 발을 떼어 놓았다. 대사봉(大師峰) 위로 해가 뉘엿뉘엿 기울고, 네 시를 아뢰는 보광사의 큰 종소리가 꽝꽝 울려 왔다. 절에 있는 사람들은 제각

낮보다 '낮추보다'의 준말. 남을 업신여기어 자기보다 낮게 보다.
벋니 '버드렁니'의 준말. 바깥쪽으로 벌어져 나온 이.
제비손 모양이 제비처럼 뾰족하고 동작이 날렵한 손.
떡심 억세고 질긴 근육.
봇목(洑-) 보의 물이 흘러 들어오거나 나가는 어귀.

기 저녁 밥쌀을 낼 때다. 그러나 그 절 밑 마을— 성동리 앞 들판에 나도는 농민들은 해가 기울수록 마음이 더욱 달떴다.✤ 게다가 모처럼 터놓은 저수지의 봇목에 논을 가지고서도, '유아독존' 식으로 날뛰는 절 사람들의 세도에 눌려 흘러오는 물조차 맘대로 못 댄 곰보 고 서방은 마침내 딴은 큰맘을 먹고 자기 논 물꼬를 조금 더 터놓았다. 그러자 그걸 본 한 양반이 빽 소리를 내지르며 달려왔다. 오더니 다짜고짜로,

"왜 또 손을 대요?"

"인제 물도 다 돼 가고 하니 나두 좀 대야지요."

하다가 고 서방은 자기 말이 너무 비겁한 것 같아 한마디 더 보태었다.

"그리고 당신 논에는 물이 철철 넘고 있지 않소."

"뭐? 넘어? 어디 넘어? 이 양반이 눈이 있나 없나?"

하며 그는 곰보 논 물꼬를 봉하려고 들었다.

"안 돼요!"

곰보는 물꼬를 아까보다 더 크게 열면서,

"위에 있는 논은 한번 적시지도 못하게 하고 아랫논만 두렁

밥쌀 밥을 지을 쌀.
달뜨다 마음이 가라앉지 아니하고 조금 흥분되다.
✤ 그러나 그 절 밑 마을 ~ 더욱 달떴다 저녁에도 귀가하지 못하고 논에 물을 대려고 애쓰는 소작인들의 모습이 여유로운 절 사람들의 모습과 대조되고 있다.
유아독존(唯我獨尊) 세상에서 자기 혼자 잘났다고 뽐내는 태도.
세도(勢道) 정치상의 권세. 또는 그 권세를 마구 휘두르는 일.
곰보 얼굴이 얽은 사람을 낮잡아 이르는 말.

이 넘게 물을 실으려는 건 너무 심하잖소?"

"무어—?"

"그렇게 노려보면 어쩔 테요?"

"야, 이 친구가 밥줄이 제법 톡톡한 모양이로군!"

그는 비쭉 냉소를 했다.

"이 친구? 네 집에는 그래 애비도 삼촌도 없니? 누굴 보고 이 친구 저 친구 해?"

"뭐가 어째? 야, 이 녀석이 제법 꼴값을 하는군. 어디 상판대기에 빵꾸를 좀 내줄까?"

"이놈— 개 같은 놈! 아무리 세상이 뒤바뀌어졌기로서니……."

"야, 이 녀석 좀 봐. 세상이 뒤바뀌어졌다구? 하, 하, 하……."

그는 다른 사람도 다 들으라는 듯이 소리를 높이더니,

"예끼 건방진 녀석!"

그리고 저보다 몸피가 훨씬 큰 곰보의 뺨을 한 대 갈겼다.

"이게 뭘 믿고서……."

곰보가 하도 어처구니가 없어서, 그자의 멱살을 불끈 졸라쥐니깐, 그 근방에 있던 같은 패들이 벌 떼처럼 우— 몰려왔다. 그러자 아까 가동 늙은이를 상해 놓던 고자쟁이 이시봉이가 풋볼 차던 형식으로 곰보의 아랫배 짬을 콱 질렀다. 곰보는 악! 하

냉소(冷笑) 쌀쌀한 태도로 비웃음. 또는 그런 웃음.
상판대기(相---) '얼굴'을 속되게 이르는 말.
몸피 몸통의 굵기.

며 그 자리에 쓰러졌다. 쓰러진 놈을 여러 놈들이 밟고 차고…… 그러다가 나중에는 뻗어져 누운 놈을 끌고 주재소에까지 가자고 야단이다. 곰보는 그 말이 무엇보다도 무서워서, 잘못했다고 빌지 않을 수가 없었다.

들깨가 곁에 가도, 곰보는 넋 잃은 사람처럼 논두렁에 멍하니 앉아 있었다. 왼편 눈 밑이 퍼렇게 부어올랐다.

저수지의 물은 그예 끊어졌다. 물 끊어진 수문을 우두커니 들여다보는 농민들은 하도 억울해서 말도 욕도 아니 나오고, 그만 그곳에 주저앉았다. 그와 동시에 온종일 수캐처럼 쫓아다닌 피로까지 엄습해서 일어날 생각이 없었다.

그러나 한편, 물을 흐뭇이 댄 보광리 사람들은 제 논물이 행여 아랫논으로 넘어 흐를세라 돋우어 둔 물꼬와, 논두렁 낮은 짬을 한층 더 단단히 단속하느라고 몹시 바빴다.

고 서방은 분도 분이지만, 그보다 내년 봄엔 영락없이 그 절 논 두 마지기가 떨어지고 말 것을 생각하면, 앞으로 살아 나갈 일이 꿈같이 암담하였다. 아무런 흠이 없어도 물길 좋은 봇목 논은 살림하는 중들에게 모조리 떼이는 이즈음에, 아무리 독농가로 신임을 받아 오던 고 서방일지라도 오늘 저지른 일로 보아서, 논은 으레 빼앗긴 논이라고, 실망하지 않을 수가 없었다.

그는 문득 지난봄의 허 서방이 생각났다. 부쳐 오던 절 논을

독농가(篤農家) 농사를 열심히 짓는 착실한 사람. 또는 그런 집.

무고히 떼이고 살길이 막혀서, 동네 뒤 소나무 가지에 목을 매어, 시퍼런 혀를 한 자나 빼물고 늘어져 죽은 허 서방이 별안간 눈에 선하였다. 곰보는 몸서리를 으쓱 쳤다. 이왕 못 살 판이면 제에기 처자야 어떻게 되든지 자기도 그만 그렇게 죽어 버릴까……. 자기가 앉은 논두렁이 몇천 길이나 땅속으로 쾅 둘러 꺼졌으면 싶었다.

이튿날 아침 들깨와 철한이는 오랜만에 논에 물을 한 번 실어 놓고는, 허출한 속에 식은 보리밥이나마 맘 놓고 퍼 넣었다. 그 때까지도 저수지 밑 봇목 들녘과 내 건너 보광리— 최근에 생긴 중 마을— 에는, 빌어서 얻은 계집이라도 잃어버린 듯이, 중들의 아우성 소리가 끊이지 않았다. 그도 그럴 것이 지난 하룻밤 동안에 논두렁을 몇 토막이나 내고 물 도둑을 맞은 사람이 많았기 때문이다. 고 서방은 중들의 발악 소리를 속 시원하게 들으면서, 군데군데 커다란 콩 낟이 박힌 보리밥, 아니 보릿겨 밥을 맛나게 먹었다.

"누가 간 크게 그랬을까요?"

아내는 숭늉을 떠 오며 짜장 통쾌한 듯이 물었다.

무고히(無故-) 아무런 까닭이 없이.
허출하다 허기가 지고 출출하다.
낟 곡식의 알
짜장 과연 정말로.

"그야 알 놈이 있을라구, 사람이 하두 많은데."

고 서방은 궁둥이를 툭툭 털면서 일어나 섰다. 담배 한 대 재어 물 여가도 없이 고동바로 허리춤을 졸라매고 이 주사댁 논을 매러 막 집을 나서려고 할 즈음에 뜻밖에도 주재소 순사 하나가 게딱지만 한 뜰 안에 썩 들어섰다.

"당신이 고 서방이오?"

눈치가 수상하다.

"예, 그렇소."

"잠깐 주재소까지 좀 갑시다."

"무슨 일입니까?"

고 서방은 금방 상이 노래졌다.

"가면 알 테지."

말이 차차 험해진다.

"난 주재소 불려 갈 일이 없습니다. 죄 지은 일은 없습니다."

고 서방이 뒤로 물러서니깐,

"이놈이 무슨 잔소리냐? 가자면 암말 말고 갔지 그저."

순사는 고 서방의 어깻죽지를 한 대 갈기더니, 어느새 포승

재다 담뱃대에 담뱃잎을 넣다.

고동바 여러 토막의 고동을 한 줄에 끼운 것.

고동 대고동. 대나무를 통으로 비스듬히 잘라 손가락에 끼우는 것으로 논을 맬 때 사용하는 도구.

주사(主事) 조선 후기에, 여러 관아에 둔 하위 관직의 벼슬.

순사(巡査) 일제 강점기에 둔, 경찰관의 가장 낮은 계급. 또는 그 계급의 사람. 지금의 순경에 해당함.

포승(捕繩) 죄인을 잡아 묶는 노끈.

을 꺼내 가지고 묶는다.

"아이구 이게 무슨 일유? 나리 제발 그러지 마세요. 이분은 죄 지은 일 없습네다. 나구서 개구리 한 마리도 죽인 일 없다는데, 지난밤에는 새두룩 이 마당에서 같이 잤는데…… 아이구 이게 무슨 일유?"

학질에 시난고난하면서도, 미친 듯이 매달리는 고 서방네를 몰강스럽게 떠밀어 버리며 순사는 기어이 고 서방을 끌고 갔다.

3

한 포기가 열에 벌여,
　—에이여허 상사뒤야.
한 자국에 열 말씩만,
　—에이여허 상사뒤야.

앞 노래에 응해 가며 성동리 농군들은 보광리 앞들에서 쇠다

학질(瘧疾) 말라리아.
시난고난하다 병이 심하지는 않으면서 오래 앓다.
몰강스럽다 인정이 없이 억세며 성질이 악착같고 모질다.
⚜ 한 포기가 열에 벌여 ~ 에이여허 상사뒤야 농사꾼이 모를 심거나 김을 맬 때 부르는 노래인 '농부가'의 한 구절이다. '한 포기가 열에 벌여', '한 자국에 열 말씩만'은 벼 한 포기 심은 것이 열 포기로 벌어져 한 자리에 벼 열 말씩만 나기를 바란다는 뜻이며, '에이여허 상사뒤야'는 후렴구이다.

리 주사댁 논을 매고 있다.

백 도가 넘게 끓는 폭양 밑! 암모니아 거름을 얼마나 많이 넣었는지 사람이 아니 보이게 자란 볏속! 논바닥에서는 불길 같은 더운 김이 확확 솟아오르고, 게다가 썩어 가는 밑거름 냄새까지 물컥물컥 치미는 바람에는 두말없이 그저 질색이다. 그래도 숨이 아니 막힌다면 그놈은 항우(項羽)다. 몽둥이에 맞아 죽다 남은 개새끼처럼 혀를 빼물고 하— 하— 하는 놈, 벼 잎사귀에 찔려 한쪽 눈을 못 쓰고 꽈악 감은 놈— 그들은 마치 기계와 같다. 다른 점이 있다면 앞잡이의 노래에 맞춰서 '에이여허 상사뒤야'를, 속이 시원해지는 듯이 가슴이 벌어지게 내뽑는 것쯤일까.

한 놈이 슬쩍 봉구의 머리에다 궁둥이를 돌려 대더니, 아기 낳는 산모 모양으로 힘을 쭉 준다.✤

"예, 예끼, 추—추한 자식!"

봉구는 그놈의 종아리를 썩 긁어 버린다.

"아따, 이놈아, 약값이나 내놔!"

그놈이 되레 봉구를 놀리려고 드니까, 곁에 있던 철한이란 놈이 얼른 그 말을 받는다.

백 도 화씨온도 100도를 뜻하며, 이를 섭씨온도로 환산하면 37.78도이다.

물컥물컥 코를 찌를 듯이 매우 심한 냄새가 자꾸 나는 듯한 모양.

항우(項羽) 중국 진(秦)나라 말기의 무장(B.C.232~B.C.202). '항우' 혹은 '항우장사'는 힘이 센 사람, 혹은 웬만한 일에는 끄떡도 않는 꿋꿋한 사람을 비유적으로 이르는 말로 쓰인다.

앞잡이 앞에서 인도하는 사람.

✤ 궁둥이를 돌려대더니 ~ 힘을 쭉 준다 방귀를 뀌었다는 의미이다.

"약값? 야 이놈아, 참 네가 약값을 내놔야겠다. 생무 먹은 놈의 트림 냄새도 분수가 있지✤온……."

"아닌 게 아니라, 냄새가 좀 이상한걸. 이 사람, 자네 똥구멍 썩잖았나?"

또 한 놈이 욱대긴다•.

"여— 역놈•의 대발에 마, 말 다리 썩는 냄새도 부, 부, 부, 분수가 있지!"

봉구란 놈이 제법 큰소리를 친다. 그러면서도 자기는 입은 그대로 제 옷에 오줌을 질질 싸고 있다.

하— 하—, 끙— 끙……!

"어이구 이놈 죽는다!"

철한이란 놈이 속이 답답해서 앞으로 몇 걸음 쑥 빠져나간다.

"쉬— 잇! 쇠다리 온다."

들깨란 놈이 주의를 시킨다.

쇠다리 주사가 뒤에서 논두렁을 타고 왔다. 한 손에는 양산, 한 손으론 부채를 흔들면서. 쇠다리 주사가 뭐냐고? 그렇다. 옳게 부르면 이 주사다. 그러나 속에 똥만 든 그가 돈냥 있던 덕분으로 이조 말년에 그 고을 원님에게 쇠다리 하나 올리고서 얻은

✤ 생무 먹은 놈의 트림 냄새도 분수가 있지 생무를 먹고 트림을 하면 냄새가 지독한데, 상대방의 방귀 냄새가 그만큼 지독했다는 의미이다.

욱대기다 억지를 부려 우겨서 제 마음대로 해내다.

역놈 '역노'를 속되게 이르는 말.

역노(驛奴) 조선 시대에, 역창에서 심부름을 하던 사내종.

'주사'란 것이 오늘날 와서는 세상이 달라진 만큼 그만 탄로가 나고 말았기 때문에, 모두들 그를 그렇게 불렀다. 물론 안 듣는 데서만이지만.

"모두들 욕보네. 허— 날이 자꾸 끓이기만 하니 온!"

어느새 쇠다리가 뒤에 와 선다.

"그런데 조금 늦더래도 이 논배미는 마자 매고 참을 먹어야겠군. 자, 바짝— 팔대에 힘을 넣어서. 저런, 봉구 뒤에는 벼가 더러 부러졌군, 아뿔싸!"

쇠다리 주사는 혀를 쯧쯧 차며 부채를 방정맞게 흔들어 댔다.

일꾼들은 잠자코 풀 죽은 팔에 억지힘을 모았다. 거친 볏줄기에 스친 팔뚝에는 금방 핏방울이 배어 나올 듯했다. 그러나 그들은 눈을 질끈 감고, 대고동을 해 낀 갈퀴 같은 손으로, 어지러운 벼 포기 사이를 썩썩 긁어 댔다.

흐— 흐—, 끙— 끙……!

얼굴마다 콩 낟 같은 땀방울이 뚝뚝 떨어지고, 놀란 메뚜기 떼들이 파드닥파드닥 줄도망질을 친다. 노래는 간 곳 없고! 나머지 열 자국!— 그들은 아주 숨 쉴 새도 없이 서둘렀다.

"요놈의 짐승!"

욕보다 '수고하다'의 사투리.

논배미 논두렁으로 둘러싸인 논의 하나하나의 구역.

마자 '마저'의 사투리.

참 일을 하다가 잠시 쉬는 동안이나 끼니때가 되었을 때에 먹는 음식.

제일 먼저 맨 철한이란 놈이, 뒤쫓겨 나온 뱀 한 마리를 냉큼 잡아 올려 가지고는 핑핑 서너 번 내두르더니 훌쩍 저편으로 날려 버린다.

고대하던 쉴 참이 왔다. 농부들은 어서 목을 좀 축여 보겠다고 포플러 나무 그늘에 갖다 둔 막걸리 통 곁으로 모여 갔다.

우선 쇠다리 주사부터 한잔했다.

"어—, 그 술맛 좋— 군!"

쇠다리 주사는 잔을 일꾼들에게 돌려 주고, 구레나룻을 휘휘 틀어 올리더니,

"그런데 참 술이 한 잔씩밖에 안 돌아갈는지 모르겠군. 그저 점심때 쌀밥(쌀이 사분지 일 될까?) 먹은 생각하구 좀 참지. 그 놈의 건 잘못 먹으면 일 못하기보다 괜히 사람 축나거든. 더군다나 오늘같이 더운 날에는……."

그러나 농부들은 사발 바닥이 마르도록 빨아 넘기고는, 고추장이 벌겋게 묻은 시래기 덩어리를 넙죽넙죽 집어넣는다. 목도 말랐거니와 배도 허출했다.

그럴 때 마침 뿡— 하고, 자동차 한 대가 그들이 쉬는 데까지 먼지를 집어 씌우고 달아나더니 보광리 앞에서 덜컥 머물렀다. 거기서 내린 것은— 해수욕을 갔다 오는 보광리 젊은 사람들이었다. 일본으로, 서울로 유학을 하고 있는 팔자 좋은 젊은이들

구레나룻 귀밑에서 턱까지 잇따라 난 수염.

이었다. 물론 계집애들도 섞여 있었다. 성동리 농부들은 한참 동안 그들을 바라보았다. 그들 가운데 섞여 있던 고자쟁이 이시봉이 웬일인지 차에서 내리자 바른총으로 주재소로 들어갔다.

술을 잘 못하기 때문에 식은 밥만 두어 술 뜨고 난 들깨는 눈이 주재소 문에 가 박혔다. 얼마 뒤에 시봉이가 나왔다.

"고 서방은 어찌 됐을까?"

부지중 중얼거린 들깨. 묵묵히 이마에 석 삼자를 깊게 지우는 철한이. ―우리 때문에 무고한 고 서방이……! 그들은 그대로 가만히 있는 자기들이 그지없이 부끄럽고 맘이 괴로웠다.

세상을 모르는 봉구란 놈은 제 발바닥의 상처만 풀어헤쳐 놓고, 그 속에 들어간 뻘을 꺼내고 있다. 다른 농군들은 행려(行旅)의 시체처럼, 거무데데한 뱃가죽을 내놓고 길바닥 위로, 잔디 위로 그늘을 찾아서 여기저기 나자빠졌다. 어떤 친구는 어느새 코까지 쿨쿨 골고, 어떤 친구는 불개미한테 거기라도 물렸는지 지렁이처럼, 자던 몸을 꿈틀꿈틀한다.

매미란 놈들이, 잎사귀 하나 까딱 아니 하는 높다란 포플러 나무에서, 그 밑에 누워 있는 농군들을 비웃는 듯 구성지게 매암매암매― 한다.

바른총으로 곧장.

⚜ 이마에 석 삼자를 깊게 지우는 이마에 '三' 자를 그리는 것으로, 이마에 주름살이 생기도록 찡그린다는 의미이다.

행려(行旅) 나그네가 되어 돌아다님. 또는 그런 사람.

거무데데하다 산뜻하지 못하고 조금 천박하게 거무스름하다.

모기 속에서 저녁을 치르고 나면 마을 사람들은 게딱지 같은 집을 떠나서 모두 냇가로 나온다. 아무런 가뭄이라도 바위틈에서 새어 나오는 물이 군데군데 제법 웅덩이를 만들었다. 냇가의 달밤은 시원하였다.

먼동이 트면 곧 죽고 싶은 마음
저녁밥 먹고 나니 천년이나 살고 싶네.

어느새 벌써 달려 나와서 반석[•] 위에 번듯 누워 하늘을 쳐다보며 읊조리는 쇠다리 주사 댁 머슴 강 도령의 노래다.

반달같이 생긴 다리 아래편 백사장에는 애새끼들이 송사리처럼 모여서, 노래로 장난으로 혹은 반딧불 쫓기로 부산하게 떠들고 뛴다. 비를 기다리는 하늘에서는 구름 한 점 없이 달만 밝고, 달빛 속에 묻힌 성동리 집집에서는, 구름인 듯 다투어 모기 연기만 피워, 산으로 기어오르고 들로 내리깔려 연긴가 달빛인가 알 수도 없다.

남자들의 뒤를 이어 여자들도 떼를 지어 다리를 건너왔다.

다리 위편이 남자들의 자리다. 그들은 나오는 대로 멱[•]을 감

반석(盤石/磐石) 넓고 평평한 큰 돌. 너럭바위.

멱 '미역'의 준말. 냇물이나 강물 또는 바닷물에 들어가 몸을 담그고 씻거나 노는 일.

고는 여기저기 반석을 찾아가기가 바쁘다. 가는 곳이 그들의 그날 밤 잠자리다. 그리도 못 하는 놈은— 행인지 불행인지 아직도 제 논에 풀 물이 있어서 봇목으로 물 푸러 가는 놈! 그러나 물푸개 석유통을 옆에 둔 채 어느새 지쳐 한잠이 든 봉구는, 밤중이 넘어서 공동묘지 입구까지 물 푸러 갈 것인지 코만 쿨쿨 골아 댄다.

그래도 남은 놈들은 이야기에 꽃이 핀다.

"들깨, 자네 누이동생은 어쩔 텐가?"

"어쩌긴 무얼 어째?"

"키 보니 넉넉히 시집갈 때가 됐던걸."

"키는 그래도, 나인 인제 겨우 열일곱이야. 열일곱에 혼사 못 될 건 없지만 어디 알맞은 자리가 쉬 있어야지."

"아따 이 사람, 염려 말라구. 그만한 인물이면야 정승의 집 며느리라도 버젓하겠는데. 자리가 왜 없을라구!"

"이 사람이 왜 또…… 괜히 얼굴만 믿고 지나친 데 보냈다가 사흘도 못 돼서 쫓겨 오게! 천한 사람은 그저 천한 사람끼리 맞춰야지……."

"암, 그렇구말구!"

가만히 듣고만 있던 철한이란 놈이 뜻밖에 한마디 보태었다.

그럴 때 마침 다리 아랫목에서 멱을 감고 있던 여자들이 킥

한잠 1. 잠시 자는 잠. 2. 깊이 든 잠.

킥거리며, 또는 욕설을 하면서, 남자들이 노는 위편으로 자리를 옮겨 간다. 그걸 본 강 도령,

"위에 가면 안 되오. 왜 밑에서 허잖구—?"

"보광리 새끼들 때문에 밑에선 못 하겠다우."

아낙네들의 대답이다. 남자들의 시선은 일제히 다리 아래편으로 쏠렸다. 하늘 높게 백양목이 줄지어 선 곳—.

사랑으로 여위었느니 어쨌느니 하는 레코드에 맞춰서 반벙어리 축문 읽는 듯한 노랫소리가 들려 왔다.

"유성기는 또 누구를 홀리려고 가지고 다닐까. 저것들이 곧 잘 여자들이 멱 감는 곳만 찾아다닌단 말야."

강 도령이 남 먼저 욕지거리를 내놓는다.

"에—끼 더런 자식들! 듣기 싫다. 집어치우고 가거라, 가!"

동네 젊은 녀석들은 모두 바위에서 일어나서 욕을 한바탕씩 해 주고는 얼른 논두렁으로 올라가서 진흙을 가득가득 움켜 냇물 속에 핑핑 내던졌다.

보광리 만무방들이 돌아간 뒤, 농부들은 머리에서 수건을 풀어 제각기 얼굴을 가리기가 바쁘게 너럭바위 위에 휘뚝휘뚝 쓰

축문(祝文) 제사 때에 읽어 신명(神明)께 고하는 글.

신명(神明) 하늘과 땅의 신령.

⚜ 반벙어리 축문 읽는 듯 떠듬떠듬 또는 어물어물 입 안에서 웅얼거리는 모양을 비유적으로 이르는 말이다.

유성기(留聲機) 축음기. 원통형 레코드 또는 원판형 레코드에 녹음한 음을 재생하는 장치.

만무방 염치가 없이 막된 사람.

러졌다. 쓰러지자 곧 쿨쿨.

적막한 농촌의 밤이다. 다만 어디선지 놋그릇을 땅땅 두드리며 "남의 집 며느리 낮에는 잠자고 밤에는 일하네." 하고 학질 주문(呪文)을 외우고 다니는 소리만 그쳤다 이었다 할 뿐. 길쌈하는 아낙네들의 노란 등잔불도 꺼지기가 바쁘다.

4

가뭄은 오래오래 계속되었다. 아침저녁으로는 제법 거무스름한 구름장이 모여들다가도, 해만 지면 그만 어디로 사라져 버렸다. 꼭 거짓말같이……. 보광사 절골을 살며시 넘어다보는 그놈도 알고 보면 얄미운 가뭄 구름. 뒷 산성 용구렁에 안개가 자욱해도 헛일. 아침 놀, 물 밑 갈바람은 더군다나 말도 안 되고. 어쨌든 농부들은 수백 년래 전해 오고 믿어 오던 골짜기 천기조차 온통 짐작을 못 할 만큼 되었다. 날마다 불볕만 쨍쨍 — 그들

학질 주문(呪文) 문맥상 '학질(말라리아)에 걸렸을 때 학질을 뗄 수 있게 해 준다고 믿고서 외우는 주문'이란 뜻인 듯하다.

절골 절이 있는 마을. '절'과 마을을 의미하는 '골'이 어우러져 만들어진 합성어.

갈바람 뱃사람들이 '서풍(西風)'을 이르는 말.

천기(天氣) 날씨.

뒷 산성 용구렁에 ~ 못 할 만큼 되었다 동네 뒤쪽에 있는 산성 근처의 용구렁(용이 나온 구렁이란 뜻인 듯함)에 안개가 자욱하거나 아침 놀이 생기거나 물밑 갈바람이 불면 비가 온다는 것이 그동안 농부들이 수백 년 전부터 믿어 오던 민간 기상예보 같은 것이었는데, 이런 현상들도 온통 믿을 만하지 않게 되었다는 의미이다.

의 속을 태웠다. 콧물만 한 물이라도 있는 곳에는 아직도 환장한 사람들이 와글거리고, 풀 물도 없어진 곳에는 강아지 새끼도 한 마리 안 보였다. 물 좋던 성동 들도 삼 년 전 소위 수도 수원지(水源池)가 생기고는 해마다 이 모양— 여기저기 탱고리• 수염 같은 벼 포기가 벌써 발갛게 모깃불 감이 되고,⚜ 마을 앞 정자나무 밑에는 떡심 풀린• 농부들의 보람 없는 걱정만이 늘어갈 뿐이었다.

걱정 끝에 하룻밤에는, 작년에도 속은 그놈의 기우제(祈雨祭)• 를 또다시 벌였다. 앞산 봉우리에다 장작불을 피워 놓고 성동리 사람들은 목욕재계•를 하고 어떤 위인은 낡은 두루마기, 또 어떤 위인은 제법 몽당 도포•까지를 걸치고서 쭉 늘어섰다. 구장•, 들깨, 갓이 비뚤어진 봉구……. 옛날 훈장 노릇을 하던 노인이 쥐꼬리보다 작은 상투를 숙이고서 제문을 읽자 농부들은 일제히 하늘을 우러러보고 절을 하며 비를 빌었다.

"만인간•을 지켜 주시는 천상의 옥황상제님이시여……!"

그들은 몇 번이나 코가 땅에 닿도록 절을 하였다. 이글이글

탱고리 '올챙이'의 사투리.

⚜ 탱고리 수염 같은 ~ 모깃불 감이 되고 모깃불로 쓸 정도로 바싹 말랐다는 의미이다.

떡심 풀린 낙담하여 맥이 풀린

기우제(祈雨祭) 고려 · 조선 시대에 가뭄이 심해 하지가 지나도록 비가 오지 않을 때에 비 오기를 빌던 제사. 일반적으로 비가 오기를 기원하는 제사의 의미로 쓰임.

목욕재계(沐浴齋戒) 부정을 타지 않도록 깨끗이 목욕하고 몸가짐을 가다듬는 일.

도포(道袍) 예전에, 통상 예복으로 입던 남자의 겉옷.

구장(區長) 예전에, 시골 동네의 우두머리를 이르던 말.

만인간(萬人間) 세상의 모든 사람.

타오르는 불길을 따라 그들의 축원도 천상에 통하는 듯하였다.

기우제는 끝났다.

"깽무깽깽 쿵덕쿵덕, 깽무깽깽 쿵덕쿵덕……."

농부들은 풍물을 울리면서 산을 내려왔다.

동네 앞 타작마당에서 그들은 짐짓 태평성대를 맞이한 듯 소고를 내두르며 한바탕 멋지게 놀았다. 조그만 아이놈들도 호박꽃에 반딧불을 넣어 들고서 어른들을 따라 우쭐거렸다.

"구, 구, 구장 어른, 저, 저 구름 좀 봐요!"

봉구란 놈이 무슨 엄청난 발견이라도 한 듯이 엉덩춤을 추면서 외쳤다. 아닌 게 아니라 거무스름한 구름장 하나가 달을 향해서 둥실둥실 떠왔다.

"얼씨구 좋다! 쿵덕쿵덕!"

농부들은 마치 벌써 비나 떨어진 듯이 껑충껑충 뛰어 댔다. 그러나 그것도 모두 헛일— 하루, 이틀, 비는커녕 안개도 내리지 않고, 되레 마음만 졸였다. 불안은 각각으로 커져만 갔다.

그러한 하룻날 보광사 농사 조합에서 성동리의 유력자 — 쇠다리 주사와 면 서기며 농사 조합 평의원인 진수를 청해 갔다.

태평성대(太平聖代) 어진 임금이 잘 다스리어 태평한 세상이나 시대.
소고(小鼓) 우리나라 타악기의 하나. 양면을 가죽으로 메우고 나무 채로 쳐서 소리를 낸다. 크기가 작으며, 풍물놀이에 쓰인다.
유력자(有力者) 세력이나 재산이 있는 사람.
평의원(評議員) 어떠한 일을 평의하는 데 참여하는 사람.
　평의(評議) 의견을 서로 교환하여 평가하거나 심의하거나 의논함. 또는 그런 결과.

그래서 그들이 저쪽의 의논에 응하고 가져온 소식—그것은, 오는 백중날 보광사에서 기우 불공을 아주 크게 올릴 예정이니까, 성동리에서는 한 집에 한 사람씩 참례를 하는 것이 좋겠다고. 기우 불공이라니 고마운 일이다.

"허지만 우리 같은 것 그리 많이 모아서 뭘 헌담? 불공은 중들이 헐 텐데……."

농민들은 무슨 영문인지 잘 몰랐다. 그러나 안 갔으면 가만히 안 갔지, 보광사의 논을 부쳐 먹고 사는 그들이라 싫더라도 반대는 할 수 없는 처지였다. 이왕이면 괘불(掛佛)까지 내걸어 달라고 마을 사람 측에서도 한 가지 청했다. 괘불을 내어 달면 아무리 어려운 일이라도 소원 성취된다는 말을 어릴 때부터 종종 들어 온 그들이었다. 하지만 절 측에서는 경비가 너무 많이 든다고 첨에는 뚝 잡아떼었다. 고까짓 일에 무슨 경비가 그리 날 겐가? 어디, 과연 영험이 있나 없나 보자! 마을 사람들은 꽤 큰 호기심을 품고서 간곡히 청했다. 구장이 두어 번 헛걸음을 한 뒤, 쇠다리 주사가 나가서 겨우 승낙을 얻어 왔다. 그래서 칠월

백중날(百中-) 음력 칠월 보름. 승려들이 재(齋)를 베풀어 부처를 공양하는 날을 명절로 삼은 것이다. 불교가 융성했던 신라 · 고려 시대에는 이날 큰 행사를 열었으나 조선 시대 이후로 사찰에서만 여러 가지 음식을 갖추어 재를 올리고 농가에서는 이날 하루 농번기의 피로를 씻기 위해 머슴을 쉬게 하였다.

재(齋) 우리나라 절에서, 부처에서 드리는 공양.

기우 불공(祈雨佛供) 비가 오게 해 달라고 부처에게 공양을 드리는 일.

참례(參禮) 예식, 제사 등에 참여함.

괘불(掛佛) 그림으로 그려서 걸어 놓은 부처의 모습.

영험(靈驗) '영검'의 원말. 사람의 기원대로 되는 신기한 경험.

백중날! 보광사에서는 새벽부터 큰 종이 꽝꽝 울렸다.

성동리 사람들은 — 농사 조합 평의원인 진수와 구장과 그 다음 몇 사람 빼놓고는 대개 중년이 넘은 아낙네들과 쓸데없는 아이놈들뿐이었지만 — 장꾼같이 떼를 지어 절로 절로 올라갔다.

천여 년의 역사를 가지고 무려 백여 명의 노소승(老少僧)이 우글거리는 선찰 대본산 보광사에는 벌써 백중 불공차 이곳저곳에서 모여 든 여인들이 들끓었다.

오색 단청이 찬란한 대웅전을 비롯하여, 풍경 소리 그윽한 명부전, 팔상전, 오백나한전…… 부처 모신 방마다 웬만한 따위는 발도 잘 못 들여놓을 만큼 사람들이 꽉꽉 들어찼다. 그들은

선찰(禪刹) 선사(禪寺). 선종(禪宗)의 절.

선종(禪宗) 참선으로 자신의 본성을 구명하여 깨달음의 오묘한 경지를 터득하고, 부처의 깨달음을 가르치는 것 외에 이심전심으로 중생의 마음에 전하는 것을 근본으로 삼는 종파.

대본산(大本山) 대본사. 총본사 아래에 있거나 독립적으로 같은 종지의 작은 말사를 다스리는 큰 절.

총본사(總本寺) 우리나라 각 불교 종단에 속하는 본사의 절들을 총괄하는 최고 행정 기관.

종지(宗旨) 종교의 가르침의 취지.

말사(末寺) 큰절의 관리를 받는 작은 절. 또는 큰절에서 갈라져 나온 절.

단청(丹青) 옛날식 집의 벽, 기둥 등에 여러 가지 빛깔로 그림이나 무늬를 그림. 또는 그 그림이나 무늬.

풍경(風磬) 처마 끝에 다는 종. 속에는 붕어 모양 쇳조각을 달아 바람 부는 대로 흔들리면서 소리가 난다.

명부전(冥府殿) 지장보살을 중심으로 그 주위에 염라대왕을 비롯한 시왕(十王)을 모신 법당. '명부(冥府)'란, 사람이 죽은 뒤에 심판을 받는 곳을 의미한다.

시왕(十王) 저승에서 죽은 사람을 재판하는 열 명의 대왕.

팔상전(八相殿) 팔상을 그린 그림과 존상(尊像)을 봉안한 법당. '팔상(八相)'이란 부처가 중생을 제도하려고 이 세상에 나타내 보인 여덟 가지 상(相)을 말한다.

존상(尊像) 지위가 높고 귀한 형상.

오백나한(五百羅漢) 석가모니가 남긴 교리를 결집하기 위하여 모였던 오백 명의 아라한.

아라한(阿羅漢) 생사를 이미 초월하여 배울 만한 법도가 없게 된 경지의 부처.

엉덩이 혹은 옆구리를 서로 맞대고 비비대기를 치며, 두 손을 높게 들어 머리 위에서부터 합장을 하고 나붓이 중절을 하였다. 아들딸 복 많이 달라는 둥, 허리 아픈 것 어서 낫게 해 달라는 둥…… 제각기 소원들을 은근히 빌면서. 잠자리 날개보다 더 엷은 생노방주 옷에 모두 제가 잘난 체 부처님 무릎 앞에 놓인 커다란 희사함(喜捨函)에 아낌없이 돈들을 척척 넣고 가는 그들! 얼핏 보면 죄다 만석꾼의 부인, 알고 보면 태반은 빚 내어 온 이들.

성동리 아낙네들은 명부전 뒤 으슥한 구석에서 잠깐 땀을 거두고서, 대웅전 앞으로 슬슬 나왔다. 자기들 딴에는 기껏 차려 봤겠지만, 앉으려는 겐지 섰는 겐지 분간을 못할 만큼 풀이 뻣뻣한 삼베 치마 따위로선 그런 자리에 어울릴 리가 만무하였다. 다른 분들과 엄청나게 차가 있는 자기들의 몸차림을 못내 부끄러워하는 듯, 어름어름 차례를 기다리고 섰다.

그러자, 며칠 전부터 와 있던 진수 어머니가 어디서 왔는지 쫓아왔다. 아주 반가운 듯한 얼굴을 하고.

"여태 어디들 처박혀 있었어? 아까부터 아무리 찾아두 온……. 다들 부처님 참배는 했나?"

자기는 벌써 보살님이나 된 셈 치는 어투였다.

중절(中-) 반절. 허리를 굽혀 양손을 바닥에 짚고 앉아 고개를 숙여서 하는 절.
생노방주(生蘆坊紬) 천을 짠 후에 잿물에 삶아서 뽀얗게 처리하지 아니한 중국산 명주의 하나.
희사함(喜捨函) 예불하는 사람들의 보싯돈을 받기 위하여 불전에 놓아두는 함.
어름어름 말이나 행동을 똑똑하게 분명히 하지 못하고 우물쭈물하는 모양.

"아직 못 봤수. 웬걸 돈이 있어야지!"

이 얼마나 천부당만부당한● 대답일까?

"그럼, 시줏돈도 없이 절에는 뭘 하러들 왔수?"

진수 어머니는 입을 삐쭉하더니,

'이것들 곁에 있다가는 괜히 큰 망신하겠군!'

할 듯한 표정을 하고는 어디론지 핑 가 버린다.

베치마 패들은 잠깐 주저주저하다가,

"돈 적으면 복 적게 받지 뭐." 하고는, 남편이나 아들들이 끼니를 굶어 가며 나뭇짐이나 팔아서 마련한 돈들을, 빚의 끝돈도 못 갚게 알뜰살뜰히도 부처님 앞에 바치고 나온다. 더러는 내고 보니 꽤 아까운 듯이 돌아다보기도 했다.

법당 뒤 조그마한 칠성각● 안에는, 아기 배려고 백일기도 한다는 젊은 아낙네. 지루하지도 않은지 밤낮으로 바깥 난리는 본체만체하고, 곁에 선 중의 목탁 소리에 맞춰 무릎이 닳도록 절만 하고 있다. 자기 말만 잘 들으면 틀림없다는 그 중의 말이 영험할진대 하마나● 아기도 뱄을 것이다.

꽝! 뗑뗑, 둥둥둥, 똑똑, 좌르르!

천부당만부당하다(千不當萬不當--) 어림없이 사리에 맞지 아니하다.
칠성각(七星閣) 칠원성군을 모신 집.
칠원성군(七元星君) 북두칠성의 존칭. 탐랑, 거문, 녹존, 문곡, 염정, 무곡, 파군 등 일곱 개의 별.
하마나 '벌써'의 경상도 사투리.

종각의 큰북 소리를 따라 각전 각방의 종, 북, 바라며 목탁들이 한꺼번에 모조리 발광을 하자, 허 주지의 지휘를 좇아 이 빠진 노화상(老和尙)의 독경 소리와 함께 엄숙하게 불문이 삑삑삑 열리고, 새빨간 가사의 서른두 젊은 중의 어깨에 고대하던 괘불이 메여 나와, 대웅전 앞 넓은 뜰 한가운데 의젓이 세워졌다. 삼십여 장의 비단에 그려진 커다란 석가 불상!

장삼 가사를 펄럭이는 중들은 말할 것도 없고, 모여든 구경꾼들까지 상감님 잔치에라도 참례한 듯이 놀라울 만큼 엄숙해졌다.

공양 상이 나오자, 주지를 비롯하여 각방 노승들이 참배를 드리고, 다음으로 젊은 중, 강당 학인(學人), 그 밖에 애기중들, 그리고 중 마누라와 보살계에 든 여인들, 맨 나중이 일반 손님들의 차례였다. 중들을 빼놓고는 모두 앞을 다투어 돈들을 내걸고 절을 하며 소원 성취를 빌었다.

"어서 물러 나와요, 다른 사람도 좀 보게."

진수 어머니는 다 같은 보살계원을 밀어 내고 들어서더니, 자기는 돈을 얼마나 냈는지 절을 열 번도 더 했다. 주지 부인을

바라(哱囉) 자바라. 놋쇠로 만든 타악기의 하나. 둥글넓적하고 배가 불룩하며, 불교 의식에서 많이 쓴다. 한가운데 있는 구멍에 가죽 끈을 꿰어 한 손에 하나씩 쥐고 두 짝을 마주쳐서 소리를 낸다

화상(和尙) '승려'를 높여 이르는 말.

가사(袈裟) 승려가 장삼 위에, 왼쪽 어깨에서 오른쪽 겨드랑이 밑으로 걸쳐 입는 법의(法衣).

학인(學人) 도(道)를 배우는 사람.

보살계(菩薩戒) 대승의 보살이 지켜야 할 계율.

대승(大乘) 중생을 제도하여 부처의 경지에 이르게 하는 것을 이상으로 하는 불교.

보고, 어머니 어머니하고 섰던 진수도, 남 먼저 좇아 나가서 대가리를 땅에 처박았다.

성동리 아낙네들은 이미 주머니가 빈지라, 부러운 듯이 곁에서 남이 하는 구경만 하고 있었다.

이러한 거추장스런 일이 다 끝난 뒤에야 겨우 기우 불공이 시작되었다. 괘불 앞에는 큰 북이 나오고, 바라가 나오고, 목탁이 나오고…… 성동리 구장이 동네서 긁어 온 돈을 내걸자 기도는 비로소 시작되었다.

"딱딱 딱딱, 나무아미타—불, 관세음보—살, 꽝, 둥, 촬, 딱다글!"

목탁 소리와 함께 독경 소리가 높아지고 경문의 구절마다 꽹과리, 북, 바라, 큰 목탁이 언제나 꼭 같은 장단을 짚는다.

성동리 사람들은 중들의 기도를 따라서 자기들도 절을 하였다. 중들의 궁둥이를 향해서. 어떤 중은 이리저리 돌아다니면서 무지막지한 촌뜨기들의 가지각색의 절들을 통일시키기 위하여, 불갓절을 모르는 위인들의 몸에 함부로 손을 대 가며 합장절을 가르쳤다. 이번에는 물론 삼베 치마들도 한몫 들었다. 그러나 그들의 절이란 어울리기는커녕 우습기가 한량없었다.

기도의 한 토막이 끝나려 할 즈음 잦은 고개를 넘는 경문, 신

경문(經文) 불경의 문구.
한량없다(限量--) 끝이나 한이 없다.

이 나서 어깨를 우쭐거리는 장단꾼, 청천백일 아래서 이마를 땅에 대고 제발 덕분에 비 오기를 비는 농부들과 그들의 어머니며 아내들…….

기도가 쉴 참에 성동리 사람들은 어마어마한 강당 안을 버릇없이 들여다보았다—. 아마 여든도 훨씬 넘었을 듯한, 수염까지 허연 법사(法師)가 높다란 법탑 위에 평좌를 하고 앉아서, 옹이가 툭툭 불거진 법장(法杖)을 울리면서 방 안이 빽빽하게 들어앉은, 한다한 보살계원들을 앞에 두고 방금 설법의 삼매경(三昧境)에 빠진 모양이었다.

"보광산하 십자로, 무설노고 호손귀."

라고, 맑은 목청으로 외더니, 가만히 눈을 감는다. 눈썹 하나 까딱 안 하는 모습이 마치 산 부처 같았다. 뒷벽에는 '합장의 생활'이라고 어마어마하게 쓴, 설교 제목이 걸려 있었다. 방 안은 죽은 듯이 조용하다.

"꽝!"

법사는 마침내 법장을 들어 법탑을 여무지게 울리면서 다시

청천백일(青天白日) 맑은 하늘에 뜬 해.
법사(法師) 설법하는 승려.
　설법(說法) 불교의 교의를 풀어 밝힘.
평좌(平坐) 격식을 차리지 않고 편하게 앉음.
옹이 나무의 몸에 박힌 가지의 밑부분.
법장(法杖) 승려가 짚고 다니거나 좌선할 때에 사용하는 지팡이.
한다한 한다하는. 수준이나 실력 따위가 상당하다고 자처하거나 그렇게 인정받는.
삼매경(三昧境) 삼매. 잡념을 떠나서 오직 하나의 대상에만 정신을 집중하는 경지. 이 경지에서 바른 지혜를 얻고 대상을 올바르게 파악하게 된다.

눈을 번쩍 뜨더니, 청중을 한 번 휘둘러보고는 설법을 계속한다.

"……보광산 밑 네 갈래 길에서, 혀 없는 늙은 할머니가 손자를 부르며 돌아간다—는 말씀입니다. 혀 없는 할머니가 어떻게 손자를 부를까요? 얼핏 생각하면 말도 아닌 것 같지만, 여기에 정작 우리 불교의 깊은 진리가 숨어 있거든요. 알고 보면 무궁무진한 뜻이 있지요……."

청중은 무슨 소린지 알 바 없어 그저 장바닥에 갖다 둔 촌닭처럼 눈만 끔벅끔벅할 뿐이었다. 하기야 진수 어머니처럼 몰라도 아는 체하는 여걸이 없는 바는 아니지만, 그러나 그건 보통 사람이 못할 짓, 어떤 이는 벌써 방앗공이마냥 끄덕끄덕 졸고만 있다.

다시 바깥 기도가 시작되었다. 기도중들은 장삼 가사가 담뿍 젖도록 땀을 흘려 가며 경문을 외고, 목탁, 꽹과리를 때려 치며, 북, 바라를 요란스럽게 울려 댔다. 괘불과 불경 영험이 있어야 할 테니까. 그래서— 기도는 꽤 장시간, 경문이 늦은 고개 잦은 고개를 오르내린 다음에 마침내 엄숙한 긴장 속으로 들어갔다. '나무아미타불'의 느린 합창 소리에 대웅전 앞 넓은 뜰은, 모래알까지 소르르 떨리는 듯싶었다.

방앗공이 방아확 속에 든 물건을 찧는 데 쓰도록 만든 길쭉한 몽둥이.

방아확 방앗공이로 찧을 수 있게 돌절구 모양으로 우묵하게 판 돌.

5

최후로 믿었던 괘불조차 영험이 없고 가뭄은 끝끝내 계속됐다. 들판에는 반 이상 모가 뽑히고 메밀 등속의 댓곡식이 뿌려졌으나, 끓는 폭양 아래서는 싹도 잘 아니 날 뿐더러, 설령 났더라도 말라지기 바쁠 지경이었다.

빨리 쌀밥 맛 좀 보자고 심었던 올벼도 말라져 버리고, 남은 놈이라야 필 염도 안 먹고, 새벽마다 성동리 골목골목에는 보리 능그는 절구질 소리만 힘없이 들렸다. 학교라고 갔던 놈들은 수업료를 못 내서 떼를 지어 쫓겨 왔다. 쫓겨 오지 않고 끌려오기로서니 없는 돈이 어디서 나오랴! 부모들의 짜증이 무서워서 오다가 되돌아서는 놈은, 만일 탄로만 나고 보면, ―거짓말은 도둑놈 될 장본이라고, 여린 뺨이 터지도록 얻어맞곤 하였다.

"없는 놈의 자식이 먹는 것도 장하지 학교는 무슨 학교야?"

이 집에서도 퇴학, 저 집에서도 퇴학이다. 이런 처지에는 추석도 도리어 원수다. 해마다 보광리 새 장터에서 열리는 소위

등속(等屬) 나열한 사물과 같은 종류의 것들을 몰아서 이르는 말.
댓곡식(-穀食) 구황 작물. 흉년 따위로 가근이 심할 때 쌀이나 보리 대신 심어 먹을 수 있는 농작물.
올벼 제철보다 일찍 여무는 벼.
염(念) 무엇을 하려고 하는 생각이나 마음.
능그다 곡식 낟알의 껍질을 벗기려고 물을 붓고 애벌 찧다.
장본(張本) 어떤 일이 크게 벌어지게 되는 근원.

면민 대운동회에 출장은커녕, 쇠다리 주사댁이나 진수네 집 사람, 그 밖에는 간에 바람 든 계집애나 나팔에 미친 불강아지• 같은 애새끼들밖에는 성동리에서는 구경도 잘 아니 나갔다. 그러나, 그래도 명절이라 해서, 사내들은 낡은 두루마기들을 꺼내 입고서 이 집 저 집 늙은이들을 뵈러 다니면서, 오래간만에 시큼텁텁한• 밀주(密酒)• 잔이나 얻어 마시고는 아무 데나 툭툭 나자빠져 잤다.

쇠다리 주사댁 안뜰에는 제법 널뛰기까지 벌어졌으나, 아낙네들은 별로 보이지 않고 거의 다 마을의 젊은 처녀들이었다. 들깨의 누이동생 덕아도 저녁에는 한바탕 뛰었다. 그러나 그들도 마치 무슨 의논이나 한 듯이 죄다 곧 흐지부지 흩어졌다. 중추명월•이야 옛날과 조금도 다를 바 없고, 네 활개를 활짝 펴고 높이 솟아 보는 아찔한 재미야 잊었을 리 만무하되, 원수의 가난과 흉년은 이 동네로부터 청춘의 기쁨과 풍속의 아름다움마저 빼어 가고 말았다.

싱거운 추석이 지난 뒤, 성동리 사람들은 모두 산으로 올라가기 시작했다. 남자는 지게를 지고, 여자들은 바구니를 들고서.

그러한 어느 날, 성동리 여자들은 보광사의 대사봉 중턱에서

불강아지 몸이 바싹 여윈 강아지.
시큼텁텁하다 음식의 맛, 냄새 따위가 시원하거나 깨끗하지 못하게 시다.
밀주(密酒) 허가 없이 몰래 술을 담금. 또는 그 술.
중추명월(中秋明月) 음력 팔월 보름의 밝은 달.

버섯을 따고 있었다. 가동 늙은이를 비롯하여 화젯댁, 곰보네, 들깨 마누라, 덕아……. 그중 제일 익숙한 것은 역시 가동댁이었다. 그는 어릴 적부터 까투리처럼 그 산을 싸다닌 만큼, 어디는 어떻고, 어디는 무슨 버섯이 난다는 것을 환히 알기 때문에 언제든지 남의 앞장을 서 다니면서 값나가는 송이라든가, 참나무버섯 따위부터 쏙쏙 곧잘 뽑아 담았다. 다른 여자들은 부러운 듯이 그의 뒤를 따라다니며, 한 광주리 가득 채워 이고 이십 리나 넘어 걸어야 겨우 한 이십 전 받을 둥 말 둥한, 소케버섯 싸리버섯 등속을 딸 뿐이었다.

하늘을 가린 소나무와 늙은 잡목 그늘은 음침하고도 축축하였다. 지나간 이백십일풍에 부러진 느티나무 가지는 위태롭게 머리 위에 달려 있고, 이따금 솔잎에서는 차디찬 물방울이 뚝뚝 떨어졌다. 억새랑 인동덩굴이 우거진 짬은 발 한 번 잘못 들여놓다간 고놈의 독사 바람에 또 순남네처럼 억울하게 죽을 판. 하지만 가동 늙은이의 말이 옳지, 가뭄 탓으로 그해는 버섯조차 귀했다.

덕아와 같은 젊은 계집애들은 악착스럽게 무서운 절벽 끝에 붙어 있었다. 아찔아찔 내둘려서 밑을랑 내려다보지도 못하고, 놀란 참새처럼 가슴만 볼록거렸다. 석양 받은 단풍잎에 비쳐 얼

까투리 암꿩.
소케버섯 솜 모양의 버섯. '소케'는 '솜'의 경상도 사투리임.
이백십일풍 동양의 역법에서는 입춘을 신년의 시작으로 정하여 약 2월 4일경부터 210일 되는 때 강풍이 불어온다고 하여 '이백십일풍'이라고 하였다.
내둘리다 갑자기 정신이 아찔하여 어지러워지다.

굴은 한층 더 붉어 오나 밉도록 부지런히 썩어 빠진 버섯만 보살피고 있는 것이었다. 재 너머 나무터에서는 초군들의 긴 노래가 구슬프게 들려왔다.

지리산천 가리 갈가마귀야,
이내 속 그 뉘 알꼬……!

낫을 들면 으레 나오는 노래다.

그러자 얼마 지나지 않아서, 여자들이 싸대던 비탈 위에서 갑자기 사람 소리가 나고 조그마한 애새끼 놈들이 까치집만큼씩 한 삭정이를 해서 지고는, 선불 맞은 산돼지 새끼처럼 혼을 잃고 쫓겨 왔다. 맨 처음에 선 놈이 차돌이, 그 다음은 개똥이…… 제일 꽁무니에 처져서 밑 빠진 고무신을 벗어 들고 허둥대는 놈은 그해 가을에 퇴학당한 상한이란 놈이다.

"예끼 요놈의 새끼들! 가면 몇 발이나 갈 줄 아니?"

악 치듯한 소리와 함께 보광사 산지기 수염쟁이가 뒤따라 나타났다.

"아이구머니!"

초군(樵軍) 나무꾼.
싸대다 싸다니다.
선불 급소에 바로 맞지 아니한 총알.
산지기(山--) 남의 산이나 뫼(사람의 무덤)를 맡아서 돌보는 사람.

여자들도 겁을 먹고 도망질이다. 잡히면 버섯을 빼앗기고 혼이 날 판. 그루터기에 걸려서 넘어지는 이, 솔가지에 치마폭을 찢기는 이, 그러나 바구니만은 버리지 않고 내달린다.

화젯댁은 제 도망질보다 쫓겨 가는 아이들의 뒤를 따르느라고, 몇 번이나 바구니를 내던질 뻔하면서 곤두박질을 쳤다.

"아이구 차돌아, 그만 잡히려무나!"

그래도 아이들은 돌아보지도 않고 달아만 난다. 자갈 비탈에서 지게를 진 채 자빠지는 놈, 엎어지는 놈, 그러다가 갑자기 옴츠리고 앉는 놈은 응당 날카로운 그루터기에 발바닥을 찔렸을 것이다.

산지기는 그 애의 나뭇짐을 공 차듯이 차서 굴리어 버리고는, 다시 벚나무 몽둥이를 내두르며 앞엣놈을 쫓는다. 그러자 의상 대사의 공부 터라는 바위 밑으로 쫓겨 가던 아이들은 갑자기 무춤하고• 발을 멈췄다. 동무 하나가 헛디디어 헌 누더기 날리듯 낭떠러지 아래로 떨어졌기 때문이다

아이들이 놀라고 선 영문을 알게 된 산지기는 부릅떴던 눈을 별안간 가늘게 웃기며,

"에끼 이놈들, 왜 있으라니까 듣지 않고 자꾸만 달아나더니 결국 이런 변을 일으키지 않나?"

마치 그들이 동무를 밀어뜨리기나 한 듯이 나무랐다.

무춤하다 놀라거나 어색한 느낌이 들어 갑자기 하던 짓을 멈추다.

화젯댁이 미친 듯이 날아왔다. 다행히 차돌이가 있는 것을 보고는 다소 마음이 놓이는 모양이었다.

"어머니, 상한이가 떨어졌어요!"

화젯댁은 대답도 않고서, 번개같이 비탈 아래로 미끄러지듯이 내려갔다. 모두 그의 뒤를 따랐다.

상한이는 망태기를 진 양으로 험한 바위틈에 내리박혀 있었다. 화젯댁은 바구니를 내던지고서, 상한이를 안아 내었다. 숨은, —벌써 그쳐 있었다. 얼굴은 알아보지 못하게 부서져서 피투성이가 된 위에, 한쪽 광대뼈가 불쑥 튀어나와 있었다. 그리고 그가 죽은 자리에는, 이상하게도 그때까지 지니고 있었던 밑 빠진 고무신이 한 짝 엎어져 있었다.

화젯댁은 한동안 넋을 잃었다. 그러나 우두커니 서 있는 산지기의 얼굴을 노려본 그녀의 눈에는 점점 살기가 떠올랐다.

"당신은 자식이 없소?"

칼로 찌르듯 뻬물었다.

"있든 없든 무슨 상관이야. 흐—! 참! 없다면 하나 낳아 줄 건가?"

산지기는 뻔뻔스럽게, 털에 싸인 입만 비쭉할 뿐이었다.

"뭐라구요? 액 여보, 절에 있다구 너무하오. 아무리 산이 중

망태기(網--) 물건을 담아 들거나 어깨에 메고 다닐 수 있도록 만든 그릇. 주로 가는 새끼로 엮어나 그물처럼 떠서 성기게 만든다.
뻬물다 자꾸 성을 내다.

하기로서니 남의 자식의 목숨을 그렇게 안단 말유?"

화젯댁은 그자의 거만스러운 상판대기에 똥이라도 집어 씌우고 싶었다.

"야, 이 여편네 좀 봐! 아아주 누굴 막 살인죄로 몰려구 드는군. 건방진 년 같으니, 천지를 모르고서 괜—히. 왜 이따위 새끼 도둑놈들을 빠뜨렸느냐 말야? 이년이 저부터 요런 도둑질을 함부로 하면서 뻔뻔스럽게—."

산지기는 화젯댁의 버섯 바구니를 힘대로 걷어찼다. 그러고는 어디론지 핑 가 버렸다. 초동들의 죄는, 결코 그 산지기의 핑계 말과 같이, 돈 주고 사지 않는 구역에서 땔나무를 한 것이 아니었다. 그들은 그 까치집만큼씩 한 삭정이 한 꾸러미를 목표로, 식은 밥 한 덩어리씩을 싸 들고는 어른들을 따라 이십 리도 더 되는, 동네서 사 놓은 나무터까지 정말 갔던 것이다. 구태여 트집을 잡는다면, 돌아오던 길에 철부지한 마음으로 떨어진 밤을 주우려고 길가 잡목 숲 속에 잠깐 발을 들여놓은 것뿐이었다.

얼마 뒤에 죽은 아이의 할머니가 파랗게 되어 달려왔다. 가동할머니다. 그녀는 곁엣사람은 본체만체, 바보처럼 우두커니 서서, 늘어진 손자만을 눈이 빠지도록 노려보더니, 그만 "하하

초동(樵童) 땔나무를 하는 아이.

철부지하다 '철없다'의 사투리.

⚜ 구태여 트집을 ~ 들여놓은 것뿐이었다 아이들이 나무를 한 곳은 동네 사람들이 사 놓은 나무터였기에 아무런 문제가 없지만, 돌아오는 길에 밤을 줍기 위해 절 소유의 땅으로 잠깐 들어간 것이 산지기의 눈에 띈 것이다.

하!" 웃어 댔다.

"정말 죽었구나! 너가 정말 죽었구나! 죽인 중놈은 어딜 갔니……?"

그녀는 넋두리를 하는 무녀(巫女)●처럼 한바탕 떠들더니 또다시 "하하하!" 한다.

가동 늙은이는 완전히 실신을 하였다. 물 건너⚜로 품팔이● 간 아들은 죽었는지 살았는지 십 년이 가깝도록 이렇단 소식이 없고, 며느리조차 달아난 뒤로는, 그 손자 하나만을 천금같이 믿고 살아온 것이었다.

이윽고 산지기는 보광사 파출소에서 순사 한 사람을 데리고 왔다.

가동 할멈은 한참 동안 산지기를 노려보더니, "예끼 모진 놈!" 하고 이를 덜덜 갈며 발악을 시작했다.

"고라● 고라! 안 대겠소. 나무 산에 도돗지리 보낸 단신 자리 모냈소. 이 얀반 사라미 아니 주깄소!⚜"

순사는 와락 덤벼드는 가동 할멈을 우악스럽게 물리쳤다. 그러나 밀리면서도,

무녀(巫女) 여자 무당.

⚜ 물 건너 여기서 '물 건너'는 '바다 건너', 즉 '일본'을 가리킨다.

품팔이 품삯을 받고 남의 일을 해 주는 일. 또는 그런 사람.

고라 '여봐', '이놈'이란 뜻의 일본어. 상대방을 나무라거나 꾸짖는 말이다.

⚜ 고라 고라! ~ 아니 주깄소! "여봐 여봐! 안 되겠소. 남의 산에 도둑질 보낸 당신(이) 잘못했소. 이 양반(은) 사람을 아니 죽였소!"를 일본 사람이 말하는 방식으로 표기한 것이다.

"아이구 이 모진 놈아, 천벌을 맞을 놈아! 내 자식 살려 내라, 살려 내—."

"고론 마리 하문 안 대겠소!⚜"

순사는 눈을 잔뜩 부릅뜨고 노파를 막아섰다.

"여보 나리까지도 그러시우?"

가동 할멈은 장승같이 눈을 흘기더니 갑자기 또 "하하하!" 미친 웃음을 친다.

"아이구 상한아! 상한아! 귀신도 모르게 죽은 내 새끼야—."

하고 할머니는 마치 노래나 하는 듯이,

"어허야 상사뒤여, 지리산 갈가마귀 그를 따라 너 갔느냐? 잘 죽었다. 내 손자야, 명산 대지에서 너 잘 죽었구나—. 하하하……!"

이렇게 가동 늙은이는 그만 영영 미쳐 버리고 말았다.

6

은하수가 남북으로 돌아져도 성동 들은 가을답지 않았다. 전 같으면 들이 차게 익어 가는 누른 곡식에, 농부들의 입에서도

⚜ 고론 마리 하문 안 대겠소! "그런 말을 하면 안 되겠소!"를 일본 사람이 말하는 방식으로 표기한 것이다.

저절로 너털웃음이 흘러나오고, 아낙네들은 가끔 햅쌀 되나 마련해서 장 출입도 더러 할 것이로되, 그해는 거친 들을 싱겁게 지키는 허수아비처럼 모두들 맥없이 말라빠졌다.

보광사로부터 산 땔나무 터에도 인제는 더 할 것이 없고, 또 기한이 지나자, 사내들은 별반 할 일이 없었다. 간혹 도둑나무를 하러 다니는 사람이 있지만 붙잡히면 혼이 나곤 했다.

첫여름에 무단히 경찰서로 끌려간 고 서방은, 남의 논두렁을 잘랐다는 얼토당토않은 죄에 몰려 괜히 몇 달간 헛고생을 하다가 추석 지난 뒤에 겨우 놓여나왔으나, 분풀이는커녕 타고난 천성이라 도둑나무도 못 해 오고 꼬박꼬박 사방공사 품팔이나 다녔다. 길이 워낙 멀고 보니, 그나마 닭 울자 집을 나서야 되고, 삯이라곤 또 온종일 허둥대야 겨우 삼십 전 될락말락. 그러나 이렇게 다니는 것은 물론 고 서방만이 아니었다.

아낙네들은 버섯 철이 지나자 인젠 멧도라지나 캐고, 그렇지 않으면 콩잎 따기가 일이었다. 그것도 자기 산 없고, 자기 밭 적은 그들은 욕 얻어먹기가 일쑤였다.

마침내 군청에서 주사 나리까지 출장을 나와서, 소위 가뭄으

햅쌀 되나 마련해서 장 출입도 더러 할 것이로되 햅쌀을 몇 되 정도 마련해서 그것을 장에 들고 가서 팔아 다른 물건들을 사 오고 할 것이로되.

첫여름 여름이 시작되는 첫 머리.

무단히(無斷-) 사전에 허락이 없이. 또는 아무 사유가 없이.

사방공사(砂防工事) 산지나 강가의 모래나 흙이 바람과 비에 씻겨서 무너져 내리는 것을 방지하는 공사.

로 인한 피해 상태의 실지 조사를 하고 가더니, 달포가 지나도록 아무런 소식이 없고, 동네 안에는 다만 주림과 불안만이 떠돌 뿐이었다. 그래도 보광사에서는 갑자기 간평을 나왔다. 고자쟁이 이시봉과 본사 법무원(法務院)에서 셋—도합 네 사람이 나왔다.

간평! 소작료! 농민들에게는 이 말이 무엇보다도 무섭고 또 분했다. 그러나 그날 절 논 소작인으로서는 물론 하나도 출타를 않고 기다렸다. 농사 조합의 평의원이 되어 있는 진수도 그날은 면소 일을 제쳐 놓고 중들을 맞이하였다.

그래서 진수의 집 사랑에서는 일찍부터 술상이 벌어졌다. 미리 마련해 두었던 밀주와 술안주가 이내 모자랐든지, 머슴 놈이 보광리 상점으로 종종걸음을 치고, 쇠고기 굽는 냄새가 흐뭇이 새어 나오는 통에, 대문 밖에 죄인처럼 쭈그러뜨리고 앉은 소작인들은, 괜히 헛침만 꿀떡꿀떡 삼키었다. 작인들은 간평원들의 미움이나 받을까 저어했음인지 차례로 안으로 들어가서는, 오시느라고 수고했다고 공손히 수인사를 하고 나왔다. 고 서방은 지난 여름 당한 일을 생각하면 이가 절로 갈렸지만 그래도 시봉

달포　한 달이 조금 넘는 기간.
간평(看坪)　농작물을 수확하기 전에 미리 작황을 조사하여 소작료율을 결정하던 일.
소작료(小作料)　다른 사람의 농지를 빌려 농사를 지은 대가로 지주에게 치르는 사용료.
출타(出他)　집에 있지 아니하고 다른 곳에 나감.
면소(面所)　면사무소.
사랑(舍廊)　집의 안채와 떨어져 있는, 바깥주인이 거처하며 손님을 접대하는 곳.
작인(作人)　소작인.
저어하다　염려하거나 두려워하다.
수인사(修人事)　인사를 차림.

의 앞에 무릎을 꿇지 않을 수가 없었다.

"에헴, 에헴, 에— 헴!"

치삼 노인도, 듣는 사람의 가슴까지 걸릴 기침 소리를 연거푸 뽑으면서 기다란 지팡이를 끌고 대문 안으로 들어갔다. 그리고 자식 같은 사람들 앞에 절을 하고서는, 그러지 말라던 아들의 말을 듣지 않고서, 그예 자기 집 농사 사정을 여쭈어 보려고 했다.

"여보 노인, 그런 소리는 할 필요 없소. 메밀을 갈았으면 메밀을 간 세만 내면 되지 않겠소?"

이시봉은 거만스런 반말로써 사정없이 쏘았다.

치삼 노인은 다시 말해 볼 여지가 없었다.

"여보, 그런 말은 이런 데서 하는 법이 아니오. 괜히 남 술맛 떨어지게!"

곁에 앉은 중 하나가 뒤를 따라 핀잔을 하는 바람에, 화가 더 치밀었으나 진수의 권하는 말에 치삼 노인은 다행히(!) 무사하게 밖으로 나왔다. 그러나 "허 참, 복 받겠다고 멀쩡한 자기 논 시주해 놓고 저런 설움을 받다니 온!" 하는 젊은 사람들의 말도 들은 체 만 체, 뼈만 왈왈 떨리는 다리를 끌고 자기 집으로 돌아갔다.

다른 사람들은 그래도 진수네 집 대문 밖에, 노 우거지상을 하고 앉아서 어서 술이 끝나기를 기다렸다. 그러다가 더러는 투

왈왈 '와들와들'의 준말.

노 노상. 언제나 변함없이 한 모양으로 줄곧.

우거지상(---相) 잔뜩 찌푸린 얼굴 모양을 속되게 이르는 말.

덜거리며 돌아가고, 잡담이나 하고 고누나 두던 눅은 친구들도 나중에는 역시 불평이 나왔다.

"제에기, 간평을 나온 겐가, 술을 먹으러 나온 겐가? 아무 작정을 모르겠군."

머리끝이 희끔희끔한 친구가 이렇게 불퉁하니깐, 곁에 있던 까만딱지가,

"글쎄 말야. 이것들이 또 논을랑 둘러보지도 않고 앉아서만 소작료를 정할 것 아닌가?"

"제에기, 우, 우리 논에는 또 안— 가겠군. 자— 작년에도 앉아서 세만 자— 자, 잔뜩 매더니……."

봉구란 놈도 한마디 보태었다.

"설마 자기들도 사람인 이상 금년만은 무슨 생각이 있을 테지!"

한 시절 보천교에 미쳐서 정감록이 어떠니 하고 다니던 최

고누 땅이나 종이 위에 말밭을 그려 놓고 두 편으로 나누어 말을 많이 따거나 말 길을 막는 것을 다투는 놀이.

눅다 분위기나 기세 따위가 부드러워지다.

불퉁하다 퉁명스럽고 무뚝뚝하다.

보천교(普天教) 증산교의 교조 강일순의 제자인 차경석이 1916년에 전라북도 정읍에서 창건한 유사 종교. 처음에는 '보화교(普化教)'라고 하다가 이 이름으로 고쳤는데, 교주가 죽은 뒤에 사교(邪教)로 규정되어 해체되었다.

사교(邪教) 건전하지 못하고 요사스러운 종교.

정감록(鄭鑑錄) 조선 중기 이후 백성들 속에 유포된, 나라의 운명과 백성의 앞날에 대한 예언서. 풍수지리상으로 본 조선 왕조 후 역대의 변천 등을 예언한 것으로, 이심(李沁)과 정감(鄭鑑)의 문답을 기록한 책이라 하나 이본이 많아 확실한 것은 알 수 없다.

이본(異本) 문학 작품 등에서 기본적인 내용은 같으면서도 부분적으로 차이가 있는 책.

서방의 말이다. 삼십을 겨우 지난 놈이 아직도 상투를 달고, 거짓말 싱거운 소리라면 '소진장의(蘇秦張儀)'라도 못 따를 것이고, 한동안 보천교에 반했을 때는 '육조판서'가 곧 된다고 허풍을 치던 위인이다.

"이 사람 판서, 설마가 사람 죽이는 걸세. 생각은 무슨 생각! 자네 판서나 마찬가지지 뭐."

툭 쏘는 놈은, 일본서 탄광밥 먹다 온 까만딱지 또쭐이었다.

이윽고 술이 끝났다. 모가지 짬까지 벌겋도록 취해서 나서는 간평원들! 금테 안경을 쓴 진수 아내가 사립 밖까지 나와서 배웅을 하자, 그들은 인도하는 진수의 뒤를 따라서 단장과 함께 비틀거렸다. 그러한 그들의 뒤에는, 얼굴이 노랗고 여윈 소작인들이 마치 유형수(流刑囚)처럼 묵묵히 따랐다.

술 취한 양반들에게 옳은 간평이 될 리 없었다. —그저 작인들의 말은 마이동풍 격으로, 논두렁에도 바특이 들어서 보는

소진장의(蘇秦張儀) 소진(蘇秦)과 장의(張儀)처럼 말솜씨가 좋은 사람을 이르는 말.
소진(蘇秦) 중국 전국 시대의 유세가(遊說家). 진(秦)에 대항하여 연(燕), 조(趙), 한(韓), 위(魏), 제(齊), 초(楚)를 설득하여 이들 나라의 동맹을 성공시켰다.
장의(張儀) 중국 전국 시대 위(魏)나라의 정치가. 진(秦)나라의 재상이 되어 진(秦)나라를 중심으로 동서(東西)의 여섯 나라가 진나라에 복종하도록 힘썼다.
⚜ 자네 판서나 마찬가지지 뭐 간평을 나온 사람들이 가뭄이 든 것을 감안해서 올해 소작료를 감면해 주기를 기대하는 것은 최 서방이 보천교에 미쳐 스스로 육조판서가 된다고 허풍을 친 것과 마찬가지로 허황된 생각이라는 의미이다.
단장(短杖) 짧은 지팡이.
유형수(流刑囚) 유형살이를 하는 죄인.
유형(流刑) 죄인을 먼 시골이나 섬으로 귀양 보내던 형벌.
마이동풍(馬耳東風) 남의 말을 귀담아듣지 아니하고 지나쳐 흘려 버림.
바특이 두 대상이나 물체 사이가 조금 가깝게.

법도 없이 다만 진수하고만 알아듣지도 못할 왜말을 주절거리면서, 그야말로 처삼촌 산소 벌초하듯이 흐지부지 지나갈 뿐이었다. 그러면서도 짐짓 성실한 듯이 이따금 단장을 쳐들어 여기저기를 가리키기도 하고, 혹은 수첩에 무엇인가를 적어 넣으면서.

그렇게 허수아비처럼 흐느적거리며 들깨의 논 곁을 지날 때였다.

"왜 메밀을 갈았소?"

시봉은 들깨의 수인사 대답으로 이렇게 물었다.

"헐 수 있어야죠. 마른 모 포기 기다렸댔자 열음 않을 게고……."

들깨는 한 손에는 콩대, 한 손에는 낫을 든 채 열적게 대답했다.

"메밀은 잘됐구먼."

"뭘요, 이것도 늦게 뿌려서……."

들깨는 시봉의 다음 말을 두려워하는 태도였다.

다른 사람들은 슬금슬금 앞 두렁으로 걸어갔다. 거기서는 아기를 등에 업은 들깨의 아내와 누이동생이 바쁘게 두렁콩을 베

왜말(倭-) 일본 말을 낮잡아 이르는 말.

⚜ 처삼촌 산소 벌초하듯이 일에 정성을 들이지 아니하고 마지못하여 건성으로 함을 비유적으로 이르는 말.

⚜ 왜 메밀을 갈았소? 왜 벼를 갈아 엎고 메밀을 심었는지 묻고 있다.

열음 '열매'의 방언으로 여기에서는 '열매를 맺다'는 뜻으로 쓰였다.

열적다 '열없다'의 사투리. 좀 겸연쩍고 부끄럽다.

고 있었다. 덕이는 열일곱의 처녀로서는 놀랄 만큼 어깻죽지가 벌어지고, 돌아앉은 뒷모습이 한결 탐스러웠다. 자기 뒤에 가까이 낯선 사내들이 와 선 것을 깨닫자, 푹 눌러 쓴 수건 밑으로 엿보이는 두 볼이 적이* 붉어진 듯은 하나, 낫을 든 손은 여전히 쉴 새가 없었다.

"오빠! 왜 암말도 못 했소?"

간평꾼들이 물러가자, 덕이는 시무룩해 가지고 돌아오는 들깨를 안타까운 듯이 쳐다보았다.

"말은 무슨 말을 해?"

"세 좀 매지 말라구……."

"그놈들 제멋대로 매는 걸 어떻게."

"그럼 오빠는 이까짓 메밀 간 세도 바치려네?"

덕이는 자못 서글퍼하는 말씨였다.

"글쎄, 먹고 남으면 바치지!"

들깨는 픽 웃었다. 그는 최근에 와서 갑자기 무던히 배짱이 커졌다.

덕이는 오빠의 말에 확실히 일종의 미더움을 느꼈다. 그러나 허리에 낫을 여전히 꽂은 채 담배만 빡빡 피우고 앉은 오빠의 마음속은 결코 그리 후련한 것은 아니었다. 그렇다고 해서 메밀밭 위를 바삐 나는 고추잠자리처럼 조급하지도 않았지만.

적이 꽤 어지간한 정도로.

이튿날 저녁, 동네 사람들은 진수의 집 사랑에 불려 가서, 진수의 입으로부터 제각기 소작료를 들어 알았다. 그리고 그 무서운 결정에 다들 놀랐다.

그러나 가장 현대적 마름인 소위 평의원 앞에서, 버릇없이 덤뻑 불평을 늘어놓다가는 어느 수작에 어떻게 될지 모르는 형편이라, 작인들은 내남없이,

"허 참! 톡톡 다 떨어 봐두 그렇게 될 둥 말 둥 한데……?"

따위의 떡심 풀린 걱정 말이나 중얼거릴 뿐 모두 맥없이 돌아갔다.

들깨와 철한이들—이 동네 교풍회장인 쇠다리 주사의 말을 빌리면 동네서 제일 콧등이 세고 어긋한 놈들은, 벌써 버릇이 되어서, 미리 의논이라도 한 듯이, 그날 밤에도 진수의 집에서 나오자 슬슬 야학당으로 모여들었다. 어느새 왔는지 곰보 고 서방도 작은 방 한쪽 구석에 다른 때보다 한풀 더 힘없이 쭈그리고 앉아 있었다. 이윽고 불강아지 새끼 같은 야학생들을 죄 돌려보내고는, 까만딱지 또쭐이가 큰 방으로부터 돌아왔다. 더펄

마름 지주를 대리하여 소작권을 관리하는 사람.

내남없이 나와 다른 사람이나 모두 마찬가지로.

교풍회(矯風會) 일제 강점기 때 각 지역에 설립된 친일 단체. '교풍'은 '옳지 못한 풍속이나 습관을 고쳐 바로잡음'이란 의미이다.

⚜ 콧등이 세고 남의 말을 잘 듣지 아니하고 고집이 매우 세고.

어긋하다 무게나 부피, 길이 따위가 어떤 기준에 맞지 않다. 여기에서는 일제의 통치 방침에 고분고분하지 않다는 의미로 쓰였다.

야학당(夜學堂) 밤에 글을 가르치는 곳.

더펄 자란 머리털 위에 분필 가루를 허옇게 쓰고. ―서른세 살로서는 엄청나게 늙어 보이는 얼굴이었다.

이렇게 소위 콧등이 센 놈들은 저녁마다 야학당에 모여서, 그날그날의 피로를 잊어 가며 잡담도 하고 농담들도 하다가는, 또쭐이로부터 일본의 탄광 이야기도 듣고, 또 이곳저곳에서 일어나는 소작쟁의 얘기도 들었다. 더구나 소작쟁의에 관한 이야기는 마치 자기들의 일같이 눈을 끔벅거리며, 혹은 입을 다물고 들었다.

그날 밤에도 그들은 이슥토록 거기 모여서 놀았다. 그러다가 마침내, 나올 곳 없는 그해 소작료를 어떻게 할까 하는 말이 누구의 입에선지 나오게 되었다.

7

쇠다리 주사 댁 감나무에 알감이 주렁주렁 달리고, 여물어진 박들이 희뜩희뜩 드러난 잿빛 지붕들에 고추가 발갛게 널리자 가을은 깊을 대로 깊었다.

소작쟁의(小作爭議) 소작권과 소작료 등의 이해관계를 둘러싸고 지주와 소작인 사이에 벌어지는 투쟁.

이슥토록 이슥하도록.

이슥하다 밤이 꽤 깊다.

희뜩희뜩 다른 빛깔 속에 흰 빛깔이 군데군데 뒤섞여 있는 모양.

그러나 농민들 생활은 서리 맞은 나뭇잎같이 점점 오그라져서, 밤이면 야학당에 모여드는 친구가 부쩍 늘어갔다. 하룻밤에는 몇 사람이 쇠다리 주사댁 감을 따 왔다.

"빨리들 먹게!"

또쭐이는 뒷일이 떠름했지만, 다른 친구는 오히려 고소한 듯한 표정들을 하였다.

"아따, 개똥이 저놈, 나무 재주는 아주 썩 잘해! 그저 이 가지 저 가지 휘뚝휘뚝 타고 다니는 것이 꼭 귀신 같데."

철한이는 먹기보다 감 따던 이야기를 더 재미있게 했다.

"먹고 싶어 먹었다. 체하지는 말어라!"

한 놈이 벌써부터 두 가슴을 두드린다. 그러면서도 또 한 개를 골라 든다. 사실, 퍼런 콩잎이랑 고춧잎 따위에 물린 그들의 입에, 감은 확실히 일종의 별미였다.

"제에기, 또 연설 마디나 있겠지?"

또쭐이가 담배를 피워 물며 두덜대니깐, 바로 곁에 있던 고 서방이,

"연설 아니라, 무릎을 꿇고 빌어도 허는 수 없지!"

자칫하면 동네 집회소 — 이 야학당에다 사람들을 모아 놓고, 소위 사상 선도의 연설이 있곤 하였다. 그러나, 연설만으로써

떠름하다 마음이 썩 내키지 아니하다.

집회소(集會所) 여러 사람이 어떤 목적을 위하여 일시적으로 모이는 곳.

어떻게 될 리는 만무하였다. 더구나, 속이 빤히 들여다보이는 교풍회장 쇠다리 주사나 진흥회장 진수 따위가 씨부렁대는 설교에는 인제 속을 사람은 없었다.

지금은 누가 뭐라고 하더라도, 농민들은 결국 자기들대로 하는 수밖에 없었다. 소작료도, 빚도 인젠 전과 같이는 두렵지가 않았다. 그저 제가 지은 곡식이면 모조리 떨어다 먹었다. 뿐만 아니라 가다가는 남의 것에도 손이 갔다. ―그러할수록 동네의 소위 유산자인 쇠다리 주사와 진수의 신경은 극도로 날카로워졌다.

이튿날 아침, 철한이는 안골 논에서 콧노래를 흥얼거리면서 바쁘게 낫을 휘둘렀다. 찬물내기가 되어서 거기만은 겨우 가뭄을 덜 타고, 제법 벼 이삭이 고개를 숙였다. 그는 잇달아 홍타령을 부르면서, 지난밤 어머니에게서 처음으로 들은 자기의 혼삿말을 문득 생각하였다. 상대자는 성동리에서 제일 얌전하다는 덕아였다. 한동안 치삼 노인이 쇠다리 주사의 꿀떡 같은 말에 꾀였을 때는, 쇠다리의 첩으로 가게 되느니 어쩌느니 하는 소문

진흥회(振興會) 농촌 진흥회(農村振興會). 일제 강점기 농촌 진흥 운동기에 식민지 체제를 안정시키기 위한 목적으로 전국의 촌락 단위로 설치되었던 단체 중의 하나이다.

⚜ 소작료도, 빚도 인젠 ~ 모조리 떨어다 먹었다 가뭄으로 수확량이 많이 줄었는데도 소작료를 예년과 다르지 않게 산정하자, 농민들이 소작료를 내거나 빚을 갚기도 전에 자기가 농사지은 곡식을 다 거두어 먹었다는 의미이다.

가다가 어떤 일을 계속하는 동안에 어쩌다가 이따금.

찬물내기 '찬물받이' 혹은 '찬물배미'의 사투리. 늘 찬물이 솟아나거나 흘러 들어와 괴어 있는 논배미.

이 퍼져서 울고불고 하던 덕아가 결국 자기에게 오련다는 것이었다. 물론 그 이면에는 오빠 들깨의 숨은 힘이 크리라는 것을 생각하면, 오빠가 한없이도 고마웠다. 철한이의 머릿속에는 자꾸만 덕아가 떠올랐다. 한동네에 살면서도 자기와 마주치면 곧잘 귀밑을 붉히며 지나가던 덕아! 또렷한 콧잔등에 무엇을 노생각는 듯한 두 눈! 그리고…… 그렇다. 지난봄 덕아가 바로 그 논에 모내기를 왔을 때 본 그 희고 건강한 팔 다리! — 예까지 생각하다가 철한이는 혼자서 픽 웃으며 머리를 절절 흔들어 공상을 흩어 버리고는, 베어 둔 볏단을 주섬주섬 안아서 지게에 얹었다.

그걸 해 지고, 총총히 자기 집 돌담을 돌아올 때, 그는 갑자기 발을 무춤 멈추었다.

안에서 뜻밖에 아버지의 고함 소리가 새어 나왔기 때문이다.

"미친 소리 말어! 이런 엉세판에 뭐 자식 장가?"

철한이는 그 말에, 일껏 가졌던 희망이 덜컥 무너지는 것 같았다. 그리고 그 자리에 서 있는 것이 행여 누가 볼까 부끄럽기도 했지만, 잠깐 더 어름댔다.

"자식을 두었으면 으레 장가를 들여야지, 그럼 살기 딱하다고 언제까지나……."

어머니의 눈물겨운 대꾸가 들렸다.

엉세판 매우 가난하고 궁한 판.

"그래도 곧 잘했다는 게로군. 앙큼한 년 같으니!"

"어디 종년으로 아시우? 늙어 가며 툭하면 이년 저년 하게."

"저런 죽일 년 좀 봐!"

"죽일려든 죽여 줘요. 나도 임자에게 와서 스무 해가 넘도록 종노릇도 무던히 해 주고 자식도 장가들 나인데, 인젠 이년 저년 하는 소린 더 듣기 싫어요."

"저년이 누구 앞에서 곧장 대꾸를 종종거리는 거야! 예끼, 미친년, 죽어라 죽어!"

아버지의 벼락같은 호통과 함께 질그릇 부서지는 소리가 나더니, 이내 어머니의 외마디 소리까지 들렸다.

철한이는 부리나케 집으로 들어갔다. 아버지는 어느새 어머니의 머리채를 움켜쥐고 있었다.

"제발, 이것 좀 놔요. 잘못했소, 내 잘못했소."

어머니는 머리를 얼싸쥐고 빌었다.

"아버지! 이거 노세요. 아무리 짜증이 나시더라도 이게 무슨 꼴이여요. 이웃 사람 웃으리다."

아들이 뒤에서 안고 말리니까, 아버지는 못 이기는 듯이 떨어졌다. 하나 분을 못 참고서,

"이 죽일 년아, 나는 여태 누구 종노릇을 해 왔기에? 너희들이 들어서 내 뼥다귀까지 깎아 먹지 않았나? 응, 이 소견머리 없는 년아!"

그러면서 부들부들 떨었다.

싸움 바람에 식겁을 한 막내 아들놈은 아침밥도 얻어먹지 못하고서 눈물만 그렁그렁해 가지고 학교로 떠났다.

어머니는 한참 동안 넋 잃은 사람처럼 되어서 뒤곁 치자나무 앞에 앉아 있었다. 외양간 앞으로 돌아가 혼자 울가망하게 서서 홧담배만 피워 대는 아버지의 손아귀에는, 바칠 기한이 지난 세금 고지서와 함께 농사 조합에서 빌려 쓴 비료 대금 독촉장이 꾸겨져 들려 있었다. 그는 문득 외양간 안으로 쑥 들어가더니, 순순히 서 있는 쇠등을 슬쩍 쓰다듬어 본다. 그것이 마치 악착한 생활에 함께 부대낀 자기의 아내나 되는 듯이……. 긴 눈썹 사이로 움푹 들어간 그의 눈에는 어느새 웬 눈물까지 고여 있었다⚜.

철한이의 결혼은, 그리고 약 한 달 뒤에 행례가 있었다.

8

"아이고, 어느 도둑놈이 그 벼를 베어 갔을까? 생벼락을 맞아 죽을 놈! 그 벼를 먹구 제가 살 줄 알아……. 창자가 터질 꺼

식겁(食怯) 뜻밖에 놀라 겁을 먹음.

울가망하다 근심스럽거나 답답하여 기분이 나지 않는 상태이다.

홧담배(火--) 홧김에 피우는 담배.

악착하다(齷齪--) 잔인하고 끔찍스럽다.

⚜ 긴 눈썹 사이로 ~ 눈물까지 고여 있었다 철한의 아버지가 자식의 결혼을 위해 소를 팔기로 결심했음을 의미한다.

행례(行禮) 예식을 행함. 또는 그런 일.

여 터져!"

하며 봉구 어머니가 몽당치마 바람으로 이 골목 저 골목 외고 다니고, 호세 징수를 나온 면 서기가 그녀를 찾아다니던 날, 성동리에서는 구장 이외 고 서방, 들깨, 또쭐이 들 사오 인이 대표가 되어 보광사 농사 조합으로 나갔다. 그들의 하소연은, 자기들이 봄에 빌려 쓴 소위 저리 자금(低利資金)의—대부분은 비료 대금이지만—지불 기한을 조금 더 연기해 달라는 것이었다.

보광사 소작인들은 해마다 소작료와 또 소작료 매 석에 대해서 너 되씩이나 되는 조합비와 비료 대금과 그것에 따른 이자를 바쳐야만 되었다. 그리고 비료 대금은 갚는 기한이 해마다 호세와 같았다.

의젓하게 교의에 기댄 채 인사도 받는 양 마는 양 하는 이사(理事)님은 빌 듯이 늘어놓는 구장의 말을랑 귀 밖으로, 한참 '시끼시마' 껍데기에 낙서만 하고 있더니, 문득 정색을 하고는,

"그런 귀치 않은 논은 부치지 않는 게 어때요?"

해 던졌다.

외다 같은 말을 되풀이하다.
호세(戶稅) 호별세. 예전에, 살림살이를 하는 집을 표준으로 하여 집집마다 징수하던 지방세.
저리 자금(低利資金) 정부, 금융 기관 등이 기업이나 개인에게 일반 금리 수준보다 낮은 이자로 빌려 주는 자금.
석(石) 섬. 부피의 단위. 곡식, 가루, 액체 등의 부피를 잴 때 쓴다. 한 섬은 한 말의 열 배로 약 180리터에 해당한다.
교의(交椅) 의자.
시끼시마 일제 강점기 때 담배 상표명의 하나.

"……."

"해마다 이게 무슨 짓들이요? 나두 인젠 그런 우는 소리는 듣기만이라도 귀찮소. 호세만 내고 버티겠거든 어디 한번 버티어들 보시구려!"

"누가 어디 조합 돈은 안 내겠다는 겁니까. 조금만 연기를 해 달라는 거지요."

이번에는 또쭐이가 말을 받았다.

"내든 안 내든 당신들 입맛대로 해 보시오. 난 이 이상 더 당신들과는 이야기 않겠소."

이사님은 살결 좋은 얼굴에 적이 노기를 띠더니, 그들 틈에 끼여 있는 곰보를 힐끗 보고는,

"고 서방 당신은 또 뭘 하러 왔소? 작년 것도 못다 내고서 또 무슨 낯으로 여기 오우?"

매섭게 꼬집었다. 그리고 그는 다시 장부를 뒤적거리면서, 하던 일을 계속했다. 일행은 허탕을 치고 밖으로 나왔다.

그리고 며칠 뒤, 저수지 밑 고 서방의 논을 비롯하여 여기저기에, 그에 입도차압(立稻差押)의 팻말이 붙기 시작했다.

농민들은 알아보지도 못하는 그 차압 팻말을 몇 번이나 들여다보고, 또 들여다보았다. —피땀을 흘려 가면서 지은 곡식에 손도 못 대다니? 그들은 억울하고 분하기보다, 꼼짝없이 인젠

입도차압(立稻差押) 베기 전에 논에 그냥 서 있는 벼를 압류하는 것을 이름.

목숨을 빼앗긴다는 생각이 앞섰다.

고 서방은 드디어 야간도주를 하고 말았다.

"이렇게 비가 오는데, 그 어린것들을 데리고 어디로 갔을까?"

이튿날 아침, 동네 사람들은 애 터지는 말로써 그들의 뒤를 염려했다.

무심한 가을비는 진종일 고 서방이 지어 두고 간 벼 이삭과 차압 팻말을 휘두들겼다.

무슨 불길한 징조인지 새벽마다 당산등에서 여우가 울어 대고, 외상술도 먹을 곳이 없어진 농민들은 저녁마다 야학당이 터지게 모여들었다.

그리하여 하루아침, 깨어진 징 소리와 함께, 성동리 농민들은 일제히 야학당 뜰로 모였다. 그들의 손에는, 열음 못 한 빈 짚단이며 콩대, 메밀대가 잡혀 있었다.

이윽고 그들은 긴 줄을 지어 가지고 차압 취소와 소작료 면제를 탄원해 보려고 묵묵히 마을을 떠났다. 아낙네들은 전장에나 보내는 듯이 돌담 너머로 고개를 내 가지고 남정들을 보냈다. 만약 보광사에서 들어주지 않는다면…… 하고 뒷일을 염려했다.

그러나 또쭐이, 들깨, 철한이, 봉구—이들 장정을 선두로 빈

야간도주(夜間逃走) 야반도주(-半--). 남의 눈을 피하여 한밤중에 도망함.
휘두들기다 마구 두들기다.

짚단을 든 무리들은 어느새 벌써 동네 뒤 산길을 더위잡았다. 철없는 아이들도 행렬의 꽁무니에 붙어서 절 태우러 간다고 부산히 떠들어 댔다.

■ 「조선일보」(1936) ; 『김정한 소설선집』(창작과비평사, 1974)

더위잡다 높은 곳에 오르려고 무엇을 끌어 잡다.

● 등장인물 들여다보기

들깨

사하촌인 성동리에서 농사를 짓는 젊은 소작농으로, 아버지 치삼 노인, 누이동생 덕아, 그리고 아내, 젖먹이 아들과 함께 살고 있습니다. 아버지 치삼 노인이 젊었을 무렵, 극락에 가리라는 중의 꾐에 속아 논을 보광사에 시주를 해 버린 탓에, 지금은 그 절 논을 소작해서 먹고살고 있지요. 가뭄 때문에 화가 나서 밥을 달라면서 아내에게 상소리를 해 대기도 하지만, 한 팔로 아기를 부둥켜안고 허둥대는 아내를 보고는 스스로 밥상을 들고 나오는 등 나름대로 인정도 있는 인물이에요. 가뭄으로 인해 저수지의 물을 풀자 물을 서로 자기 논에 대려는 다툼이 일어나는데, 가난한 성동리 농민들이 대부분 유력자들에게 밀려 물을 대지 못하자 밤에 몰래 물꼬를 터 동네 농민들의 논에 물을 대는 등 저항적이고 저돌적인 성격을 지니고 있기도 해요. 친구인 철한이와 봉구가 물로 인해 싸울 때에는 호통을 쳐서 그만두게 하므로 나름대로 친구들 사이에서 리더십을 발휘하는 편이기도 하고, 또 누이동생 덕아를 자신의 첩으로 들이려는 지주 쇠다리 주사의 의도를 막아내고 친구인 철한과 덕아를 결혼시키는 데에도 힘을 쓰지요. 쇠다리 주사의 말을 빌리면 성동리에서 "제일 콧등이 세고 어긋한 놈들" 중 한 명으로, 그해 소작료를 정하는 간평 결과가 가뭄인데도 평소와 다를 바 없이 나오자, 야학당에 모여 그 대책을 준비하는 데에도 참여하지요. 작품 속에 밝히고 있지는 않으나 아마 작품의 결말 부분에서 성동리 농민들이 보광사로 탄원을 하러 가는 데에도 들깨가 가장 주도적으로 참여했을 것으로 짐작됩니다.

또쭐이

서른세 살의 장년으로, 일본에서 탄광 노동을 하다 돌아온 경력이 있어 마을 농민들에게 일본의 탄광 이야기나 이곳저곳에서 일어나는 소작쟁의 이야기를 들려주는 인물입니다. 그리고 야학당에서 분필 가루를 허옇게 쓰고 나오는 것으로 보아 야학생들을 가르치는 교사 노릇도 하는 듯해요. 농민이지만 지식인 역할도 겸하고 있는 인물이라 할 수 있어요. 소작료를 간평하는 날에는 다소 허황된 인물인 최 서방이 올해에는 가뭄이 들었기 때문에 그것을 감안해 주지 않을까 기대를 하자 헛된 기대 말라며 핀잔을 주는 등 세상 돌아가는 켯속을 잘 꿰뚫고 있는 모습도 보이지요. 가뭄인데도 불구하고 농민들의 사정이 받아들여지지 않자 농민들이 야학당에 모여 그 대책을 강구하다가 집단 행동에 나서는 데에, 아마 들깨와 함께 가장 중심적인 역할을 했을 것으로 짐작되는 인물이랍니다.

칠한

들깨와 함께 마을에서 "제일 콧등이 세고 어긋한 놈들" 중 한 명으로, 들깨, 봉구 등과 친하게 어울리는 사이입니다. 봉구와는 논에 물을 대기 위해 다투기도 하지만 서로 약을 올리기도 하면서 잘 어울리지요. 가뭄으로 어려운 사정인데도 불구하고 들깨의 누이 덕아와 결혼을 하게 되고, 또 가뭄인데도 소작료 간평이 여느 해와 다를 바가 없고 비료 대금 지불 기한 연기 요청 등이 받아들여지지 않자, 들깨, 또쭐이 등과 함께 야학당에 모여 집단 행동을 준비하는 데에 참여합니다.

고 서방

성동리의 소작농으로, 성동리 농민의 불운을 가장 잘 보여 주는 인물입니다. 가뭄이 들어 저수지의 물을 풀었을 때는 자신의 논에 물을 대려다가 보광사의 절 사람들과 고자쟁이 이시봉 등에게 두드려 맞기도 하고, 그날 밤 들깨와 철한 등이 몰래 물꼬를 터서 동네 농민들 논에도 물을 대어 놓자, 그 일에 대한 누명을 쓰고 체포되었다가 추석이 지나서야 풀려납니다. 그 뒤로 사방공사 등의 품팔이를 하러 다니다가 구장, 들깨, 또쭐이 등과 함께 보광사 농사조합을 찾아가 비료 대금으로 빌린 돈의 지불 기한을 연기해 달라고 요청했으나 거절당하고, 결국 자기 논에 입도차압이라는 팻말이 붙자 야간도주를 하고 맙니다. 그 마을에 더 남아 있어 봤자 다음 해에는 그동안 소작 짓던 논마저 떼일 터이니까 먹고살기가 어렵다고 보았기 때문에 마을을 떠난 것이겠지요.

쇠다리 주사

성동리의 지주로, "돈냥 있던 덕분으로 이조 말년에 그 고을 원님에게 쇠다리 하나 올리고서" 주사 자리를 얻어서 그렇게 불리지요. 자기 논에 모내기하는 동네 농민들에게 새참을 내 주면서 생색을 내는 인색한 모습을 보이고, 들깨의 누이동생 덕아를 첩으로 들이려고 애쓰는 파렴치한 모습도 보입니다. 자기 이익을 위해 소작농들의 어려운 처지에 대해서는 눈을 감는 지주 계층의 전형적인 인물입니다.

• 작품 Q&A

"선생님, 궁금해요!"

Q 이 작품의 시간적, 공간적 배경에 대해 설명해 주세요.

A 이 작품은 1936년 1월에 조선일보 신춘문예에 당선되어 발표되었는데요, 작품 속에 시간적 배경을 명확히 드러내 주는 특별한 단서는 제시되어 있지 않습니다. 그러므로 이 작품의 시간적 배경은 작품 발표 당시인 일제 강점하의 1930년대 중반 정도로 보면 될 거예요. 하지만 작품을 좀 더 세심하게 살펴보면, 작품 속에 '주재소', '농사 조합'이란 기관이 언급되고 있는데요, 이들은 일제 강점 이전인 조선 시대에는 쓰이지 않던 말입니다. 일제 강점기에 들어서 근대적인 경찰 조직이 전국 방방곡곡에 들어서면서 '주재소'란 명칭이 쓰이게 되었습니다. 참고로, '농사 조합'은 오늘날의 농업

협동 조합(농협)과 유사한 기능과 역할을 한 기관일 텐데, 다만 이 작품에서는 농민들이 자발적으로 만든 조직이라기보다 주로 농지를 가진 지주들이 중심이 되고 관(당시로서는 일본 식민 당국이 되겠지요.)이 뒤에서 조종하던, 그러므로 농민들의 이익을 대변하기보다는 지주와 관의 이익을 대변하는 기구로 보여요.

작품의 공간적 배경은 보광사라는 절 아래에 있는 성동리라는 '사하촌'이지요. 그런데 보광사라는 절은 어디에 있는지 전혀 밝혀져 있지 않아요. 다만 '선찰 대본산'이라고 되어 있는데, 작가의 고향인 부산에는 범어사라는 유명한 절이 선찰 대본산임을 자랑하고 있어, 범어사 주변의 마을이 작품의 배경이 아니냐는 추측을 낳고 있어요. 작품에서는 보광사라는 절이 땅을 많이 소유하고 있는 데다가 가뭄이 든 상태에서 물을 두고 농민들과 대립하기도 하는 등 부정적으로 그려지고 있어서 작품이 발표된 직후 범어사의 승려들이 작가에게 강하게 항의를 하기도 했다고 해요.

그러나 작품 내에는 보광사뿐 아니라 성동리라는 마을의 위치에 대한 단서가 전혀 제시되어 있지 않아 작품의 공간적 배경이 정확히 어디인지는 추리하기가 어렵습니다. 그러므로 작품의 공간적 배경은 '어느 큰 절 아래의 사하촌 마을' 정도로 정리할 수 있을 거예요.

Q 등장인물이 너무 많아서 누가 주인공인지 모르겠어요. 이 작품의 주인공은 누구인가요?

A 그렇지요. 분량으로 보면 조금 긴 단편 소설인데, 등장인물은

아주 많이 나옵니다. 그렇지만 작품 전체에 걸쳐서 주요한 사건을 이끌어 가는 중심인물, 즉 주인공 역할을 하는 인물은 등장하지 않아요.

이 작품의 등장인물은 크게 두 그룹으로 나누어 살펴볼 수 있는데요, 주로 보광사 논을 소작하고 있는 성동리의 농민들과 보광사 승려들을 비롯한 보광사에 소속된 사람들, 즉 지주 혹은 마름에 해당하는 지배층 인물들로 볼 수 있지요. 농민들로는 들깨와 그의 아버지 치삼 노인, 누이인 덕아, 들깨의 친구인 철한과 봉구, 밤에 몰래 논의 물꼬를 튼 혐의로 주재소로 끌려갔다 풀려나지만 결국 야간도주를 하고 마는 고 서방, 손자 상한이가 산지기에 쫓기다 낭떠러지에 떨어져 죽자 실성하고 마는 가동 할멈, 일본에서 탄광 노동을 하다 돌아와 마을 사람들에게 바깥 이야기를 들려주는 또쭐이 등이 등장하고, 지배층 인물로는 지주인 쇠다리 주사, 농사 조합 평의원인 진수, 주재소의 고자쟁이로 알려져 있는 이시봉 등이 등장합니다. 그 외에 보광사의 중들도 등장하는데, 이들 역시 농지를 소유하고서 성동리 농민들을 경제적으로 지배하는 입장에 있으므로 지배층에 속하지요. 이들 지배층들은 자신들의 이익을 위해 성동리 농민들을 핍박하고, 성동리 농민들은 심한 가뭄으로 인해 먹고살기가 어려운데 지배층들이 소작료를 조금도 감해주지 않고 자신들의 이익을 조금도 포기하지 않자 야학에 모이는 등 단합을 해 가게 되지요.

그러므로 이 작품에서는 각각의 개인 개인이 뚜렷한 성격을 보여준다기보다 두 개의 계층에 소속된 인물들이 집단적인 대결 양상을 보여 주는 거예요. 그래서 주인공도 한두 명의 중심인물이 담당하는 것이 아니라, 한쪽에서는 소작농으로 살면서 마침 극심한 가뭄까지 들어 점점 살아가는 데에 어려움을 겪는 농민들이, 다른 한쪽에서는 땅을 소유하고서 농민들을 압박하는 지주 계층의 인물들이 집단적인 주인공을 이루고 있다고 보아야 하는 것이지요. 성동리의 농민들 중에서는 그래도 들깨라는 인물이 가장 빈번히 등장하고 지배층과의 갈등에서도 늘 등장하므로 들깨를 주인공으로 쳐도 무방하기는 합니다. 그러나 들깨도 이 작품에 그려지고 있는 에피소드 중 몇 개에만 등장하므로 작품 전체를 감당하는 주인공으로는 부족한 감이 있지요. 어쨌든 이 작품에서는 성동리 마을 농민들 전체가 보광리의 유력자층과 맞서는 집단적인 인물 형상을 보여주고 있다고 하는 것이 더 적절하답니다.

Q 농민들이 살기 어려워진 이유는 무엇인가요? 일단 가뭄 때문인 것은 알겠는데, 그 외에 다른 원인도 있을 것 같아요.

A 작품에서 농민들을 괴롭히는 가장 큰 주범은 가뭄이지요. 이 작품은 어느 해 여름부터 시작해서 그해 가을 추수할 무렵을 전후해서 끝이 나는데, 이 기간은 한창 농사를 지어야 할 시기이지만 첫 장면에서부터 이미 가뭄이 극심한 상태이고 결국 가뭄으로 인해 그해 농사가 거의 실패로 돌아간 상태에서 작품이 끝나고 있어요. 그러므로 농민들이 살기 어렵게 된 데에 가뭄이 가장 큰 원인으로 작용하고 있다고 할 수 있을 거예요.

그런데 잘 지적했듯이 가뭄만이 원인이라고 보기는 어려워요. 왜

냐하면 우선 가뭄이 들었어도 물이 전혀 없지는 않았어요. 2절을 보면 수도 저수지의 물을 터놓아 물을 댈 수 있게 된 장면이 나오지요. 수도란 저수지를 말하겠지요. 그런데 1절에서 치삼 노인이 "그 놈의 수돗바람에 (냇물의 물도 말랐다.)"라고 하는 것을 보면, 냇물의 상류 부분에 둑을 쌓아 물을 내려 보내지 않은 바람에 냇물도 말라 있다는 것을 알 수 있어요. 그랬다가 워낙 날이 가물어 냇물마저 말라 버리자 그 저수지 물을 내려 보내지만, 모든 논에 물을 댈 수 있을 만큼 물이 풍부하지는 않았어요. 그러다보니 물을 자기 논에 대기 위해 다툼이 일어나는데, 마을의 유력자들은 얼마든지 물을 대지만 농민들에게는 차례가 돌아가지 않는 거예요.

이것은 그 당시 농민들이 대부분 소작농이었던 점과 무관하지 않아요. 자기 땅이 없이 지주의 땅을 빌려서 농사를 짓고는 가을에 추수를 해서 그 추수한 곡식의 일부를 소작료로 내는 농민이 바로 소작농이에요. 당시 소작료는 수확량의 절반 이상이었어요. 그런데다가 지주에게 잘못 보이게 되면 그 다음해에 소작할 땅도 떼일 염려가 있으므로 늘 지주에게 잘 보일 수밖에 없어요. 그러므로 모자란 물을 가지고 다툼이 일어나면 지주들에 비해 농민들은 불리할 수밖에 없는 거예요.

이 작품에서는 보광사도 땅을 가지고 있어 지주에 속해요. 그래서 들깨도 절의 노장 스님과 물을 놓고 다투지만 결국 지고 말지요. 가동 할멈과 곰보 고서방도 물 싸움 끝에 절 사람들과 고자쟁이 이시봉에게 괭이로 얻어맞는 등 행패를 당하지요. 뿐만 아니라 가뭄으로 수확량이 형편없어 먹고살 거리가 부족한데도, 소작료를 정하는 간평에서는 농민들의 사정이 받아들여지지 않아요. 더군다나 농사가 흉작이어서 농민들은 비료 대금으로 빌려 쓴 융자금을 갚거나 조합비를 내는 것도 어려워서 납부 기한을 연장해 달라고 요청하지만, 그 요청도 받아들여지지 않지요. 그 며칠 뒤 '입도차압'이란 팻말이 농민들의 논에 붙기 시작하는데, '입도차압'이란 벼를 세워 둔 상태에서 그대로 압류하는 것을 말해요. 그러니까 농민들은 자신들이 애써 농사지은 벼를 수확도 못해 보고 압류당하는 거지요.

그러므로 농민들을 옥죄는 것은 가뭄이라는 자연 재해만이 아니라 그들을 둘러싼 사회적 관계이기도 한 거예요. 땅이 없어서 남의 땅을 빌려서 농사를 지을 수밖에 없는 처지이기 때문에 겪는 불행인 거지요. 마지막 장면에서 농민들이 보광사를 상대로 탄원을 하러 가는 것도 바로 보광사가 이들에게는 지주이기 때문이랍니다.

Q 이 작품은 여러 개의 장으로 구성되어 있는데 농민들의 어려움을 이야기하는 공통점은 있으나 각 장 간에 연관성은 좀 부족한 것 같아요. 이 작품의 구성에 대해 설명해 주세요.

A 이 작품은 모두 8개의 장으로 구성되어 있어요. 그런데 각 장의 연결 관계가 그다지 긴밀하지는 않아요. 1장은 가뭄을 걱정하는 들깨네 가족의 이야기를 담고 있고, 2장에서는 저수지의 물이 풀리자 서로의 논에 물을 대기 위해 다투는 내용이 그려지고 있으며, 3장에서는 마을 사람들이 쇠다리 주사 논에 모내기를 해 주고는 밤에 냇가에서 휴식을 취하는 장면이, 4장에서는 보광사에서 기우 불공을 드리는 장면이 그려지고 있어요. 그리고 5장에서는 수업료를

못 내서 퇴학당한 동네 아이들이 밤을 주우려고 산에 들어갔다가 산지기에게 쫓겨 그중 상한이란 아이가 낭떠러지에서 떨어져 죽고 할머니인 가동 할멈이 실성하는 이야기가, 6장에서는 소작료 간평의 결과 '무서운 결정'이 내려지고 그에 대한 반응으로 마을 사람들이 야학당에 모여드는 이야기가 전해지지요. 7장에서는 야학당에 모인 농민들이 점점 더 대범해져 가는 과정 및 철한과 덕아의 결혼 이야기가 전해지며, 마지막 8장에서는 보광사의 땅을 소작하는 농민들 대표가 보광사를 찾아가 비료 대금과 조합비 지불 기한을 연기해 달라고 요청했다가 거절당하고, 논에 '입도차압'의 팻말이 붙자 마을 농민들이 차압 취소와 소작료 면제를 탄원하기 위해 일제히 보광사를 향해 떠나는 과정이 그려지지요.

이렇게 정리하고 보면, 각 장의 내용들이 다소 독립적인 면도 있으나(특히 5장의 가동 할멈 이야기와 7장의 철한과 덕아의 결혼 이야기는 작품 내의 전체 줄거리 진행과 다소 동떨어져 있는 것으로 보이지요.) 아주 따로 놀지는 않아요. 가령 1장에서 들깨네 가족이 가뭄 걱정을 하면서 '수돗바람'에 냇물마저 말랐다고 비판을 하는데, 2장에서는 그 수도(저수지) 물을 풀어 농민들이 서로 물싸움을 하는 모습이 그려지고, 3장에서는 그렇게 물을 댄 논에 모내기를 하는 장면이 그려지지요. 그 뒤로도 가뭄이 계속되면서 벌어지는 에피소드들이 이어집니다. 4장의 기우 불공도 그 연장선상에 있고, 6장 이후로도 계속된 가뭄으로 흉작이 들었으나 소작료도 감면받지 못하고 비료 대금이나 조합비 지불도 연기되지 않아 농민들이 집단 행동을 하게 되지요. 그러므로 전체적으로 가뭄을 계기로 하여 성동리의 농민들이 어떤 고통을 당하며, 그러다가 어떤 과정을 거쳐 집단 행동에 나서게 되는지를 그리는 데에 작품의 주안점이 있고 작품 내의 모든 장들은 각기 그러한 주제를 담아내는 데에 나름대로 기여를 하고 있답니다. 곧 이 작품에서는 개개의 에피소드들이 어느 정도 독립적인 성격을 지니면서도 하나같이 작품 전체의 주제를 구현하는 데에 기여하고 있다고 볼 수 있어요. 가령 모자이크가 단편적인 조각으로 구성되면서도 그 전체가 하나의 그림 형상을 구현하는 것과 비슷한 이치이지요.

그리고 다소 다른 장들과의 연관성이 떨어지는 것처럼 보이는 5장과 7장도 자세히 읽어 보면 나름대로 연관성을 갖는답니다. 5장에서 상한과 가동 할멈이 겪는 비극은 실제로 농지가 없는 소작농의 불우한 처지를 한층 더 부각시켜 줍니다. 왜냐하면 소작농들은 나무를 하는 것조차 돈을 내고 빌린 산에서만 가능한 처지이며 그것을 어길 경우 처벌을 받는다는 것, 설령 상한이처럼 억울하게 오해를 받아 사고를 당한 경우에도 법(순사)은 지주의 편을 든다는 것을 잘 보여 주기 때문이에요. 그리고 7장에서 철한과 덕아의 결혼 이야기 자체는 전체 주제와 다소 동떨어진 내용이라고 볼 수 있지만, 철한의 아버지가 철한의 결혼을 반대하는 이유는 전체 주제와 아주 긴밀하게 연관된답니다. 철한의 아버지가 아들을 결혼시키자는 부인에게 화를 낸 뒤 외양간으로 가 홧담배를 피우는 장면에서 그의 손에 들려 있는 것은 바로 "바칠 기한이 지난 세금 고지서와 함께 농사 조합에서 빌려 쓴 비료 대금 독촉장"인데, 이 세금 고지서와 비료 대금 독촉장은 이어지는 8장에서 농민들을 직접 행동으로 나서게 만드는 원인이 되지요. 7장에서도 철한의 결혼을 소재로 하여 가뭄 및 농민들을 옥죄는 사회 제도 등으로 인해 결혼조차 여의치 않게 된 당시 농민들의 현실인 셈입니다. 그러므로 이 작품은 성동리 농민들이 가뭄 때문에 고통을 받다가 적극적인 행동에 나서게 되는 과정을 압축적으로 잘 구성해 내고 있답니다.

Q 마지막 장면에서 성동리 농민들이 탄원을 하기 위해 보광사로 향하는 것으로 끝이 나는데, 결말이라고 보기엔 애매한 것 같아요. 왜 확실한 결말을 알려 주지 않는 것인가요?

A 이 작품은 단편으로서 조금 긴 분량이기는 하지만 상당히 풍부한 내용을 압축적으로 담아내고 있어요. 모내기가 시작될 무렵부터 시작해서 그 후 서너 달이 지난 추수 무렵에서 끝이 나는데, 그 사이에 많은 일들이 벌어지지요. 사실 중편 이상에 해당할 만한 폭넓은 내용이 단편 분량 안에 갈무리되어 있는 거예요. 그런 만큼 서술의 방식도 세부적인 부분까지 다 밝혀 가는 치밀하고 꼼꼼한 서술이 아니라 중요한 부분만을 골라서 서술하는 압축적인 것이지요. 가령 등장인물의 심리는 거의 서술되지 않고, 간단한 감정이나 기분 정도만 알려 줄 뿐이에요. 앞에서도 든 예이지만, 철한의 아버지가 자식의 결혼에 왜 반대하는지 구체적인 이유를 그의 생각을 통해 알려 주는 대신에 그의 손에 "바칠 기한이 지난 세금 고지서와 함께 농사 조합에서 빌려 쓴 비료 대금 독촉장"이 들려 있었다는 사실만을 제시해 줄 뿐이지요. 우리는 이를 통해 철한의 아버지가 (나아가 성동리 농민들이 대부분이) 가뭄이 들어 농사를 제대로 짓지 못

하였는데도 이러한 세금과 비료 대금 독촉으로 인해 고통받고 있고, 그래서 자식의 결혼조차 치러 주기 어려운 형편임을 짐작할 수 있습니다.

마지막 장면에서도 보광사로 향하는 농민들이 어떠한 마음을 갖고 있는지는 거의 알려 주지 않아요. 그저 농민들, 아낙네들, 철없는 아이들의 행위만 간략하게 제시하고 있을 뿐이지요. 그러나 그렇게 집단 행동에 나서기 이전에 "농민들은 저녁마다 야학당이 터지게 모여들었다."고 하므로 농민들이 치밀한 준비와 단단한 각오를 하고서 나선 걸음이라는 것을 알 수 있어요. 그리고 보광사로 떠나는 그들의 손에 "열음 못 한 빈 짚단이며 콩대, 메밀대가 잡혀" 있었고 "철없는 아이들도 행렬의 꽁무니에 붙어서 절 태우러 간다고 부산히 떠들어 댔다."고 쓰고 있으므로, 탄원이 받아들여지지 않을 경우 절에 불을 놓을 계획인 듯해요. 농민들이 단순한 탄원에 그치지 않고 훨씬 더 강력한 요구를 하려고 마음먹고 있음을 알 수 있어요. 가뭄이 시작될 무렵의 물꼬 싸움 때부터 싹터서, 이후 여러 과정을 거치면서 점차 확대되어 온 현실에 대한 불만과 깨달음이 마침내 집단 행동으로 이어지게 된 것이지요. 바로 여기까지가 이 작품이 보여 주는 최종 '귀결'입니다. 이들의 싸움이 어떤 결과를 낳을 것인가는 이제 '여분'의 것이 되므로 이 작품에서 반드시 보여 줘야 하는 건 아닌 거죠.

누구나 사회적 약자인 농민들이 그 싸움에서 이기기를 바라는 마음일 거예요. 그러나 현실에서는 그렇지 않을 수가 있어요. 지금도 크게 다르지 않지만 그 당시는 민주주의적인 제도가 확실하게 자리

잡고 있지 않아서 약자들의 저항이 승리하는 경우는 거의 드물었어요. 그러므로 그 싸움의 결과를 농민들이 승리하는 것으로 그리게 되면 '비현실적'이라는 비판으로부터 자유로울 수 없게 되지요. 그렇다고 해서 농민들이 패배하는 것으로 그리게 되면 '어째서 농민들의 싸움이 패배할 수밖에 없었는가.'를 중심으로 서사의 플롯이 짜여져야 하게 됩니다. 그것은 '어째서 농민들이 집단 행동에 나설 수밖에 없었는가.'를 중심으로 짜여진 이 작품의 플롯과는 어울리지 않게 되지요. 그래서 사실은 이처럼 싸움의 결과를 보여 주지 않고, 싸움에 나서는 장면에서 끝맺는 것이 이 작품의 주제에 가장 잘 어울리는 결말 처리라 할 수 있답니다.

더 읽어 봅시다

일제 강점기 농민들의 어려운 처지를 담아낸 작품

이기영, 〈서화(鼠火)〉 _쥐불놀이(서화)와 같은 전통 풍속은 점차 시들해지고 대신 도박이 성행하는 등 일제 강점하에서 갈수록 황폐화되는 농촌 현실을, 문제적 주인공인 돌쇠를 통해 형상화한 작품이다.

김유정, 〈만무방〉 _농사를 짓다가 갈수록 늘어나는 빚 때문에 농사를 그만두고 떠돌아다니며 살고 있는 주인공이 오랜만에 동생이 착실하게 농사짓고 살고 있는 고향을 찾았다가 동생이 그해 농사지은 논의 벼가 도난당했다는 사실을 알고서는 그 범인을 잡고 보니 바로 동생이었다는 아이러니한 상황을 그린 작품이다.

모래톱* 이야기

건우는 모래톱으로 이루어진 섬에 살고 있어요. 그래서 나룻배와 버스를 갈아타고 학교에 다니고 있지요. 집에서 나루터까지도 꽤 먼 거리인 데다가 나룻배도 한 척밖에 없어 자주 지각을 한답니다. 건우네 집안은 오래 전 조상부터 그 섬에서 농사를 지으며 살아왔으나 지금은 어느 유력자가 소유권을 가지고 있어 땅을 둘러싸고 문쟁이 일어나곤 해요. 건우 아버지는 6·25 때에 전사를 해서 건우 할아버지가 땅을 지키기 위해 애쓰고 있고요. 그런데 어느 여름 홍수가 나서 섬 전체가 위태로운 지경에 놓여요. 건우네 가족의 운명은 어떻게 될까요?

모래톱: 모래사장. 강가나 바닷가에 있는 넓고 큰 모래벌판.

이십 년이 넘도록 내처 붓을 꺾어 오던 내가 새삼 이런 글을 끼적거리게 된 건 별안간 무슨 기발한 생각이 떠올라서가 아니다. 오랫동안 교원 노릇을 해 오던 탓으로 우연히 알게 된 한 소년과, 그의 젊은 홀어머니, 할아버지, 그리고 그들이 살아오던 낙동강 하류의 어떤 외진 모래톱—이들에 관한 그 기막힌 사연들조차, 마치 지나가는 남의 땅 이야기나 아득한 옛날이야기처럼 세상에서 버려져 있는 데 대해서까지는 차마 묵묵할 도리가 없었기 때문이다.

건우란 소년은 내가 직접 담임했던 제자다. 당시 나는 K라는 소위 일류 중학에서 교편을 잡고 있었다. 비가 억수로 내리던

내처 줄곧. 한결같이.
붓을 꺾어 '붓을 꺾다'는 '글 쓰는 일을 그만 두다'를 의미한다.
묵묵하다 말없이 잠잠하다.

날 첫 시간의 일이었다. 지각생이 많았다. 지각생이 많으면 교사는 짜증이 나게 마련이다. 그럴 때 유독 닦이는 놈은 으레 그런 일이 잦은 놈들이다.

"넌 또 지각이로군? 도대체 어찌 된 일이냐?"

건우의 차례였다. 다른 애와 달리 그는 옷이 비에 흠뻑 젖어 있었다. 아래 윗도리 옷깃에서 물이 사뭇 교실 바닥에 뚝뚝 떨어지고 있지 않은가!

"나룻배 통학생임더."

낮고 가는 목소리가 그의 가냘픈 입술 사이에서 새어 나오듯 했다. 그리고 이내 울상이 된 얼굴을 아래로 떨구었다. 차라리 무엇인가를 하소하는 듯이 느껴졌다.

"나룻배 통학생?"

이쪽으로선 처음 듣는 술어였다.

"맹지면에서 나룻배로 댕기는 아입니더."

지각생 아닌 다른 애가 대신 대답했다. 명지면(鳴旨面)이라면 김해 땅이다. 낙동강 하류. 강을 건너야만 부산으로 나올 수 있는 곳이다.

"나룻배 통학생이라……."

나는 건우의 비에 젖은 옷을 바라보면서 자리에 들어가라고

닦이다 '휘몰아서 나무람을 당하다'를 의미하는 경상도 사투리.

하소하다 하소연하다. 억울한 일이나 딱한 사정 등을 간곡히 호소하다.

했다.

이런 일이 있고부터 나는 건우란 소년에게 은근히 동정이 가게 되었다. 더더구나 아버지가 없다는 걸 알고부터는. 동무들끼리 어울려 놀 때 그를 곧잘 '거무(거미)'라고 놀려 대던 이상한 별명의 유래도 곧 알게 되었다. 그의 고향 친구들의 말에 의하면 거미란 짐승은 물에 날쌘 놈이라 해서 즈 할아버지가 지어 준 아명이었다는 거다. 거미! 강가에 사는 사람들의 자식 아끼는 심정을 가히 짐작할 수가 있었다. 호적에 올릴 때는 부득이 건우로 했으리라. 그것도 아마 누구의 지혜를 빌려서.

두 번째로 내가 건우란 소년에게 대해서 관심을 더욱 가지게 된 것은 학기 초 가정방문을 나가기 전에 그가 써낸 작문을 읽고부터였다(나는 가정방문을 나가기 전 가끔 학생들에게 자기 자신에 관한 글을 써 오라고 하였다).

'섬 얘기'란 제목의 그의 글은 결코 미문은 아니었다. 그러나 내용은 끔찍한 것이라 생각했다. 자기가 사는 고장 — 복숭아꽃도, 살구꽃도, 아기 진달래도 피지 않는 조마이섬은, 몇백 년, 아니 몇천 년 갖은 풍상과 홍수를 겪어 오는 동안에 모래가 밀려서 된 나라 땅인데, 일제 때는 억울하게도 일본 사람의 소유로 되어 있다가 해방 후부터는 어떤 국회의원의 명의로 둔갑이

아명(兒名) 아이 때의 이름.

미문(美文) 아름다운 문장. 또는 아름다운 글귀.

풍상(風霜) 바람과 서리를 아울러 이르는 말로 세상의 어려움과 고생을 비유적으로 이른다.

되었는가 하면, 그 뒤는 또 그 조마이섬 앞 강의 매립 허가를 얻은 어떤 다른 유력자의 앞으로 넘어가 있다든가 하는—말하자면 선조 때부터 거기에 발을 붙이고 살아오던 사람들과는 무관하게 소유자가 도깨비처럼 뒤바뀌고 있다는, 섬의 내력을 적은 글이었다. 그저 그런 정도의 얘기를 솔직히 적었을 따름인데, 어딘지 모르게 무엇인가를 저주하는 듯한, 소년의 날카롭고 냉랭한 심사가 글 밑바닥에 깔려 있었다. 나는 나 자신이 갑자기 무슨 고발이라도 당한 심정으로 그 글발을 따로 제쳐서 책상 서랍 속에 넣어 두었다.

가정방문이 있는 주간은 대개 오전 수업뿐이다. 점심시간이 시작될 무렵 나는 건우를 교무실로 불렀다.

"오늘 명지로 갈까 하는데, 너 외에 몇이나 있지?"

"A반 학생은 저 하나뿐입니더."

건우의 노르께한 얼굴에는 순간적인 그늘이 얼씬 지나가는 것 같았다.

"그래? 그럼 한 시 반쯤 해서 현관 앞으로 다시 오게."

명지 같음 어둡기 전에 돌아오기가 힘들는지 모른다. 나는 부랴부랴 점심을 마치고서 교무실을 나섰다.

매립(埋立) 우묵한 땅이나 하천, 바다 등을 돌이나 흙 등으로 채움.
내력(來歷) 지금까지 지내온 경로나 경력.
심사(心思) 어떤 일에 대한 여러 가지 마음의 작용.
얼씬 조금 큰 것이 눈앞에 잠깐 나타났다 없어지는 모양.

건우는 벌써 현관께로 와 있었다. 역시 약간 어둔 얼굴을 하고. 아마 미리 어머니에게 알리지 않고서 가는 것이 약간 켕겼던 모양이었다.

"가 볼까!"

내가 앞장을 서듯 했다. 버스 요금도 제 것까지 내가 얼른 내는 걸 보고는 아주 송구스러운 듯한 표정을 지었다. 명지로 가는 하단 나루까지는 사오십 분이면 족했다. 그러나 한 척밖에 없다는 그 나룻배가 좀처럼 나타나지 않았다.

"집이 저쪽 나루터에서 먼가?"

나는 갈대 그림자가 그림처럼 고요히 잠겨 있는 강물을 내려다보며 물었다.

"예, 제북(제법) 갑니더."

그는 민망스런 듯이 나를 잠깐 쳐다보더니 눈을 역시 물 위로 떨어뜨렸다.

"얼마나?"

"반 시간 좀 더 걸립니더."

"그럼 학교까지 오려면 시간이 꽤 걸리겠는걸?"

"나룻배만 진작 타지고 빠른 날은 두어 시간만 하면 됩니더."

"그래? 그래서 지각을 자주 하는군."

나는 환경 조사표의 카피를 펴 보았으나, 곁에 사람들이 있기에 더 묻지 않았다. 아니, 설사 곁에 다른 사람들이 없다 하더라도, 아직 열다섯 살밖에 안 되는 소년에게 물어도 좋을 만한 그런 가정 형편이 못 되었다.

아버지는	없고,
어머니	33세 농업
할아버지	62세 어업
삼촌	32세 선원
재산 정도	하(下)

끼우뚱거리는 나룻배 위에서도 건우의 행복하지 못할 가정 환경이 자꾸만 내 머릿속에 확대되어 갔다.

나룻배를 내려서자, 갈밭 속을 뚫고 나간 좁고 긴 길이 있었다. 우리는 반 시간 남짓 그 길을 걸어가면서도 별반 얘기가 없었다.

"아버진 언제 돌아가셨지?"

해 놓고도 오히려 후회할 정도였으니까.

"육이오 때라 캅디더만……."

건우의 말눈치가 확실치 않았다.

"어쩌다가?"

"군에 나갔다가 그랬다 캅디더."

"언제 어디서 돌아가셨는지도 잘 모른단 말인가?"

말눈치 말하는 가운데에 은근히 드러나는 어떤 태도.

"야[예], 그래도 살아 온 사람들 말이 암마 '워카 라인' 인가 하는 데서 그랬을 끼라 카데요."

생각했던 바와는 달리, 건우의 이야기는 비교적 담담하였다.

"그래, 아버지의 얼굴은 기억하나?"

나는 속으로 그의 나이를 손꼽아 보았던 것이다.

"잘 모릅니더. 저가 두 살 때 군에 나갔다 카니……. 그라곤 통 안 돌아왔거던요."

나를 쳐다보는 동그스름한 얼굴, 더구나 그린 듯이 짙은 양미간에는 미처 숨기지 못한 을씨년스런 빛이 내비쳤다. 순간 나는 그의 노르께한 얼굴에서 문득 해바라기꽃을 환각했다.

삼사월 긴긴 해라더니, 보릿고개는 오후 세 시가 훨씬 지나도 해가 아직 메 끝과는 멀었다.

길가 수렁과 축축한 둑에는 빈틈없이 갈대가 우거져 있었다. 쑥쑥 보기 좋게 순과 잎을 뽑아 올리는 갈대청은, 그곳을 오가

워카 라인 워커 라인. 6·25 전쟁 때 미8군 사령관 워커 장군은 북한군의 공격에 대한 최후의 방어선으로서, 낙동강과 그 상류 동북부의 산악지대를 잇는 방어선을 구축하여 이를 사수하기로 하였는데, 이를 워커 라인이라고도 부른다.

양미간(兩眉間) 두 눈썹의 사이.

을씨년스럽다 보기에 날씨나 분위기 등이 몹시 스산하고 쓸쓸한 데가 있다.

환각하다(幻覺--) 감각 기관을 자극하는 외부 자극이 없는데도 마치 어떤 사물이 있는 것처럼 지각하다.

삼사월 여기에서의 '삼사월'은 음력 3, 4월을 가리키며, 양력으로는 4월에서 6월 사이에 해당한다.

보릿고개 햇보리가 나올 때까지의 넘기 힘든 고개라는 뜻으로, 묵은 곡식은 거의 떨어지고 보리는 아직 여물지 아니하여 농촌의 식량 사정이 가장 어려운 때를 비유적으로 이르는 말.

메 산을 예스럽게 이르는 말.

⚜ 삼사월 긴긴 ~ 메 끝과는 멀었다 보릿고개 시기에는 해가 늦게 지므로 오후 세 시가 훨씬 지나도 해가 산 꼭대기 위에 높이 떠 있다는 의미이다.

갈대청 갈대의 줄기 안쪽에 붙어 있는 아주 얇고 흰 막.

는 사람들과는 판이하게 하늘과 땅과 계절의 혜택을 흐뭇이 받고 있는 듯, 한결 싱싱해 보였다.

"저 갈대들이 다 자라면 지나다니기가 무서울 테지? 사람의 길이 훨씬 넘을 테니까."

나는 무료에 지쳐 건우를 돌아보았다.

"괜찮심더, 산도 아인데요."

그는 간단히 대답할 뿐이었다. 아직도 짐승보다 인간이 더 무섭다는 것을 미처 모르는 모양이었다.

길바닥까지 몰려나왔던 갈게들이, 둔탁한 사람들의 발자국 소리에 놀라 이리저리 황급히 구멍을 찾아 흩어지는가 하면, 어느 하늘에선지 종달새가 재잘재잘 쉴 새 없이 재잘거리고 있었다. 잔등에 땀을 느낄 정도로 발을 재게 떼 놓아, 건우가 사는 조마이섬에 닿았을 때는 해가 얼마만큼 기운 뒤였다.

섬의 생김새가 길쭉한 주머니 같다 해서 조마이섬이라고 불려 온다는 건우의 고장에는, 보리가 거의 자랄 대로 자라 있었다. 강바람이 불어 올 때마다 푸른 물결이 제법 넘실거리곤 했다.

낙동강 하류의 삼각주 일대가 대개 그러하듯이, 이 조마이섬

판이하다(判異--) 비교 대상의 성질이나 모양, 상태 등이 아주 다르다.
갈게 바위겟과의 하나. 등딱지의 길이는 2~5cm, 폭은 3cm 정도이며 다른 것에 비하여 털이 적어 매끈하게 보인다. 개펄이나 갈대밭에 구멍을 파고 산다.
삼각주(三角洲) 강이 바다로 들어가는 어귀에, 강물이 운반하여 온 모래나 흙이 쌓여 이루어진 편평한 지형.

이란 데도 사람들이 부락을 이루고 사는 것이 아니라 그저 한 집 두 집 띄엄띄엄 땅을 물고 있을 따름이었다.

건우네 집은 조마이섬 위쪽에서 그리 멀지 않았다. 역시 외따로 떨어진 집이었다. 마침 뒤꼍 사래 긴 남새밭에 가 있던 어머니가 무슨 낌새를 차렸던지 우리가 당도하기 전에 어느새 사립께로 달려와 있었다.

"인자 오나?"

아들에게부터 먼저 말을 건네고 나서 내게도 수인사를 하였다.

"우리 건우 선생인가 배요?"

상냥하게 웃었다. 가정 조사표에 적혀 있는 서른세 살의 나이보다는 훨씬 핼쓱해 보였으나, 외간 남자를 대하는 붉은빛이 연하게 감도는 볼에는 그래도 시골 색시다운 숫기가 내비쳤다.

"수고하십니더."

하고 나는 사립을 들어섰다.

물론 집은 그저 그러했다. 체목은 과히 오래되지 않았지만,

부락(部落) 시골에서 여러 민가가 모여 이룬 마을 또는 그 마을을 이룬 곳.
사래 이랑의 길이.
남새밭 채소밭.
사립 사립문. 나뭇가지를 엮은 문짝을 달아서 만든 문.
수인사(修人事) 인사를 차림.
외간(外間) 친척이 아닌 남.
체목(體木) 집을 지을 때 기둥, 도리 등에 쓰는 나무.
도리 서까래를 받치기 위해 기둥 위에 건너지르는 나무.

바깥 일손이 모자라는 탓인지, 갈대로 엮어 두른 울타리에는 몇 군데 개구멍이 나 있었다.

"좀 들어가입시더. 촌집이 돼서 누추합니더만……."

건우 어머니는 나를 곧 안으로 인도했다. 걸레질을 안 해도 청은 말끔했다. 굳이 방으로 모시겠다는 것을 나는 굳이 사양하고 마루 끝에 걸쳤다.

"어머니 혼자 힘으로 공부시키기가 여간 힘들지 않으실 텐데……."

건우가 잠깐 자리를 비키는 것을 보고 나는 으레 하는 식으로 가정 사정부터 물어보았다. 할아버지와 아저씨와 그리고 재산 따위에 대해서.

—할아버지는 개깃배를 타시고, 재산이랄 끼사 머 있십니꺼. 선조 때부터 물려받은 밭때기들은 나라 땅이라 캤다가, 국회의원 땅이라 캤다가…… 우리싸 머 압니꺼—. 이렇게 대략 건우군의 글에서 알았을 정도의 얘기였고, 건우의 삼촌에 대해서는 웬일인지 일체 말이 없었다. 대신, 길이 먼 데다 나룻배까지 타야 되기 때문에 건우가 지각이 많아서 죄송스럽다는 얘기와, 아버지가 없으니 그런 점을 생각해서 잘 도와달라는 부탁이 고작이었다.

생활은 어떻게 무사히 꾸려 나가느냐고 했더니, 시아버님이

청(廳) 대청(大廳). 한옥에서, 몸채의 방과 방 사이에 있는 큰 마루.

고깃배를 타기 때문에 가끔 어려운 돈을 기백 원씩 가져온다는 것과, 먹고 입는 것은 보리농사와 채소로써 그럭저럭 치대어 간다는 얘기였다.

"재첩은 더러 안 건지세요?"

강 마을 일이라 이렇게 물었더니,

"그건 남자들이라야 안 됩니꺼. 또 배도 있어야 하고요."

할 뿐, 그러나 이쪽에서 덤덤하니까,

"물 빠질 땐 개발이싸[개펄이야] 늘 안 나가는기요. 조개 새끼도 파고 재첩도 줍지만 그런 기사 어데 돈이 댑니꺼."

이렇게 덧붙였다.

잠시 안 보이던 건우가 어디서 다섯 홉짜리 정종을 한 병 들고 왔다. 이마에 땀이 번질번질한 걸 보면 필시 뛰어 온 게 틀림없다. 아마 어머니가 시킨 일이려니 싶었다.

나는 미안스런 생각으로 건우 어머니가 따라 주는 술잔을 받았다. 손이 유달리 작아 보였다. 유달리 자그마한 손이 상일에 거칠어 있는 양이 보기에 더욱 안타까울 정도였다.

기어이 저녁까지 대접하겠다고 부엌으로 가 버린 뒤, 나는 건우를 앞에 두고 잔을 들면서, 그녀의 칠칠한 인사범절에 새삼

기백(幾百) 백의 몇 배가 되는 수. 또는 그런 수의.
재첩 모래가 많은 진흙 바닥에 서식하는 백합목 재첩과의 민물조개.
상일(常-) 별로 기술이 필요하지 않은 막일.
칠칠하다 성질이나 일 처리가 반듯하고 야무지다.
인사범절(人事凡節) 인사법의 질서나 절차.

생각되는 바가 있었다.

나는 모든 것을 다시 보았다. 농삿집 치고는 유난히도 말끔한 마루청, 먼지를 뒤집어쓰고 있지 않은 장독대, 울타리 너머로 보이는 길찬 장다리꽃들……. 그 어느 것 하나에도 그녀의 손이 안 간 곳이 없으리라 싶었다. 이러한 집 안팎 광경들을 통해서 나는 건우 어머니가 꽤 부지런하고 친절한 여성이라는 것을 고대 짐작할 수가 있었다. 젊음이 한창인 열아홉부터 악지 세게 혼자서 살아왔다는 것과, 어려운 가운데서도 외아들 건우를 나룻배를 태워 가면서까지 먼 일류 중학에 보내고 있다는 사실, 그리고 농촌 아이라고는 믿어지지 않을 만큼 건우의 입성이 항시 깨끗했다는 사실들이 어련히 안 그러리 싶어지기도 했다. 얼핏 보아서는 어리무던한 여인 같기도 하지만 유난히 볼가진 듯한 이마라든가, 역시 건우처럼 짙은 눈썹 같은 데선 그녀의 심상치 않을 의지랄까, 정열 같은 것을 읽을 수가 있었다.

나는 술상을 물리고서, 건우의 공부방을—어머니의 방일 테지만—잠깐 들여다보았다. 사과 궤짝 같은 것에 종이를 발라 쓰는 책상 위에는 몇 권 안 되는 책들이 나란히 꽂혀 있었다. 그

길차다 아주 알차게 길다.
장다리꽃 무, 배추 등의 꽃줄기에서 피는 꽃.
고대 이제 막, 바로 곧.
악지 잘 안될 일을 무리하게 해내려는 고집.
입성 '옷'을 속되게 이르는 말.
어리무던하다 어련무던하다. 별로 흠잡을 데 없이 무던하다.
볼가지다 물체의 거죽으로 동글게 톡 비어져 나오다.

가운데서 '섬 얘기'라고, 잉크로써 굵직하게 등마루에 씌어진 두툼한 책 한 권이 특별히 눈에 띄었다.

"섬 얘기? 저건 무슨 책이지?"

나는 건우를 돌아보고 물었다.

"암 것도 아입니더."

"소설?"

"아입니더."

"어디 가져와 봐!"

건우는 싫어도 무가내라 뽑아 오면서,

"일기랑 또 책 같은 거 보고 적은 김더."

부끄러운 내색을 하였다.

"일기는 남의 비밀이니까 읽을 수가 없고, 어디 책 읽은 소감이나 뵈 주게."

나는 책을 도로 돌렸다. 건우는 마지못해 여기저길 뒤적거리다가 한 군데를 펴 주었다. 또박또박 깨알같이 박아 쓴 글씨였다.

××× 여사는 어머니처럼 혼자 사시는 분이라 그런지 그분의 글에는 한결 감동되는 바가 있었다. 〈내가 본 국도〉⚜ 속의 한 구절—

무가내(無可柰) 막무가내. 달리 어찌할 수 없음.

⚜ 내가 본 국도 시조 시인 이영도(李永道, 1916~1976)의 글이다. 여기에서의 '국도'는 '國島', 즉 '우리나라의 섬'이란 뜻이다.

"그래도 선거 때가 되면 소속 육지에서 똑딱선을 가지고 섬 백성을 모시러 오는 알뜰한 정당이 있어, 이들은 다만, 그 배로 실려 가서 실상 자기네 실생활과는 무연한 정치를 위하여 지정해 주는 기호 밑에 도장을 찍어 주고 그 배에 실려 돌아온다는 것입니다.

현대 문명의 혜택이라곤 아직 받아 보지 못한 그들의 생활 속에도 현대 문명인이 행사하는 선거란 상식이 깃들게 되고, 어느 정당이나 정치의 영향도 알뜰히 받아 보지 못한 그네들에게도 투표하는 임무만은 지워져야 하고 조국의 사랑이라곤 받아 본 일이 없이 헐벗고 배우지 못한 그들의 아들들이 먼저 조국을 수호해야 할 책임을 지고 훈련을 받고 총을 메고 군인이 되어 갔다는 것……."

우리 아버지도 응당 이러한 군인 중의 한 사람이었으리라. 그래서 언제 어디서 쓰러졌는지도 모르고, 따라서 국군묘지에도 묻히지 못하고, 우리에겐 연금도 없고…….

내 눈이 미처 젖기 전에 건우는 부끄러운 듯이 그 노트를 내게서 뺏어 갔다.

똑딱선(--船) 발동기로 움직이는 작은 배.
무연하다(無緣--) 아무 인연이나 연고가 없다.
연금(年金) 국가나 사회에 특별한 공로가 있거나 일정 기간 동안 국가 기관에 복무한 사람에게 해마다 주는 돈.

"건우야!"

나는 노트 대신 건우의 손을 꽉 쥐었다.

"이 땅이 이곳 사람들의 땅이 아니랬지? 멀쩡한 남의 농토까지 함께 매립 허가를 얻은 어떤 유력자의 것이라고 하잖았어? 그러나 두고 봐. 언젠가는 너희들이 이 땅의 주인이 될 거야. 우선은 어떠한 괴로움이 있더라도, 억울하더라도 희망을 잃지 말고 꾹 참고 살아가야 해."

어조가 어떻게 아까 그 노트를 읽을 때와 같은 것을 깨닫고 나는 잠깐 말을 끊었다. 건우는 내처 묵연해 있었다.

"나라 땅, 남의 땅을 함부로 먹다니! 그건 땅을 먹는 게 아니라, 바로 '시한폭탄'을 먹는 거나 다름없다. 제 생전이 아니면 자손 대에 가서라도 터지고 말거든! 그리고 제아무리 떵떵거려 대도 어른들은 다 가는 거다. 죽고 마는 거야. 어디 땅을 떼 짊어지고 갈 수야 있나. 결국 다음 이 나라 주인인 너희들의 거란 말야. 알겠어?"

나는 말이 절로 격해지는 것을 깨달았다. 저녁상이 들어왔다. 부엌에서 바깥 동정을 죄다 엿들었는지 건우 어머니는 저녁상을 물리기가 바쁘게 손을 닦으며 청 끝에 와 걸치더니,

"선생님 이야기는 우리 건우한테서 잘 듣고 있십더. 그라고

묵연하다(默然--) 잠잠히 말이 없다.

동정(動靜) 일이나 현상이 벌어지고 있는 낌새.

이 섬 저 윗바지에 사는 윤샌도 선생님 말을 곧잘 하데요. 우리 건우가 존 담임선생님 만났다면서……."

해가 막 떨어진 뒤라 그런지 그녀의 웃음이 적이 붉게 보였다.

"윤샌이라뇨?"

윤 생원이라는 말인 줄은 알았지만, 그가 누군지 미처 생각이 안 났다.

"성은 윤씨고, 이름은 머라 카더라―."

건우를 흘끔 돌아보며,

"수딕이 할배 이름이 머꼬?"

"춘삼이 아잉기요."

건우의 말이 떨어지자,

"내 정신 보래. 그래 춘삼 씨다."

그녀는 다시 나를 돌아보며,

"춘삼이란 어른인데 와 선생님을 잘 알데요. 부산에도 가끔 나갑니더. 쬐깐 포도밭도 가주고 있고요……."

"윤춘삼?…… 네, 이제 알겠습니다."

비로소 생각이 났다.

"그분하고는 어데서도 같이 지냈담서요?"

적이 꽤 어지간한 정도로.

생원(生員) 예전에, 나이 많은 선비를 대접하여 이르던 말.

건우 어머니는 '세상은 넓고도 좁지요?' 하는 듯한 눈매로 웃어 보였다.

"네."

아닌 게 아니라, 나는 적이 놀랐다. 어디서든 나쁜 짓 하고는 못 배기리라는 생각이 문득 들기까지 했다. 그와 동시에, 지난날 어떤 어두컴컴한 곳에서 그 윤춘삼이란 사람을 처음으로 만났던 일, 그리고 다시 소위 큰집이란 데서 한때 같이 고생을 하던 갖가지 일들이 마치 구름 피어오르듯 기억에 떠올랐다.

— '육이오' 때의 일이었다. 나는 어떤 혐의로 몇몇 사람의 당시 대학교수들과 함께 육군 특무대란 데 갇혀 있었다. 거기서 윤 생원을 처음 만났다. 물론 그땐 그가 이곳 사람인 줄도 몰랐다. 무슨 혐의로 들어왔느냐고 물어도 그는 얼른 대답을 하지 않았다. 곧 나갈 거라고만 했다. 곧 나갈 거라고 장담을 하던 사람이 얼마 뒤 역시 우리의 뒤를 따라 감옥으로 넘어왔다. 감옥에서는 그도 제법 사상범으로 통해 있었다. 누가 붙였는지는 모르되, '송아지 빨갱이'라는 별명이 붙어 있었다. 그의 말에 의하면 이유는 간단했다. 한창 무슨 청년단인가 하는 패들이 마구

큰집 여기에서의 '큰집'은 은어로 '감옥'을 가리킴

특무대(特務隊) 육군의 대간첩 업무(對間諜業務)와 그에 따른 범죄 수사를 관장하던 국군 정보부대. 1960년 육군 방첩 부대로 이름이 바뀌었다가, 1968년 다시 육군 보안 사령부로 바뀌었다.

사상범(思想犯) 현존 사회 체제에 반대하는 사상을 가지고 개혁을 꾀하는 행위를 함으로써 성립하는 범죄. 또는 그런 죄를 지은 사람.

⚜ 한창 무슨 청년단인가 하는 패 '청년단'은 '어떤 목적을 이루기 위해 조직된 청년들의 단체'란 뜻인데, 해방 직후에는 주로 우익 청년들이 조직하여 좌익 활동을 탄압하는 데에 앞장섰다.

설칠 땐데, 남에게 배내를 주었던 그의 송아지를 그들이 잡아먹은 게 분해서, 배내 먹이던 사람에게 송아지를 물어내라고 화풀이를 한 것이 동기의 하나였다고 한다. 그 바보 같은 사람이 뒤퉁스럽게 그 청년단을 찾아가서 그런 고자질을 한 것이 꼬투리가 되어, '이 새끼 맛 좀 볼 테야?' 하는 식으로 잡혀 왔다는 이야기였다. 그 밖에 또 하나 주목받을 이유가 될 만한 것은, 자기 고향인 조마이섬에 문둥이 떼가 이주해 왔을 때 (물론 정부의 방침이었지만) 그들을 몰아내기 위해 싸우다가 결국 경찰 신세를 졌던 일이라 했다. 그러면서도 그 자신 무슨 영문인지를 확실히 모르고서 옥살이를 했다. 다만 '송아지 빨갱이' 라는 별명으로서.

어쩌다가 세수터에서라도 마주칠 때, "송아지 빨갱이!" 할라치면, 텁수룩한 머리를 끄덕대며 사람 좋게 웃던 윤춘삼 씨의 그때 얼굴이 눈에 선해 왔다.

"좋은 사람이었지요."

"그라문니요! 지금도 우리집에 가끔 옵니더."

건우 어머니도 맞장구를 쳤다.

이야기꾼들이 곧잘 쓰는 '우연성'이란 것을 아주 싫어하는

배내 남의 가축을 길러서 가축이 다 자라거나 새끼를 낸 뒤에 주인과 나누어 가지는 제도.
뒤퉁스럽다 미련하거나 찬찬하지 못하여 일을 잘 저지를 듯하다.

나지만, 그날 저녁 일만은 사실대로 적지 않을 수가 없다.

어둡기 전에 건우의 집을 나서서 하단 쪽 나루터로 되돌아오던 길목에서 뜻밖에 이제 얘기하던 바로 그 윤춘삼이란 사람과 마주치게 되었으니 말이다.

"야— 이거 ×선생 아니요! 이런 섬에 우짠 일로?"

송아지 빨갱이, 아니 윤춘삼 씨는 덥석 내 손을 잡으며 반가워했다.

"아이들 가정방문을 왔다 가는 길이죠. 참 오랜만이군요."

"가정방문?"

그는 수인사는 제쳐 놓고,

"그럼 건우 집에도 들렀겠네요?"

"네, 이 섬에는 건우 한 애뿐입니다. 내가 맡아 있는 애로서는—."

"마침 잘됐다. 허허 참 세상에는 이런 수도 다 있다 카이! 인자 막 선생 이바구를 하고 오던 참인데……."

윤춘삼 씨는 뒤에 따라오던 웬 성큼한 털보 영감을 돌아보며,

"자 인사드리시오. 당신 손자 '거무'란 놈 선생이요."

하며 내처 허허 하고 웃어 댔다. 벌써 약간 주기가 있어 보였다. 두 사람이 인사를 채 나누기 전에 윤춘삼 씨는,

---

성큼하다 키가 큰 사람의 아랫도리가 윗도리보다 어울리지 않게 길쭉하다.
주기(酒氣) 술기운.

"허허, 노상에서 이럴 수가 있나. 나도 여러 해 만이고……."

하며 털보 영감더러 하단으로 되돌아가자는 것이었다. 아니 바로 떠밀 듯했다.

"암 그래야지. 나도 언제 한분 꼭 찾아볼라 캤는데, 바래다 드릴 겸 마침 잘됐구만."

멀쩡한 날에 고무장화를 신은 품이 누가 보나 뱃사람이 완연한 건우 할아버지도 약간 약주가 된 데다 역시 같은 떼거리였다.

윤춘삼 씨는 만나자 덥석 잡았던 내 손을 내처 아플 정도로 쥔 채 놓지 않았고, 건우 할아버지도 나란히 서게 되어 셋은 가뜩이나 좁은 들길을 좁아라 걸어 댔다. 땅거미를 받아선지, 건우 할아버지의 갯바람에 그을린 얼굴이 거의 검둥이에 가까울 정도로 검어 보였다.

"갈밭새 영감, 오늘 참 재수 좋네. 내가 술 샀지, 또 이런 훌륭한 선생님을 만났지……. 그러나 이분에는 영감이 사야 되오."

윤춘삼 씨의 말이 떨어지기가 바쁘게,

"암 내가 사야지. 이분에는 정종이다. 고놈의 따끈한!"

노상(路上) 길바닥. 길거리나 길의 위.
품 행동이나 말씨에서 드러나는 태도나 됨됨이.
완연하다(宛然--) 눈에 보이는 것처럼 아주 뚜렷하다.
떼거리 떼를 속되게 이르는 말.
 떼 부당한 요구나 청을 들어 달라고 고집하는 짓.
땅거미 해가 진 뒤 어스레한 상태. 또는 그런 때.
갯바람 바다에서 육지로 부는 바람.

아마 '갈밭새'가 별명인 듯한 건우 할아버지는, 그 억세고 구부정한 어깨를 건들거리며 숫제 신을 내듯 했다.

하단 나룻가의 술집은 모두가 그들의 단골인 모양이었다.

"어이 또 왔쇠이!"

건우 할아버지가 구부정한 어깨를 먼저 어느 목롯집으로 들이밀었다. 다시 술자리가 벌어졌다. 술자리랬자 술상 대신 쓰이는 네 발 달린 널빤지를 사이에 두고 역시 네 발 달린 널빤지 걸상에 마주 앉은 것이었지만.

"술은 정종! 따끈한 놈으로. 응이, 알겠소? 우리 거무 선생님이란 말이어!"

갈밭새 영감은 자기와 비슷하게 예순 고개를 넘어 보이는 주인 할머니더러 일렀다.

그가 소원인 듯 말하던 '따끈한 정종'은 그와 윤춘삼 씨보다 나를 먼저 취하게 했다. 그러나 좀처럼 놓아 줄 눈치들이 아니었다.

"한 잔만 더—."

이번에는 건우 할아버지의 커다란 손이 연신 내 손을 덮쌌다.

"비록 개깃배를 타고 있지만 나도 과히 나쁜 놈은 아임데이. 내, 선생 이바구 다 듣고 있소. 이 송아지 빨갱이(섬에까지 그

목롯집(木壚-) 목로주점. 목로를 차려 놓고 술을 파는 집.

목로(木壚) 주로 선술집에서 술잔을 놓기 위하여 쓰는, 널빤지로 좁고 기다랗게 만든 상.

런 별명이 퍼졌던 모양이다.)한테도 여러 분 들었고 우리 손자 놈한테도 듣고 있소. 정말 정말 훌륭한 선생님이라고. 그까진 국회의원이 다 먼교? 돈만 있음 ×라도 다 되는 기고, 되문 나라 땅이나 훑이고 팔아묵고 그런 놈들이 안 많던기요? 왜, 내 말이 어데 틀렀십니꺼?"

갈밭새 영감은 말이 차츰 엇나가기 시작했다.

자기로선 취중 진담일지 모르나 듣기만 해도 섬뜩한 소리를 함부로 뇌까렸다.

그런 얘길랑 그만두고 술이나 들라 해도 갈밭새 영감은 물론 이번엔 윤춘삼 씨까지 되레 가세를 하고 나섰다.

"촌사람이라꼬 바본 줄 알지 마소. 여간 답답해서 그런 소릴 하겠소."

전깃불이 들어왔다. 불빛에 비친 갈밭새 영감의 얼굴은 한층 더 인상적이었다. 우악스럽게 앞으로 굽어진 두 어깨 가운데 짤막한 목줄기로 박혀 있는 듯한 텁석부리 얼굴! 얼굴 전체는 키를 닮아 길쭉했으나, 무엇에 짓눌려 억지로 우그러뜨려진 듯이 납작해진 이마에는, 껍데기가 안으로 밀려들기나 한 듯한 깊은 주름이 두어 줄 뚜렷하게 그어져 있었다. 게다가 구레나룻에 둘러싸인 얼굴 전면이 검붉은 구릿빛이 아닌가! 통틀어 원시인이

뇌까리다 아무렇게나 되는 대로 마구 지껄이다.
구레나룻 귀밑에서 턱까지 잇따라 난 수염.

라도 연상케 하는 조금 무서운 면상이었다.

"와 빤히 보능기요? 내 안주(아직) 술 안 취했음데이. 염려 마이소."

갈밭새 영감은 기름이 절은 수건을 꺼내더니 이마를 한 번 훔치고서,

"인자 딴 말은 안 하지요. 언제 또 만날지 모르이칸에 이왕 만낸 짐에 저 송아지 빨갱이나 이 갈밭새가 사는 조마이섬 이바구나 좀 하지요."

그러곤 정신을 가다듬기나 하듯이 앞에 놓인 술잔을 훌쩍 비웠다.

건우 할아버지와 윤춘삼 씨가 들려준 조마이섬 이야기는 언젠가 건우가 써냈던 '섬 얘기'에 몇 가지 기막힌 일화가 붙은 것이었다.

"우리 조마이섬 사람들은 지 땅이 없는 사람들이요. 와 처음부터 없기사 없었겠소마는 죄다 뺏기고 말았지요. 옛적부터 이 고장 사람들이 젖줄같이 믿어 오는 낙동강 물이 맨들어 준 우리 조마이섬은—."

건우 할아버지는 처음부터 개탄조로 나왔다. 선조로부터 물

면상(面相/面像) 얼굴의 생김새.

일화(逸話) 세상에 널리 알려지지 아니한 흥미 있는 이야기.

개탄조(慨歎調) 분하거나 못마땅해하는 말투나 말씨.

려받은 땅, 자기들 것이라고 믿어 오던 땅이 자기들이 겨우 철들락말락할 무렵에 별안간 왜놈의 동척 명의로 둔갑을 했더란 것이었다.

"이완용이란 놈이 '을사보호조약'이란 걸 맨들어 낸 뒤라 카더만!"

윤춘삼 씨의 퉁방울 같은 눈에도 증오의 빛이 이글거리기 시작했다.

1905년— 을사년 겨울, 일본 군대의 포위 속에서 맺어진 '을사보호조약'이란 매국 조약을 계기로, 소위 '조선 토지 사업'이란 것이 전국적으로 실시되던 일, 그리고 이태 후인 정미년에 가서는 "한국 정부는 시정 개선에 관하여 통감의 지도를 수할 사"

동척(東拓) 동양 척식 주식회사(東洋拓殖株式會社)의 준말. 1908년 일본이 한국의 토지와 자원을 독점하고 수탈할 목적으로 설립한 국책 회사. 주로 토지를 강점하고 강매하여 높은 소작료를 징수하고 많은 양곡을 일본으로 반출하였다. 1917년부터 본점을 일본 도쿄로 옮기고 동양 각지로 사업을 확대하였으나, 일본이 제2 차 세계 대전에서 패전하면서 문을 닫았다.

명의(名義) 문서상의 권한과 책임이 있는 이름.

이완용 조선 고종 때의 친일파(1858~1926). 1910년에 총리대신으로 정부의 전권 위원이 되어 한일병합조약을 체결하는 등 민족을 반역하였다.

을사보호조약 을사조약(乙巳條約). 조선 광무 9년 (1905년)에 일본이 한국의 외교권을 빼앗기 위하여 강제적으로 맺은 조약. 고종 황제가 끝까지 허가하지 않았기 때문에 원인 무효의 조약이다.

조선 토지 사업 1910년부터 1918년까지 일본이 한국의 식민지적 토지 소유 관계를 확립하기 위하여 시행한 대규모의 조사 사업.

이태 두 해

시정(施政) 정치를 시행함. 또는 그 정치.

통감(統監) 대한 제국 때에, 일제가 설치한 통감부의 장관.

통감부(統監府) 1905년부터 1910년까지 일제가 서울에 둔 관청. 대한 제국을 감독하고 침략을 준비 하기 위한 것이었다.

수할 사 받을 것.

란 치욕적인 조목으로 시작된 '한일 신협약'에 따라, 더욱 그 사업을 강행하고 역둔토(驛屯土)의 대부분과 삼림 원야(森林原野)들을 모조리 국유로 편입시키는 등 교묘한 구실과 방법으로써 농민들로부터 빼앗은 뒤, 다시 불하하는 형식으로 동척과 일인 수중에 옮겨 놓던 그 해괴망측한 처사들이 문득 내 머릿속에도 떠올랐다.

"쥑일 놈들."

건우 할아버지는 그렇게 해서 다시 국회의원, 다음은 하천 부지의 매립 허가를 얻은 유력자…… 이런 식으로 소유자가 둔갑되어 간 사연들을 죽 들먹거리더니,

"이 꼴이 되고 보니 선조 때부터 둑을 맨들고 물과 싸워 가며 살아온 우리들은 대관절 우찌 되는기요?"

그의 꺽꺽한 목소리에는, 건우가 지각을 하고 꾸중을 듣던 날 "나룻배 통학생임더." 하던 때의, 그 무엇인가를 저주하듯한 감정이 꿈틀거리고 있는 것 같았다. 얼마나 그들의 땅에 대

조목(條目) 법률이나 규정 등의 낱낱의 조나 항목.
한일 신협약 1907년 헤이그 밀사 사건 뒤에 일본의 강압에 의하여 우리나라와 일본이 맺은 조약. 모든 행정 · 사법 사무를 통감부의 감독 아래에 두는 것 등을 내용으로 하고 있다.
역둔토(驛屯土) '역토'와 '둔토'를 아울러 이르는 말.
 역토(驛土) 역에 딸린 토지.
 둔토(屯土) 변경이나 군사 요지에 주둔한 군대의 군량을 마련하기 위하여 설치한 토지.
원야(原野) 개척하지 아니하여 인가가 없는 벌판과 들.
국유(國有) 나라의 소유.
불하하다(拂下--) 국가 또는 공공 단체의 재산을 개인에게 팔아넘기다.
하천 부지(河川敷地) 하천 및 하천 부속물이 속한 토지.
꺽꺽하다 사람의 목소리나 성질 등이 억세고 거칠어서 부드러운 느낌이 없다.

한 원한이 컸던가를 가히 짐작할 수가 있었다.

"섬사람들도 한번 뻗대 보시지요?"

이렇게 슬쩍 건드려 봤더니, 이번엔 윤춘삼 씨가 얼른 그 말을 받았다.

"선생님은 그런 걸 잘 알면서 그러네요. 우리 겉은 기 멀 알며, 무슨 힘이 있십니꺼. 하도 하는 짓들이 심해서 한분 해 보기는 해 봤지요. 그 문딩이 떼를 싣고 왔일 때 말임더……."

윤춘삼 씨는 그때의 화가 아직도 사라지지 않는 듯이 남은 술을 꿀꺽 들이켰다.

"쥑일 놈들!"

마치 그들의 입버릇인 듯 되어 있는 이 말을 안주처럼 되씹으며 윤춘삼 씨는 문둥이들과 싸운 얘기를 꺼냈다.

—큰 도둑질은 언제나 정치하는 놈들이 도맡아 놓고 한다는 게 서두였다. 그러면서도 겉으로는 동포애니 우리들의 현 실정이 어떠니를 앞세우겠다! 그때만 해도 불쌍한 문둥이들에게 살 곳과 일거리를 마련해 준다면서 관청에서 뜻밖에 웬 문둥이들을 몇 배 해 싣고 그 조마이섬을 찾아왔더란 거다. 그야말로 섬사람들에게는 아닌 밤중에 홍두깨✤ 내미는 격으로……. 옳아, 이건 어느 놈의 엉큼수지는 몰라도 필연 이 섬을 송두리째 집어

✤ 아닌 밤중에 홍두깨 별안간 엉뚱한 말이나 행동을 함을 비유적으로 이르는 말.
엉큼수 교활한 술수.

삼킬 꿍심으로 우릴 몰아내기 위해서 한때 문둥이를 이용하는 거라고……. 누군가의 입에서부터 이런 말이 퍼지기 시작하고, 그래서 그 섬사람들뿐 아니라 이웃 섬사람들까지 한 둥치가 되어 그 문둥이 떼를 당장 내쫓기로 했더란 거다.

상대방은 자다가 호박을 주운 격인 병신들인데 오자마자 그 꼴을 당하고 보니 어리둥절은 하였지만, 그렇다고 호락호락 떠나갈 배짱들은 아니었다. 결국 나가라니 못 나가겠느니 싸움이 벌어졌다.

"그때 바로 이 갈밭새 부자가 앞장을 안 섰능기요. 어데, 그때 문딩이한테 물린 자리 한분 봅시더—."

윤춘삼 씨는 하던 말을 별안간 멈추고, 건우 할아버지 쪽을 쳐다보았다. 그러고는 골동품 같은 마도로스파이프를 빽빽 빨고만 있는 건우 할아버지의 왼쪽 팔을 억지로 걷어 올렸다. 나이에 관계없이 아직도 우악스러워 보이는 어깻죽지 바로 밑에 커다란 흉터가 하나 남아 있었다.

"한 놈이 영감 여길 어설피 물고 늘어지다가 그만 터졌거든!"

꿍심 '꿍꿍이셈'의 경상도 사투리. 남에게 드러내 보이지 아니하고 속으로만 어떤 일을 꾸며 우물쭈물하는 속셈.

둥치 '줄기'의 경상도 사투리.

마도로스파이프 담배통이 크고 뭉툭하며 대가 짧은 서양식 담뱃대의 하나. '마도로스'는 뱃사람을 뜻하는 네덜란드 어 'matroos'에서 온 말로, 뱃사람들이 이러한 파이프 식 담뱃대를 주로 사용한 데서 유래한다.

윤춘삼 씨는 자랑삼아 이야기를 이었다.

—그렇게 악을 쓰는 문둥이들에 대해서, 몽둥이, 괭이, 쇠스랑 할 것 없이 마구 들이대고 싸웠노라고. 그래서 이쪽에서도 물론 부상자가 났지만, 괜히 문둥이들이 많이 상하고, 덕택에 자기와 건우 할아버지를 비롯해서 많은 섬사람들이 그야말로 문둥이 떼처럼 줄줄이 경찰에 붙들려 가고……. 그러나 뒷일이 더 켕겼던지 관청에서는 그 '기막힌 동포애'를 포기하고 그 문둥이들을 도로 싣고 갔다는 얘기였다.

"그 바람에 저 사람은 육이오 때 감옥살이 또 안 했능기요. 머 예비 검거라 카드나……."

건우 할아버지가 이렇게 한마디 끼우니,

"그거는 송아지 때문이라 캐도……."

"누명을 써도 문딩이 빨갱이는 되기 싫은 모양이제? 송아지 빨갱이는 좋고."

건우 할아버지의 이런 농에는 탓하지 않고서,

"그런 짓들 하다가 결국 그것들이 안 망했나."

윤춘삼 씨는 지금도 고소한 듯이 웃었다.

"다른 패들이 나와도 머 벨수 있더나?"

건우 할아버지는 내처 같은 표정을 하였다.

"그놈이 그놈이란 말이지? 입으로만 머니머니 해댔지, 발 맨드라 카니 제우(겨우) 맨들어 논 강둑이나 파헤치고, 나리(나루) 막는다 카면서 또 섬이나 둘러마실라 카이……."

윤춘삼 씨도 그리 밝은 표정은 아니었다.

"×선생님!"

건우 할아버지가 별안간 그 그로테스크한 얼굴을 내게로 돌렸다.

"우리 거무란 놈 말을 들으니 선생님은 글을 잘 씬다 카데요? 우리 섬에 대한 글 한분 써 보이소. 멋지기! 재밌실 낌데이[재밌을 겁니다]. 지발 그 썩어 빠진 글을랑 말고……."

"썩어 빠진 글이라뇨?"

가끔 잡문 나부랭이를 써 오던 나는 지레 찌릿해졌다.

"와 그 신문 같은 데도 그런 기 수타(많이) 난다 카데요. 남은 보릿고개를 못 냉기서[넘겨서] 솔가지에 모가지들을 매다는 판인데, 낙동강 물이 파아랗니 푸르니 어쩌니…… 하는 것들 말임더."

갈밭새 영감이 이렇게 열을 내기 시작하자, 곁에 있던 윤춘삼 씨가,

"허허이 우리 선생님이 오늘 잘못 걸맀네요. 이 영감이 보통이 아임데이. 그래도 선배[선비]의 씨라꼬……."

핀잔 비슷이 말했지만, 건우 할아버지는 벌인춤이 되어 버렸다.

그로테스크하다((프)grotesque--) 기괴하다. 괴상하고 기이하다.
나부랭이 어떤 부류의 사람이나 물건을 낮잡아 이르는 말.
벌인춤 이미 시작하여 중간에 그만둘 수 없는 것을 이르는 말.

"하기싸 시인들이니칸에 훌륭하겠지요. 머리도 좋고……. 선생도 시인 아입니꺼. 그런데 와 우리 농사꾼이나 뱃놈들의 이바구는 통 안 씨는 기요? 추접다꼬? 글 베린다꼬 그라능 기요?"

입이 말을 한다기보다 차라리 수염이 떨어 댄다고 느껴질 정도로, 건우 할아버지는 열을 냈다.

"그만하소. 영감이 머 글이나 이르능 기요[읽는 거요]. 밤낮 한다는 기 '곡구롱 우는 소리'지. 어데 그기나 한분 해 보소."

윤춘삼 씨가 또 참견을 했다.

"곡구롱 우는 소리라뇨?"

나도 윤 씨의 그 말에 귀가 쏠렸다. 어떤 고시조가 문득 생각났기 때문이다.

"어데, 해 보소. 모초럼 선생님을 모신 자리니."

하는 윤춘삼 씨의 말에, 그는 괜한 소리를 했구나 하는 표정을 지으며, 그 꺽꺽한 목청에 느린 가락을 넣기 시작했다—.

곡구롱 우는 소리에 낮잠 깨어 니러 보니

작은아들 글 이르고[읽고] 며늘아기 베 짜는데 어린 손자는 꽃놀이한다.

추접하다(醜---) 추저분하다. 더럽고 지저분하다.
곡구롱(谷口哢) 꾀꼬리의 울음소리를 나타낸 한자 의성어로, 꾀꼬리를 가리키는 말로도 쓰인다.
닐다 '일어나다'의 옛말.

마초아 지어미 술 거르며 맛보라 하더라.

건우 할아버지는 갑자기 침착해진 채 눈을 노 지그시 감고 불렀다. 땀에 번지르르한 관자놀이 짬에 가뜩이나 굵은 맥이 한 줄 불쑥 드러나 보이기까지 하였다. 가락은 육자배기에 가까웠으나, 내용은 역시 내가 생각했던 오(吳) 아무개의 고시조였다.

"이 노래 하나만은 정말 떨어지게 잘한다 카이!"

윤춘삼 씨는 나 못지않게 감탄을 하면서 그가 그 노래를 즐겨 부르는 사연을 대강 이렇게 말했다. ―그러니까, 그의 증조부 되는 분이 옛날 서울에서 무슨 벼슬깨나 하다가 그놈의 당파 싸움에 휘말려서 억울하게 그곳 조마이섬으로 귀양인지 피신인지를 해 와 살았는데, 그분이 살아 계실 때 즐겨 읊던 시조란 것이었다.

사연을 듣고 보니, 새삼 생각되는 바가 있었다. 그 노래를 부를 때의 갈밭새 영감의 표정에, 은근히 누군가를 사모하는 듯한 빛이 엿보였을 뿐 아니라, 그 꺽꺽한 목청에도 무엇인가를 원망

마초아 '마침'의 옛말. 시조 종장 첫머리에 감탄의 뜻을 겸하여 흔히 쓰인다.

관자놀이 귀와 눈 사이의 맥박이 뛰는 곳. 그곳에서 맥박이 뛸 때 관자가 움직인다는 데서 나온 말이다.

관자(貫子) 망건에 달아 당줄을 꿰는 작은 단추 모양의 고리. 신분에 따라 금(金), 옥(玉), 호박(琥珀), 마노, 대모(玳瑁), 뿔, 뼈 따위의 재료를 사용하였다.

육자배기(六字--) 남도 지방에서 부르는 잡가(雜歌)의 하나. 가락의 굴곡이 많고 활발하며 진양조 장단이다.

오(吳) 아무개. 오경화(吳擎華). 연대 미상. 자는 자형(子衡). 시조 3수가 전하나 신원은 미상이다.

하는 듯, 혹은 하소하는 듯한 가락이 확실히 떨리고 있었기 때문이다. 착각이 아니리라! 동시에 나는 아까 본 건우 군의 집 사립 밖에 해묵은 수양버들 몇 그루가 서 있던 광경이 새삼 기억에 떠오르고, 건우 어머니의 수인사 태도나 집안을 다스리는 범절이 어딘지 모르게 체통이 있는 선비 가문의 후예같이 짚어졌다.

"아드님은 육이오 때 잃으셨다지요?"

내가 술을 한 잔 더 권하며 위로삼아 물으니까,

"야……. 큰놈은 그래서 빼도[뼈도] 몬 찾기 되고 작은놈은 머사모아 섬이라 카던기요, 그곳 바다 속에 여어(넣어) 버렸지요."

"사모아 섬?"

나는 그의 기구한 운명을 생각했다.

"야, 삼치잡이 배를 탔거던요……."

이러고 한숨을 쉬는 건우 할아버지의 뒤를 곁에 있던 윤춘삼 씨가 또 받아 이었다.

"와 언젠가 신문에도 짜다라(많이) 안 났던기요. '허리켄'인가 먼가 하는 폭풍을 만내 시운찮은 우리 삼칫배들이 마구 결딴이 난 일 말임더."

나도 건우 할아버지도 더 말이 없는데, 윤춘삼 씨가 혼자 화를 내듯,

체통(體統) 지체나 신분에 알맞은 체면.

"낙동강 잉어가 띠이[뛰니까] 정지(부엌) 바닥에 있던 부지깽이도 띤다 카듯이, 배도 남 씨다가 베린[쓰다가 버린] 걸 사 가주고 제북(제법) 원양 어업인가 먼가 숭내(흉내)를 낼라 카다가 배만 카이는 사람들까지 떼죽음을 안 시킸능기요. 거에다가(게다가) 머 시체도 몬 찾았거니와 회사가 워낙 시원찮아 노오니 위자료란 기나 어디 지대로 나왔능기요. 택도 앙이지 택도 앙이라!"

"없는 놈이 할 수 있나. 그저 이래 죽고 저래 죽는 기지 머!"

갈밭새 영감은 이렇게 내밷듯이 해 던지고선, 아까부터 손안에서 만지작거리고 있던 두 알의 가래 열매를 별안간 세차게 달가닥대기 시작했다. 마치 그렇게라도 함으로써 세상의 모든 근심 걱정을 잊어버리기나 하려는 듯이. 어찌 들으면 남의 신경을 곤두서게 하는 그 딱딱한 소리가, 실은 어떤 깊은 분노의 분출을 억제하는 그의 마음의 울부짖음 같기도 했다.

그러나 나는 이내, 따그르르 따그르르 하는 그 소리가, 바로 나룻가 갈밭에서 요란스럽게 들려오는 진짜 갈밭새들의 약간 처량

부지깽이 아궁이 등에 불을 땔 때에, 불을 헤치거나 끌어내거나 거두어 넣거나 하는 데 쓰는 가느스름한 막대기.

원양 어업(遠洋漁業) 먼바다를 장기간에 걸쳐 항해하며 하는 어업.

⚜ 택도 앙이지 '턱도 없지'의 사투리로, '이치에 닿지 아니하거나, 그럴 만한 근거가 전혀 없다'는 의미이다.

가래 가래나무의 열매. 호두와 비슷하나 좀 갸름하며, 두껍고 거무데데한 내과피(內果皮) 속의 살을 먹기도 한다.

내과피(內果皮) 열매의 씨를 둘러싸고 있는 부분 중 가장 안쪽 씨를 싸고 있는 층.

스런 울음 소리와 흡사하다 느꼈다. 한편 또 조마이섬의 갈밭 속에서 나고 늙어 간다는 데서 지어졌으리라 믿어 왔던 갈밭새란 별명에, 어쩜 그가 즐겨 굴리는 그 가래 소리가 갈밭새의 울음소리와 비슷한 데 연유되지나 않았을까 하는 생각이 들기도 했다.

세 사람은 한참 동안 말이 없었다. 갓 나온 듯한 흰 부나비• 두 마리가 갈팡질팡 희미한 전등에 부딪칠 뿐이었다. 파닥거리는 소리도 없이.

그러고 두어 달이 지났다.

낙동강 물이 몇 차례 불었다 줄었다 하는 동안에 그해 여름도 어느덧 막바지에 접어들었다. 갈대도 이젠 길길이 자라서, 가뜩이나 섬사람들의 눈에도 잘 띄지 않는 갈밭새들이 더욱 깃들기 좋을 만큼 우거진 무렵이었다. 아침저녁 그 속에서 갈밭새들이 한결 신나게 따그르르 따그르르 지저귀어 대면 머잖아 갈목•도 빠져나온다 한다. 물론 학교도 방학이 끝날 무렵이다.

건우는 그동안 그 지긋지긋한 지각 걱정을 안 해도 좋았다. 한나절이면 그야말로 물거미처럼 물 위를 동동 떠다녀도 무방했다.

아닌 게 아니라 한여름 동안 얼마나 물과 볕에 그을었는지, 마지막 소집 날에 나타난 건우의 얼굴은, 사시장춘• 바다에서 산

부나비 불나방.
갈목 갈대의 이삭.
사시장춘(四時長春) 1.어느 때나 늘 봄과 같음. 2.늘 잘 지냄을 비유적으로 이르는 말.

다는 즈 할아버지 못잖게 검둥이가 되어 있었다.

"어지간히 그을었구나. 할아버지와 어머니도 잘 계시니?"

늦게까지 어름거리는 그를 보고 일부러 물어봤더니,

"예, 수박 자시러 오시라 캅디더."

어머니의 전갈일 테지, 딴소리까지 했다. 까막 딱지가 묻힐 정도로 새까매진 얼굴이라 이빨이 유난히 희게 빛났다.

"집에서 수박을 심었던가?"

"예, 언제쯤 오실랍니꺼?"

숫제 다그쳐 묻는 것이었다.

"글쎄 언제 한번 가지."

"꼭 모시고 오라 카던데요?"

"그래, 오늘은 안 되고, 여가 봐서 한번 갈 테니까."

나는 그의 좁다란 어깨를 툭 쳐 주며 돌려보냈다. 처서가 낼 모레니까 수박도 한물 갈 때리라. 이왕이면 처서께쯤 한번 가 볼까 싶었다.

그런데 공교히도 그 처서 날에 비가 내리기 시작했다. 처서에 비가 오면 독 안의 곡식도 준다는 하필 그날에 추적추적 비가

어름거리다 말이나 행동을 똑똑하게 분명히 하지 못하고 우물쭈물하다.
자시다 '먹다'의 높임말.
숫제 처음부터 차라리. 또는 아예 전적으로.
처서(處暑) 이십사절기의 하나. 입추와 백로 사이에 들며, 양력 8월 23일경이다.
공교히(工巧-) 생각지 않았거나 뜻하지 않았던 사실이나 사건과 우연히 마주치는 것이 매우 기이하게.

내리기 시작했으니, 내가 건우네 집으로 가고 안 가고가 문제가 아니라, 그러한 경험과 속담 속에 살아온 농촌 사람들의 찌푸려질 얼굴들이 먼저 눈에 떠올랐다.

게다가 이건 이른바 칠팔월 진장마가 아니라, 하루 이틀, 그러다가 사흘째부터는 바로 억수로 변해 가더니 마침내 광풍까지 겹쳐서 온통 폭풍우로 바뀌고 말았다. 육십 년 이래 처음이니 뭐니 하고 떠드는 라디오나 신문들의 신나는 듯한 표현들은 나중에 있은 얘기고, 아무튼 그날 새벽에는 하늘이 내려앉고 땅이 뒤흔들리기나 하듯이 우레 번개가 잦고 비바람이 사나웠다.

이렇게 되면 속담 말로 '칠월 더부살이 주인 마누라 속곳 걱정' 정도의 장마 경황이 아니다. 더부살이도 우선 제 살 구멍 찾기가 급하다. 반면 제 한 몸이나 제 집구석에 별 탈만 없으면 남의 불행쯤은 오히려 구경삼아 보아 넘기는 게 도회지 사람들의 버릇이다.

한창 천지가 진동하던 몇 시간 동안은 옴짝달싹도 않던 사람들이, 비가 좀 뜨음하니까 사립 밖으로 꾸역꾸역 기어 나오기가

진장마 맑은 날 없이 강우량이 많은 장마. 마른장마 혹은 건장마에 상대되는 말.

경황(景況) 정신적 · 시간적인 여유나 형편.

⚜ 이렇게 되면 속담 말로 ~ 장마 경황이 아니다 '칠월 더부살이 주인 마누라 속곳 걱정'은 남의 집에 더부살이하면서 제 옷도 변변히 못 입는 형편에 주인집 마누라의 속옷을 걱정한다는 뜻으로, 주제넘게 남의 일에 대하여 걱정함을 비유적으로 이르는 말이다. 따라서 이 구절은 '이 정도 되면 자신에게 관계없는 일에 쓸데없는 걱정이나 할 만한 한가로운 상황이 아니다' 정도의 의미이다.

도회지(都會地) 사람이 많이 살고 상공업이 발달한 번잡한 지역.

바빴다. 늙은이나 어린애들은 하불실 가까운 개울가쯤 나가면 족하지만, 어른들은 그 정도로서는 한에 차질 않는다.

"낙동강이 넘는다지?"

"구포 다리가 우투룹단다[위태롭단다]!"

가납사니 같은 도시 사람들은 제멋대로 그럴싸한 소문을 퍼뜨리며, 소위 물 구경에 미쳐서 낙동강이 내려다보이는 언덕으로, 산으로 올라들 갔다.

내가 집을 나선 것은 반드시 그런 호기심에서만은 아니었다. 다행히 하단 방면으로 가는 버스가 통한다기에 얼른 그것을 집어탔다. 군데군데 시뻘건 뻘 물이 개울을 이루고 있는 길을, 차는 철버덕철버덕 기어가듯 했다. 대티 고개서부터 내 눈은 벌써 김해 들을 더듬었다.

'저런……!'

건우네 집이 있는 조마이섬 일대는 어느덧 벌건 홍수에 잠겨 가고 있지 않은가! 수박이 문제가 아니다. 다시 흩날리기 시작하는 차창 밖의 빗속을 뚫고서, 내 시선은 잘 보이지도 않는 조마이섬 쪽으로 얼어붙었다. 동시에 "나룻배 통학생임더!" 하던 건우군의 가냘픈 목소리가 갑자기 귀에 쟁쟁 되살아나는 것 같았다.

고개 너머서부터 차는 더욱 끼우뚱거렸다. 논두렁을 밀고 넘

하불실(下不失) 아무리 적어도, 적은 만큼의 희망이 있음을 이르는 말.
가납사니 쓸데없는 말을 지껄이기 좋아하는 수다스러운 사람.
쟁쟁(琤琤) 전에 들었던 말이나 소리가 귀에 울리는 느낌.

어오는 물살이 숫제 쏴 하는 소리까지 내면서 길을 사뭇 덮었다. 때로는 길과 논밭이 얼른 분간이 안 되어, 가로수를 어림해서 달리기도 했다. 그럴 때마다 차 안의 손님들은 한층 더 떠들어 댔다. 대부분이 무슨 사연들이 있어서 가는 사람들이었겠지만, 그러한 사연들보다 우선 눈앞의 사정에 더욱 정신을 파는 것 같았다.

하단 나루께는 이미 발목물이 넘었다. '사라호'에 덴 경험이 있는 그곳 주민들은, 잽싸게 이불이랑 세간 부스러기를 산으로 말끔 옮겨 놓았고, 부랴부랴 끌어올린 목선들이 여기저기 나뒹그러져 있는 길 위에는, 볼멘소리를 내지르는 아낙네와 넋 잃은 듯한 사내들이 경황없이 서성거릴 뿐이었다. 물론 나룻배가 있을 리 없었다. 예측 안 한 바는 아니지만, 행여나 싶었던 마음에도 실망은 컸다.

배 없는 나루터를 비롯해서 가까운 강가에는, 경비를 나온 듯한 소방대원 같은 복장의 사람들과 순경 한 사람이 버티고 있었다. 아무리 가까이 오지 말라, 혹은 가지 말라 외쳐 대도 사람들은 들은 체 만 체했다. 물이 점점 더 붇고 있는 모양이었다.

발목물 겨우 발목까지 잠길 정도로 얕은 물. 여기에서는 물이 이미 발목을 넘을 정도로 찼다는 의미로 쓰였다.

⚜ 사라호 태풍 사라(Sarah). 1959년 9월 한반도에 막대한 피해를 입힌 태풍. 경상도에 특히 큰 피해를 남겼다. 사망 · 실종 849명, 이재민 37만 3459명, 총 1900억 원의 재산 피해가 발생하였다.

세간 집안 살림에 쓰는 온갖 물건.

목선(木船) 목조선. 나무로 만든 배.

붇다 분량이나 수효가 많아지다.

나는 닭 쫓던 개 지붕 쳐다보듯이 밀려오는 강물만 맥없이 바라보았다. 어느 산이라도 뒤엎었는지 황토로 물든 물굽이가 강이 차게 밀려 내렸다. 웬만한 모래톱이고 갈밭이고 남겨 두지 않았다. 닥치는 대로 뭉개고 삼킬 따름이었다. 그러고도 모자라는 듯 우르르 하는 강울림 소리는 더욱 무엇을 노리는 것같이 으르렁댔다.

둑이 넘을 정도로 그악스럽게• 밀려 내리는 것은 벌건 물굽이만이 아니었다. 얼마나 많은 들녘들을 휩쓸었는지, 보릿대랑 두엄• 더미들이 무더기 무더기로 흘러내리는가 하면, 수박이랑, 외•, 호박 따위까지 끼리끼리 줄을 지어 떠내려왔다. 이상스런 것은 그러한 것들이 마치 서로 약속이라도 한 듯이 모두 강 한가운데로만 줄을 지어 지나가는 것이었다.

"칫, 용케도 피해 간다!"

저만큼 떨어진 데서 장대 끝에 접낫•을 해 단 억척보두•들이 둥글둥글한 수박의 행렬을 향해 군침들을 삼켰다.

"그까진 수박은 껀지서 머 할라꼬? 하불실 돼지 새끼라도 담아내야지?"

이런 농지거리도 들렸다. 역시 접낫을 해 든 주제에. 이들은

그악스럽다 보기에 사납고 모진 데가 있다.
두엄 풀, 짚 또는 가축의 배설물 등을 썩힌 거름.
외 '오이'의 준말.
접낫 자그마한 낫.
억척보두 심성이 굳고 억척스러운 사람.

그저 물 구경을 나온 것이 아니라, 그런 가운데서도 엄연히 생활을 계산하고 있는 것이었다.

나는 그들의 대담한 태도와 농담에 잠깐 정신을 팔다가, 다시 조마이섬이 있는 쪽으로 눈을 돌렸다. 부슬비가 계속 광풍에 흩날리고 있었다. 얼핏 홍적기(洪積期)를 연상케 하는 몽롱한 안개비 속이라, 어디가 어딘지 분별할 도리가 없었다.

'건우네 집은 벌써 홍수에 잠기지나 않았을까?'

불안한, 그리고 불길한 예감이 자꾸 들기 시작했다.

"물이 이 정도로 불어나면 건너편 조마이섬께는 어찌 되지요?"

생면부지한 접낫패들에게 불쑥 묻기까지 하였다.

"조마이섬?"

돼지 새끼를 안아 내겠다던 키다리가 나를 흘끗 쳐다보더니,

"맹지면에서는 땅이 조금 높은 편이라 카지만, 물이 이래[이렇게] 불으면 마찬가지지요. 만약 어제 그런 소동이 안 일어났이문 밤새 무슨 탈이 났을지도 모를 끼요."

"어제 무슨 일이라도 있었던가요?"

나는 신경이 별안간 딴 곳으로 쏠렸다.

홍적기(洪積期) 플라이스토세(pleistocene世). 신생대 제사기의 첫 시기. 인류가 발생하여 진화한 시기이다. 지구가 널리 빙하로 덮여 몹시 추웠고, 매머드 같은 코끼리와 현재의 식물과 같은 것이 생육하였다.

생면부지(生面不知) 서로 한 번도 만난 적이 없어서 전혀 알지 못하는 사람. 또는 그런 관계.

"있다뿐이라요? 문딩이 쫓아 낼 때보다는 덜했겠지만 매립(埋立)인강 먼강[매립인지 뭔지] 한답시고 밀가리[밀가루]만 잔뜩 띠이[떼어] 처먹고 그저 눈가림으로 해 놓은 둘(둑)을* 섬사람들이 우 대들어서 막 파헤쳐 버리고, 본대대로 물길을 티놨다[터놨다] 카드만요. 글 안 했으문[그렇게 안 했으면] ……."

키다리는 혼자서 신을 내 가며 떠들었다.

"쓸데없는 소리 말게. 괜히 혼날라꼬."

곁에 있던 약삭빠른 얼굴의 사내가 이렇게 불쑥 쏘아붙이듯 하더니, 마침 저만큼 떠내려오는 널빤지를 향해 잽싸게 접낫을 던졌다. 그러나 걸리진 않았다. 그렇게 허탕을 친 게 마치 이쪽의 잘못이나 되는 듯,

"조마이섬에 누가 있소?"

내뱉듯 한 소리가 짐짓 퉁명스러웠다.

"건우란 학생이 있어서……."

나는 일부러 학생의 이름까지 대 보았다. 약삭빠른 눈초리가 다시 물굽이만 쏘아보고 말이 없으니까, 또 키다리가,

"그 아이 아배가 누군교?"

하고 나를 새삼 쳐다보았다.

"아버진 없고, 즈 할아버지 별명이 갈밭새 영감이라더군요."

---

* 매립(埋立)인강 먼강 ~ 눈가림으로 해 놓은 둘(둑)을 매립을 한답시고 둑을 쌓는 공사를 하였으나 그 공사비용으로 지급된 밀가루를 누군가가 떼어먹었기 때문에 공사가 부실해졌음을 뜻한다.

나는 건우 할아버지의 이름이 얼른 생각나지 않았다.

"아, 그렁기요? 좋은 노인임더."

키다리는 접낫대를 세워 들더니,

"조마이섬의 인물 아잉기요. 어지(어제) 아침 이곳을 지내갔는데, 그 뒤 대강 알아봤거든……. 가고 난 뒤 얼마 안 돼서 그 일이 났단 말이여."

말머리가 어느덧 자기들끼리로 돌아갔다. 나는 굳이 파고 묻지 않았다.

그때 마침 판잣집 용마루• 비슷한 길다란 나무가 잠겼다 떴다 하며 떠내려가자, 조금 떨어진 신신바위 짬에서 별안간 쩨깐한• 쪽배• 하나가 쏜살같이 나타나더니, 기어코 그놈에게 달라붙어서 한참 파도와 싸우며 흐르다가 마침내 저 아래쪽 기슭에 용케 밀어다 붙였다. 박수를 치기보다는 모두 숨을 죽이고 바라보기만 했다. 용감하다기보다 차라리 처참한 광경이었다. 나는 거기서 누구에게도 보장을 받아 오지 못한 절박한 생활을 읽었다. 한 표의 값어치로서가 아니라, 다만 살기 위해서 스스로 죽을 모험을 무릅쓰는 그러한 행위는, 부질없이 그것을 경계하거나 방해하는 힘을 물리침으로써만 오히려 목숨 그 자체를 이어 갈 수 있다는 산 증거 같기도 했다.

용마루(龍--) 지붕 가운데 부분에 있는 가장 높은 수평 마루.
쩨깐하다 '조그맣다'의 사투리.
쪽배 통나무를 쪼개어 속을 파서 만든 작은 배.

'갈밭새 영감이나 송아지 빨갱이도 그냥 있지는 않았으리라!'

나는 조마이섬의 일이 불현듯 더 궁금해져서 이내 구포 가는 버스를 잡아탔다. 다리만 건너면 조마이섬 가까이까지 갈 수 있으리라 믿었다.

구포 다릿목에서 차를 내렸으나 물은 이미 위험 수위를 훨씬 돌파해서, 다리는 통금이 돼 있었다. 비상경계의 붉은 깃발이 찢어질 듯 폭풍우에 펄럭이고, 다릿목을 건너지른 인줄 곁에는 한국인 순경과 미군이 버티고 있었다. 무거워 보이는 고무 비옷에 철모를 푹 눌러 쓰고 방망이를 해 든 폼이 여간 엄중해 뵈지 않았다.

그런데도 무슨 핑계들을 꾸며 대고 용케 건너가는 사람들이 있었다. 더러는 다리 위에서 유유히 물 구경을 하는 사람들도. 나도 간신히 그들 틈에 끼었다. 우르르르 하는 강 울림은 다리 위에서 듣기가 한결 우람스러웠다.

통행금지의 팻말이 서 있어도, 수해 시찰을 나온 듯한 새까만 관용차만은 사뭇 물을 튀기며 지나갔다. 바람이 휘몰아칠 때

통금(通禁) 통행금지. 일정한 장소를 지나다니지 못하게 함.

인줄(人-) 부정한 사람이 함부로 드나들지 못하도록 문이나 길 어귀에 건너질러 매는 줄. 여기에서는 '사람들이 통행을 하지 못하도록 건너질러 맨 줄' 정도의 의미로 쓰였다.

우람스럽다 웅글고 우렁차거나 요란스러운 데가 있다.

시찰(視察) 직접 돌아다니며 둘러보고 실제의 사정을 살핌.

관용차(官用車) 정부 기관이나 국립 공공 기관 등에 소속되어 운행되는 자동차.

는 거기에 날리기나 하듯이 더욱 빨리 지나갔다. 요컨대 일종의 모험이기도 했으리라. 안에 타고 있는 얼굴들은 알 길이 없었지만 어련히 심각한 표정들을 했으랴 싶었다.

내려다봄으로 해서 한결 사나운 물굽이가 숫제 강을 주름잡듯 둘둘 말려 오다간, 거의 같은 지점에서 쏴아 하고 부서졌다. 그럴 때마다 구슬, 아니 퉁방울 같은 물거품이 강 위를 휘덮고 때로는 바람결을 따라서 다리 위까지 사뭇 튀었다. 그러한 강 한가운데를 잇달아 줄을 지어 떠내려오는 수박이랑 두엄 더미들이, 하단서 볼 때보다 훨씬 많았다. 말하자면 일종의 장관•에 가까웠다.

"아까 그 송아지는 정말 아깝던데……."

이런 뚱딴지 같은 소리도 퍼뜩 귓가를 스쳐 갔다.

조마이섬이 있는 먼 명지면 쪽은 완전히 물바다로 보였다. 구름을 이고 한가하던 원두막들은 다시 찾아볼 길이 없고, 길찬 포플러나무들도 겨우 대공이만은 남은 듯, 바람에 누웠다 일어났다 했다.

지루하게 긴 다리를 지루하게 건너, 물 구경 나온 인파를 헤치고 강둑길을 얼마 못 갔을 때였다. 뜻밖에 거기서 윤춘삼 씨와 마주쳤다. 헐레벌떡 빗속을 뛰어 오던 송아지 빨갱이—, 아니 윤춘삼 씨는, 머리끝에서 발끝까지 온통 물에서 막 건져 올

장관(壯觀) 훌륭하고 장대한 광경.

린 사람처럼 젖어 있었다. 하긴 내 꼴도 그랬을 테지만.

"우짠 일인기요?"

하고 덥석 내 손을 검잡는 윤춘삼 씨는, 그저 반갑다기보다 숫제 고마워하는 기색까지 보였다.

"조마이섬은 어찌 됐소?"

수인사란 게 이랬더니,

"말 마이소. 자, 저리 가서 이야기나 합시더……."

그는 나를 도로 다릿목 쪽으로 끌었다.

"아니, 섬 쪽으로 가 보려 했는데요?"

"가야 아무것도 없소. 모두 피난소로 옮기고, 남은 건 물바다 뿐임더. 우짤라꼬 이놈의 하늘까지! ……."

별안간 또 한 줄기 쏟아지는 비도 피할 겸 윤춘삼 씨는 나를 다릿목 어떤 가겟집으로 안내했다. 언젠가 하단서 같이 들렀던 집과 거의 비슷한 차림의 주막집이었다.

둘 사이에는 한참 동안 말이 없었다. 너무나 다급하고 또 수다한 말들이 두 사람의 입을 한꺼번에 봉해 버렸다 할까!

"건우네 가족도 무사히 피난했겠지요?"

먼저 내 입에서 아까부터 미뤄오던 말이 나왔다.

검잡다 '거머잡다'의 준말. 손으로 휘감아 잡다.

수다하다(數多--) 수효가 많다.

⚜ 너무나 다급하고 또 ~ 봉해 버렸다 할까! 할 말이 너무 많고 또 다급하게 말을 하려는 마음이 오히려 말문을 봉해 버려 할 말을 잃었다는 의미이다.

"야……."

해놓고도 어쩐지 말끝이 석연치 않았다.

"집들은 물론 결딴이 났겠지만, 사람은 더러 상하진 않았던가요?"

나는 이런 질문을 해 놓고, 이내 후회했다. 으레 하는 빈 걱정 같아서.

"집이고 농사고 머 있능기요. 다행히 목숨들만은 건졌지만, 그 바람에 갈밭새 영감이 또 안 끌려갔능기요."

윤춘삼 씨는 가슴이 내려앉는 듯한 무거운 한숨을 내쉬었다.

"건우 할아버지가?"

나는 하단서 그 접낫패에게 얼핏 들은 얘기를 상기했다.

"그래서 내가 지금 경찰서꺼정 갔다 오는 길인데, 마침 잘 만났심더. 글 안 해도[그렇지 않아도]……."

기진맥진한 탓인지, 그는 내가 권하는 술잔도 들지 않고 하던 이야기만 계속했다.

바로 어제 있은 일이었다. 하단서 들은 대로 소위 배짱들이 만들어 둔 엉터리 둑을 허물어 버린 얘기였다.

—비는 연 사흘 억수로 쏟아지지, 실하지도 않은 둑을 그대로 두었다가 물이 더 불었을 때 갑자기 터진다면 영락없이 온

석연하다(釋然--) 의혹이나 꺼림칙한 마음이 없이 환하다.
상기하다(想起--) 지난일을 돌이켜 생각해 내다.

섬이 떼죽음을 했을 텐데, 마침 배에서 돌아온 갈밭새 영감이 설두를 해서 미리 무너뜨렸기 때문에 다행히 인명에는 피해가 없었다는 것이다.

"그런데 와 건우 할아버진 끌고 갔느냐고요?"

윤춘삼 씨는 그제야 소주를 한 잔 훅 들이켜고 다음을 계속했다. —섬사람들이 한창 둑을 파헤치고 있을 무렵이었다 한다. 좀 더 똑똑히 말한다면, 조마이섬 서쪽 강둑길에 검정 지프차가 한 대 와 닿은 뒤라 한다. 웬 깡패같이 생긴 청년 두 명이 불쑥 현장에 나타나더니, 둑을 허물어뜨리는 광경을 보자, 이내 노발대발 방해를 하기 시작하더라고. 엉터리 둑을 막아 놓고 섬을 통째로 집어삼키려던 소위 유력자의 앞잡이지 뭔지는 모르되, 아무리 타일러도, "여보, 당신들도 보다시피 물이 안팎으로 이렇게 불어나는데 섬사람들은 어떻게 하란 말이오?" 해봐도, 들어주긴커녕 그중 힘깨나 있어 보이는, 눈이 약간 치째진 친구가 되레 갈밭새 영감의 괭이를 와락 뺏더니 물속으로 핑 집어던졌다는 거다.

그러곤 누굴 믿고 하는 수작일 테지만 후욕 패설을 함부로 뇌까리자, 순간 화가 머리끝까지 치밀었을 갈밭새 영감도,

---

설두(說頭) 앞장서서 일을 주선함.

앞잡이 남의 사주를 받고 끄나풀 노릇을 하는 사람.

치째지다 아래로부터 위로 향하여 째지다.

후욕 패설(詬辱悖說) 이치에 맞지 않은 말로 꾸짖고 욕설을 함.

"이 개 같은 놈아, 사람의 목숨이 중하냐, 네놈들의 욕심이 중하냐?"

말도 채 끝내기 전에 덜렁 그자를 들어 물속에 태질을 해 버렸다는 것이다. 상대방은 '아이고' 소리도 못 해 보고 탁류에 휘말려가고, 지레 달아난 녀석의 고자질에 의해선지 이내 경찰이 둘이나 달려왔더라고.

"내가 그랬소!"

갈밭새 영감은 서슴지 않고 두 손을 내밀었다는 거다. 다행히도 벌써 그때는 둑이 완전히 뭉개지고, 섬을 치덮던 탁류도 빙에워 돌며 뭉그적뭉그적 빠져나가고 있었다는 것이다.

"정말 우리 조마이섬을 지키다시피 해 온 영감인데…… 살인죄라니 우짜믄[어쩌면] 좋겠능기요?"

게까지 말하고 나를 쳐다보는 윤춘삼 씨의 벌건 눈에서는 어느덧 닭똥 같은 눈물이 뚝뚝 떨어지기 시작했다.

법과 유력자의 배짱과 선량한 다수의 목숨……. 나는 이방인(異邦人)처럼 윤춘삼 씨의 캉캉한 얼굴을 건너다보았다.

폭풍우는 끝났다. 육십 년래 처음이니 뭐니 하고 수다를 떨던 라디오와 신문들도 이젠 거기에 대해선 감쪽같이 말이 없었다.

태질 세게 메어치거나 내던지는 짓.
탁류(濁流) 흘러가는 흐린 물. 또는 그런 흐름.
이방인(異邦人) 다른 나라에서 온 사람.
캉캉하다 얼굴이 몹시 여위어 날카롭게 보이다.

그저 몇몇 일간신문의 수해 구제 의연란에 다소의 금액과 옷가지들이 늘어갈 뿐이었다.

섬사람들의 애절한 하소연에도 불구하고 육십이 넘는 갈밭새 영감은 결국 기약 없는 감옥살이로 넘어갔다.

그리고 9월 새 학기가 되어도 건우 군은 학교에 나타나지 않았다. 끝내 돌아오지 않았다. 그의 일기장에는 어떠한 글이 적힐는지.

황폐한 모래톱—조마이섬을 군대가 정지를 하고 있다는 소문이 들렸다.

■ 『김정한 소설선집』(창작과비평사, 1974)

의연(義捐) 사회적 공익이나 자선을 위하여 돈이나 물품을 냄.

정지(整地) 땅을 반반하고 고르게 만듦. 또는 그런 일.

● 등장인물 들여다보기

나

'나'는 이 작품의 화자로, 건우의 담임이자 시인입니다. 제자인 건우의 집으로 가정 방문을 간 것을 계기로 하여 건우네 가족의 '기막힌 사연'을 알게 되고는 이를 독자들에게 전해주는 역할을 하지요. 작품 서두의 "이십 년이 넘도록 내처 붓을 꺾어 오던 내가"라는 표현으로 보아 작가 자신과 동일시될 수 있는 존재로 보이기도 합니다. 작가 김정한도 일제 강점기 때에 작품 활동을 활발하게 하다가 일제 말 암흑기 이후로 이 작품을 발표하기 전까지 20년이 넘는 기간동안 작품 활동을 하지 않고 있었거든요. 그러나 '나'는 작품 내에 소설가가 아니라 시인으로 나오고 있고 작가는 이 무렵 중학교 교사가 아니라 대학교수로 재직하고 있었으므로 '나'=작가는 분명히 아니에요. '나'는, 건우네 가족의 불행한 가족사와 함께 조마이섬과 관련된 '기막힌 사연'을 듣고서 그것을 우리들에게 전해 주는데, 당사자들의 처지에 공감하며 들어주고 있고, 동시에 독자들이라면 누구나 공감할 수 있도록 그들의 이야기를 비교적 우호적인 시각으로 전달해 주고 있습니다.

갈밭새 영감(건우 할아버지)

조상 때부터 농사를 지어 오던 땅을 지키기 위해 애쓰는 강직한 성품의 노인이에요. '나'가 가르치고 있는 건우의 친할아버지로, 두 아들이 있었으나 큰아들인 건우의 아버지는 6 · 25에 참전하여 전사하였고, 작은아들은 원양 어선을 타고 나갔다가 배가 침몰해서 죽고 말았어요. 그래서 지금은 며느리(건우의 어머니)와 손자(건우)와 함께 조마이섬에서 농사를 지으며 살고 있지요. 조마이섬은 갈밭새 영감이 선조 때부터 대대로 살아온 곳입니다. 그런데, 일제 강점기 때 이 섬이 동양 척식 회사라는 일본 국책 회사에 넘어갔다가 해방 이후에는 어느 국회 의원이 차지를 했고 지금은 또 다른 '유력자'가 이 섬의 소유자로 되어 있어요. 이 유력자가 조마이섬에서 농민들을 몰아내기 위해 문둥이들을 데려오기도 하고, 또 인부들을 동원해 둑을 쌓아 놓기도 하여 갈밭새 영감은 주민들을 동원해 이들과 맞서 싸우지요. 그러던 중 홍수가 났는데, 허술하게 쌓아 놓은 둑을 그대로 두었다가는 둑이 무너져서 더 큰 피해가 일어날 것 같아 갈밭새 영감은 마을 사람들과 함께 미리 둑을 무너뜨리려고 하지요. 그러다가 이를 말리러 온 깡패 같은 청년들(아마도 그 유력자의 앞잡이들이겠지요.)과 다투다 그만 청년 한 사람을 물에 빠트려서 갈밭새 영감은 살인죄로 체포가 되고 말아요. 갈밭새 영감은 불합리한 현실에 맞서 강직하게 싸우다가 비극에 처해지는 인물이라 할 수 있습니다.

건우

갈밭새 영감의 손자이며 '나'의 제자입니다. '나'가 조마이섬의 기막힌 사연을 알게 되는 계기가 된 인물이에요. 학교에서 멀리 떨어져 있는 조마이섬에서 살고 있으며 나룻배를 타고 통학을 하므로 지각이 잦아 그것으로 인해 '나'의 관심 대상이 됐지요. 어려운 환경에서 공부를 하고 있으면서도 평소 자신의 생각을 글로 써 놓는 등 생각이 깊은 소년이에요. 그러나 홍수가 나고 할아버지가 살인죄로 구속된 뒤에는 학교에 나오지 않는 등 불운한 처지에 빠지게 되지요.

윤춘삼

갈밭새 영감과 함께 조마이섬을 지키는 데 앞장서는 사람으로, '나'와는 6 · 25 전쟁 때에 특무대에 함께 갇혔었던 사연이 있지요. 자신의 송아지를 청년단원들이 함부로 잡아먹은 데 항의하다 붙들려 와서 '송아지 빨갱이'라는 별명으로 불리기도 해요.

갈밭새 영감과 마찬가지로 불의에 대해 참지 못하고 저항하는 강직한 성격의 인물이에요. 건우네 집을 방문한 '나'가 갈밭새 영감과 만나 조마이섬의 사연을 알아내는 데에도 도움을 줍니다.

● 작품 Q&A

"선생님, 궁금해요!"

Q 이 작품의 배경에 대해 설명해 주세요.

A 우선 이 작품의 공간적 배경은 부산에서 나룻배를 타고 건너가야 하는 모래톱인 낙동강 하류의 조마이섬입니다. 조마이섬은 실제 지명은 아니고, 갈대밭과 철새 도래지로 유명한 부산의 을숙도를 모델로 한 섬으로 알려져 있어요. 지금은 부산광역시에 통합되어 있고 유명한 관광지가 되었으나 이 작품이 발표될 당시만 하더라도 김해군에 속해 있었고 관광지로 알려지지도 않아서 작품에서처럼 가난한 농민들이 농사를 지으며 사는 터전이었지요. 명지면(鳴旨面)이라는 지명도 등장하는데, 당시는 김해군 소속이었으나 지금은 부산광역시 강서구의 명지동에 해당해요.

시간적 배경은 이 작품이 발표된 1966년 직전 정도일 겁니다. 건우가 2살 때에 아버지가 징집당해 6·25 전쟁에서 전사한 것으로 나와 있지요. 워커 라인에서 전사했다고 하는데, 워커 라인은 1950년의 낙동강 방어 전투 때에 미8군 사령관 워커 장군이 북한군의 공격에 대한 최후의 방어선으로 낙동강 상류의 산악지대에 구축한 전선을 말해요. 그러므로 건우 아버지는 전쟁 발발 직후인 1950년에 전사하였고, 건우 어머니가 열아홉부터 혼자서 살아왔으며 현재 나이가 33살이니까, 지금은 1964년 정도인 셈이지요.

Q 이 작품의 주인공은 누구인가요?

A 이 작품은 '나'가 "우연히 알게 된 한 소년과, 그의 젊은 홀어머니, 할아버지, 그리고 그들이 살아오던 낙동강 하류의 어떤 외진 모래톱—이들에 관한 기막힌 사연"을 세상에 알리기 위해 기록한 형식으로 되어 있습니다. 이 작품 속에서 '나'는 관찰자 역할을 하고 있고, 그래서 이 작품은 1인칭 관찰자 시점으로 서술되어 있어요. '나'가 관찰하는 것은 앞서 인용되어 있듯이 주로 건우라는 소년의 가족들이에요.

처음에는 건우라는 소년이 관찰되다가 후반으로 가면 건우 어머니, 건우 할아버지(갈밭새 영감), 그리고 윤춘삼 씨 등이 등장하지만, 주로 '나'가 전해 주고자 하는 '기막힌 사연'은 건우 할아버지, 즉 갈밭새 영감에게서 듣거나 혹은 그를 둘러싸고 일어난 일과 관련되지요. 조마이섬의 역사에 대해서도 주로 갈밭새 영감이 들려 주고, 예전에 관청에서 문둥이들을 데려왔을 때에도 가장 앞장서서 싸웠던 사람이 갈밭새 영감이에요. 그는 작품의 마지막 부분에서 홍수가 나 조마이섬이 위태로워지자 둑을 무너뜨려 섬을 구하고자 하다가 그것을 방해하는 청년과 시비가 붙어 청년을 물에 빠트리는 바람에 살인죄로 구속되기도 해요. 조마이섬을 지키기 위해 가장 애를 많이 쓰다가 불운한 지경에 빠지는 사람이 바로 갈밭새 영감인 셈이에요. 그러므로 이 작품의 주인공은 바로 갈밭새 영감이라 할 수 있어요. 비록 '나'와는 한 번 만났을 뿐이고(마지막 부분의 갈밭새 영감 이야기는 윤춘삼 씨에 의해 '나'에게 전해지지요) 작품 중반 이후부터 등장하지만, '나'가 전달하고자 하는 '기막힌 사연'의 중심에 서 있는 인물이므로 갈밭새 영감이 주인공이라고 볼 수 있습니다.

Q 작품의 전반부에서는 거의 건우가 주인공인 것처럼 소개되고 있어요. 건우가 쓴 글도 중요한 의미를 지닌 것처럼 보이고요. 작품 속에서 건우의 역할은 무엇인가요?

A 그렇지요. 선생을 하고 있는 '나'가 먼저 알게 된 것은 건우이고, 건우의 가정 방문을 갔다가 갈밭새 영감을 만나게 되니까, 처음에는 건우를 중심으로 작품이 전개될 수밖에 없지요. 건우를 통해서 건우 어머니를 만나고 다시 건우 할아버지인 갈밭새 영감을 만나기까지 조금 시간이 걸리긴 합니다. 주인공이 작품 중반쯤에 가서야 나타나니까요. 그런데 그 과정에 대한 서술도 작품 전개에 전혀 불필요한 것은 아니에요.

우선 건우의 글을 통해서 선조 때부터 거기에 발을 붙이고 살아오던 사람들과는 무관하게 소유자가 도깨비처럼 뒤바뀌고 있다는 조마이섬의 내력이 소개되지요. 그리고 가정 방문 가는 길을 통해 조마이섬의 아름다운 풍광도 묘사되고, 나아가 주로 건우 어머니와의 대화를 통해 건우네 가족의 힘겨우면서도 건강한 삶의 방식도 알려집니다.

처음에 '나'는 건우의 아명이 '거미'인 것을 알고는 건우라고 호적에 이름을 올린 것도 "아마 누구의 지혜를 빌려서" 그랬을 것이라고 추측을 하였는데, 실제로는 그렇지 않고 건우네 집안이 나름대로 생활에 대한 의지나 정열이 있는 (아마도 그래서 건우라는 이름으로 호적에 올릴 만한 지혜도 있는) 집안임을 짐작하게 되지요. 이는 나중에 건우 할아버지인 갈밭새 영감이 〈곡구롱 우는 소리〉라는 시조를 읊는 장면에서도 확인이 됩니다. 당파 싸움에 휘말려 이곳 조마이섬으로 귀양인지 피신인지를 와서 살면서 즐겨 읊던 시조라는 것을 듣고, '나'도 건우네 집안이 "어딘지 모르게 체통이 있는 선비 가문의 후예"임을 짐작하지요.

그리고 건우네 집에서 '나'가 읽는 건우의 글도 나름대로 깊은 의미를 담고 있어요. 선거 때 섬 사람들이 동원되어 누군가가 지정해 주는 기호 밑에 도장을 찍고 돌아온다는 이야기는 당시 부정 선거가 판을 치고 있었음을 비판하는 내용이에요. 아마 그 당시 집권하고 있던 세력이 그렇게 부정선거를 했겠지요. 그 뒤를 이어 정당이나 정치의 혜택은 전혀 받아 보지도 못한 사람들이 그렇게 부정선거에 동원되고 있다는 것, 나아가 조국의 사랑을 받아 보지 못한 이들이 먼저 군인이 되어 조국 수호에 동원된다는 것 등이 언급되는데, 이는 건우네 집안의 사정과 곧바로 연결됩니다.

건우 아버지가 바로 그렇게 6 · 25 전쟁 때에 징집되어 전사했는데도, 국군묘지에 묻히지도 못하고 건우네 가족에게는 연금도 지급되지 않았다는 겁니다. 연금이 왜 지급되지 않았는지는 자세히 밝혀져 있지 않으나 어쨌든 부조리한 상황이 버젓이 벌어지고 있었음을 알 수 있지요.

이를 통해 작품은 당시 정치인들이 국민들을 위한 정치를 하지 않고 오로지 자기 이익을 챙기는 데에만 국민들을 이용하던 풍토에 대해 비판을 가하고 있는 것인데, 이는 단지 현실 비판의 의미만을 가지는 것이 아니라, 작품 내에서는 조마이섬의 '소유권'을 둘러싸고도 그와 유사한 상황이 벌어지고 있음을 짐작할 수 있게 해 주지요. 조마이섬은 일제 때에는 일본인 소유로 되어 있다가 해방 후 국회 의원이나 그 뒤를 이어 어떤 유력자의 소유로 넘어가 있다고 하는데, 이렇게 소유권이 거기 살고 있는 주민들과는 무관하게 유력자들의 손에서 손으로 넘어가는 과정이 바로 건우 글에서 언급되고 있는 부조리한 정치 상황과 아주 깊은 관계가 있는 거예요.

이처럼 건우도 작품에서 아주 중요한 역할을 하고 있는 셈이에요. 그러나 건우를 통해서는 조마이섬의 상황과 관련해서 단서만 주어질 뿐이고, 본격적인 이야기는 갈밭새 영감을 통해 전개되지요. 조마이섬이 처한 상황에 대해 맞서 싸우는 역할도 아무래도 아직 어린 건우가 맡기에는 벅찬 일일 테고요. 그리고 과거부터 현재까지 바로 부당한 상황에 맞선 사람은 갈밭새 영감이고, 작품 마지막 부분에서 다시 한 번 조마이섬을 지키기 위해 애쓰다 비극적인 결말에 처해지는 인물도 갈밭새 영감이지요.

Q 건우네를 비롯한 조마이섬 주민들에게 닥친 불행을 그리고 있는데, 홍수로 인한 피해만이 아니라 어떤 유력자와의 땅 싸움이 큰 원인인 것 같네요. 왜 이런 일이 벌어진 건가요?

A 작품에서도 자세한 사정은 그려지지 않아서 정확히 파악하기는 어려워요. 그러나 조마이섬이란 곳이 원래 소유자가 없던 땅이었던가 봐요. 낙동강에서 흘러내려온 모래가 쌓여서 이루어진 섬이니까 원래 임자가 없는 땅이었다가 갈밭새 영감의 증조할아버지가

들어온 무렵부터 사람들이 살기 시작했을 거예요. 그 분도 당파 싸움에 휘말려서 귀양인지 피신인지 해 와서 살기 시작했다고 하지요. 아마 주인도 없는 땅이니까, 그처럼 귀양살이를 하든지 피신을 해야 하는 사람들이 하나둘 들어와서 살기 시작하면서 땅도 개간하고 마을도 만들고 했겠지요. 그런데 일제 강점기가 되면서 토지 조사 사업(작품에서는 '조선 토지 사업'이라 되어 있지요.)이란 것을 시작하는데, 이 사업을 통해 소유권이 불분명한 땅들은 모두 일본제국주의가 국유화를 하고, 이어서 동양 척식 주식회사니 하는 일본 국책 회사로 넘겨서 일본인들 수중에 들어가게 하였어요. 조마이섬도 이를 통해 동양 척식 주식회사 명의로 넘어갔다고 갈밭새 영감이 이야기하고 있지요. 조마이섬 사람들은 일제가 토지조사사업을 하기 전부터 그곳에서 살아왔으므로 충분히 토지 소유권이 인정되었어야 하는데, 무슨 사정에서인지 동척으로 소유권이 넘어가 버린 것이지요. 원래 임자가 없는 땅이라면 거기서 일정 기간 이상을 점유하고 사용해 온 사람에게 소유권이 인정되는 것이 마땅하거든요. 그런데 광복이 된 후에도 조마이섬은 사람들에게 돌아가지 않고 어느 국회의원 소유로 둔갑했다가 이제는 또 어느 다른 유력자의 소유로 넘어가 있다고 하지요. 이 과정에서도 아마 비리가 있었을 거예요.

해방이 되면서 일본 기업이나 일본인이 소유하고 있던 재산은 주인이 없어진 상태에 놓였어요. 그런데 이 재산들이 다시 민간인들에게 불하되는 과정에서 친일 행적이 있는 국회의원이 차지를 하게 되었으리라 추정할 수 있어요. 그것이 다시 지금의 소유자인 어떤 유력자에게 넘어갔던 것이지요. 자세한 사정은 생략이 되어 있으므로 알 수가 없으나 오랫동안 거기서 농사를 짓는 농민들에게 소유권이 돌아가지 않은 것은 당시 우리나라 정치가 극심한 부정부패 상태에서 벗어나지 못했음을 의미한다고 볼 수 있어요. 경찰이나 사법 제도도 아마 이들의 편이 되어 주지 않고 유력자의 편이 되었을 겁니다.

Q 작품의 결말은 어떻게 되는 건가요? 마지막 문장 "황폐한 모래톱 — 조마이섬을 군대가 정지를 하고 있다는 소문이 들렸다."는 무엇을 암시하나요?

A '정지(整地)'는 '땅을 고른다'는 뜻이에요. 땅을 고르는 데 웬 군대가 나서느냐는 의문이 들지만, 요즘도 수해 복구를 할 때에는 군인들이 많이 동원되지요. 조마이섬에도 홍수가 났기 때문에 군대가 동원되어 홍수로 엉망이 된 땅을 고르는 일을 하였다고 볼 수 있을 거예요.

그러나 이 작품에서는 단순히 그런 의미만 지니는 건 아닐 거예요. 홍수로 인해 조마이섬은 아주 황폐해져 있는데, 이 섬의 법적 소유자로 되어 있는 '유력자'가 이를 기회로 삼아 군대를 동원한 것이지요. 군대는 비단 땅을 정지하는 데 그치지 않고 아마 조마이섬에 살고 있는 건우네를 비롯하여, 유력자가 몰아내고 싶어 하는 사람들을 몰아내는 작업도 같이 했을 겁니다. 유력자는 자신의 사적인 이익을 지키기 위해 군대까지도 동원할 수 있을 정도로 막강한 권력을 지녔던 것 같아요. 이전에 문둥이를 동원한 것도 '관청'

을 업고서 했던 것으로 되어 있지요. 당시는 군사 독재 시절이라서 이처럼 권력자들이 자기 개인의 이익을 지키는 데에 공적인 기구인 군대나 관청을 동원하는 어처구니없는 일도 종종 벌어지곤 했어요.

그러므로 이 작품의 결말은, 아마도 건우네를 비롯한 조마이섬의 주민들이 결국 조마이섬에서 쫓겨났음을 강하게 암시하고 있어요. 결사적으로 땅을 지키려고 했던 갈밭새 영감이 살인죄로 기약 없는 감옥살이를 하고 있으니, 다른 주민들도 더 이상 땅을 지키기 위한 싸움을 계속하기 어려웠던 거겠지요. 건우가 학교에 나오지 않는 것도 이제 농사지을 땅도 없어지고 할아버지마저 기약 없는 감옥살이를 하고 있으니 한층 더 어려워진 가정환경 때문일 겁니다.

⚜ 더 읽어 봅시다 ⚜

일제 강점기부터 해방 직후에 이르기까지 땅 소유권을 둘러싼 농민의 사연을 그린 작품

채만식, 〈논 이야기〉 _주인공 한덕문은 일제 강점기에 어느 일본인이 시세보다 훨씬 비싼 값으로 땅을 사들이자 나중에 일본이 물러나면 되찾을 수 있으리란 기대를 품고서 자신의 농토를 덥석 팔고 만다. 이후 해방이 되어 자기 논을 되찾을 수 있을 것이라 잔뜩 기대하지만, 나라에서 그 땅을 돈을 받고 판다는 소식을 듣고는 크게 실망한다. 헛된 기대를 품는 주인공을 풍자하는 한편으로 농민의 기대에 부응하지 못하는 해방 직후의 혼란한 현실을 비판한 작품이다.

수라도(修羅道)

일제 강점기에는 우리 사회가 많은 변화를 겪었어요. 이 작품에는 그러한 혼란스러운 사회 속에서 어느 양반 가문에 시집을 간 한 여성이 일제의 식민 지배 및 그에 맞서는 항일 운동으로 인해 몰락해 가는 집안의 실질적인 가장 역할을 맡게 되는 과정이 그려지고 있어요. 양반 집안에서 여성이 가장 역할을 한다는 것은 당시로서는 상상할 수 없는 일이었는데요, 과연 우리의 여주인공은 그 험난한 세월에 어떻게 집안을 지켜 나갔을까요?

수라도(修羅道) 불교에서, 중생이 선악의 원인에 의하여 윤회하는 여섯 세상 중 하나로, 아수라들이 모여 싸움만 하는 세계.

아수라(阿修羅) 육도(六道) 팔부중(八部衆)의 하나로 싸움을 일삼는 나쁜 귀신. 얼굴이 셋이고 팔이 여섯인 귀신이다.

"저 애씨는 시집 몬 갈까 봐 불공 디리러 왔나? 이 비좁은 방에 온!"

"와 그라노, 우리 부체[부처] 새끼를……. 그라지 마라, 내 손지[손주]다."

아직 불당답게 채 꾸며지지도 않은 방 안벽받이에 안치된 커다란 돌부처 곁에 빠듯이 끼어 앉아 있는 소녀는, 겨우 여남은 살 될까 말까 하는 나이다. 소복 차림의 보살할머니들이 웅성대는 양을 눈여겨보고 있던 소녀는, 별안간 자기를 놀려 주는 핀잔 소리에 눈이 오끔해지다가, 할머니 가야 부인의 감싸 주는

불당(佛堂) 부처를 모신 집.
안벽받이(-壁--) 안벽에 닿을 만큼 가까운 곳.
안치되다(安置--) 위패, 시신 등이 자 모셔지다.
여남은 열이 조금 넘는 수. 또는 그런 수의.
소복(素服) 하얗게 차려입은 옷. 흔히 상복으로 입는다.
보살할머니(菩薩---) 보살할미. 머리를 깎지 않고 절에서 사는 여자 신도.
오끔하다 안쪽으로 오그라진 듯하다.

말이 떨어지자 모두들 딱다그르하고 웃는 바람에, 못내 수줍어진다. 소녀의 얼굴보다 더 붉게 물들여진, 수박처럼 둥글둥글한 종이 등들이 천장이며 뜰 안을 온통 메우고 있다. 관등절의 오후였다.

……분이는 이러한 어릴 때의 아득한 기억을 더듬으며, 할머니 가야 부인의 장엄한(그녀는 장엄이란 형용사를 떠올리고 있었다.) 임종을 지켜보고 있다. 벌써 그녀는 소녀가 아니다. 낭자가 반듯한 색시다.

덩치가 큼직큼직한 아들들이 할머니의 곁을 떠나지 않고 있다. 참기 어려운 마지막 고통인 듯 가야 부인의 넓은 이마에 잇달아 맺히는 땀방울을 차례로 닦아 준다. 눈같이 희고 곱슬곱슬한 머리카락이 땀기로 인해 이맛살에 착 들러붙어 있다.

멀리서 적을 가상한 훈련 포성이 쿵, 쿵, 일정한 간격을 두고 울려왔다. 아주 정나미가 떨어지는 포성이다. 그 포성이 갑자기 커질 때마다 가야 부인은 눈을 힘없이 떠 보기도 한다. 그러나 시선은 내처 방향을 못 잡는다.

관등절(觀燈節) '초파일'을 달리 이르는 말. 관등하는 명절이라는 뜻이다.
　초파일(初八日) 우리나라 명절의 하나. 음력 4월 8일로 석가모니의 탄생일이다.
　관등 절의 주요 행사 때에 등대를 세우고 온갖 등을 달아 불을 밝히는 일.
장엄하다(莊嚴--) 씩씩하고 웅장하며 위엄 있고 엄숙하다.
임종(臨終) 죽음을 맞이함.
낭자 여자의 예장(禮裝)에 쓰는 딴머리의 하나. 쪽 찐 머리 위에 덧대어 얹고 긴 비녀를 꽂는다.
　예장(禮裝) 예복을 입고 위엄 있는 몸가짐이나 차림새를 갖춤.
내처 줄곧 한결같이.

그러나 이상한 것은, 눈이라든가 이마에는 그렇게 열반의 고통이 뚜렷한데도 불구하고, 굳게 다물린 입 언저리만은 여느 때와 조금도 다름이 없다. 금방 미소라도 떠오를 듯한 부드러운 모습 그대로다.

"관자재보살 행심반야바라밀다시……."

그녀의 머리맡에서 반야심경을 읽고 있는 안면 있는 스님의 나지막한 목청은, 분이의 생각을 줄곧 아기 소녀 시절로 이끌고 갔다. 할머니의 얼굴에 미륵불의 얼굴이 자꾸만 겹쳐져 보였다. 할머니가 미륵불로도 보이고, 미륵불이 할머니로도 보이고…….

할머니가 아직 젊었을 때의 일이었다. 강 건너 고암산이 이쪽 미륵당 아래의 강 구부렁이로, 그 웅장한 그림자를 쑥 내밀고 있었다. 벌써 해가 뉘엿뉘엿 넘어가고 있다. 물빛이 한결 시퍼런 강 구부렁이 쪽으로 사타구니처럼 벌어져 간 골짜기의 오목한 부분에, 미륵당이란 절이 납작하게 앉아 있다. 그래서, 모신 미륵불은 어지간히 크긴 해도 절 이름을 미륵암이라고 부르지

열반(涅槃) 입적(入寂). 승려가 죽음.

관자재보살(觀自在菩薩) 관세음보살.

관세음보살(觀世音菩薩) 아미타불의 왼편에서 교화를 돕는 보살. 사보살의 하나이다. 세상의 소리를 들어 알 수 있는 보살이므로 중생이 고통 가운데 열심히 이 이름을 외면 도움을 받게 된다.

반야심경(般若心經) 대승 불교 반야 사상(般若思想)의 핵심을 담은 짧은 경전. 총 260자로 되어 있으며, 우리나라에서 가장 널리 읽히는 불경이다. 중국 당(唐)나라의 현장(玄奘)이 번역하였다.

미륵불(彌勒佛) 미륵보살. 보살의 몸으로 도솔천(兜率天)에서 머물다가 미래에 석가모니불에 이어 중생을 구제한다는 부처. 대승 불교의 대표적 보살 가운데 하나이다.

미륵당(彌勒堂) 미륵불을 모셔 놓고 비는 집.

구부렁이 한쪽으로 오그라져 들어 굽은 물건. 여기에서는 구불구불한 강의 모습을 나타낸 듯하다.

않고, 보살할머니들은 그저 미륵당이라고만 불렀다. 그마저 선지가 얼마 되지 않았기 때문에 둘레에 아직 커다란 수목들도 없고 해서 절 같은 맛이 나지 않고, 웬만한 집 재실만도 못한 당집인데, 그것을 에워싼 청룡이니 백호니 하는 산등성이에 철 따라 핀 진달래꽃들이 어쩜 석가여래의 탄생일을 축하하는, 사월 초파일 같은 기분을 느끼게도 했다.

분이는 좁은 길섶에까지 피어 있는 진달래꽃을 조갑지 같은 손에 꺾어 들고 할머니 가야 부인을 따라갔던 것이다.

"저 새가 암매[아마] 서천서역국에서 오는 샌지도 모르지. 꼭 이때가 되면 와서 저렇게 울어 쌓거든!"

할머니는 혼잣말처럼 중얼거렸다. 분이는 무슨 뜻인지 잘 못 알아채고, 그저 뻐꾹뻐꾹 하는 소리만 들었다. 이쪽 산에서도 울고, 강 건너 고암산 쪽에서도 울어 댔다. 어떤 소리는 아주 더 먼 데서 들려오는 것 같기도 했다. 그건 아마 할머니가 가끔 말씀하시던, 고암산 저쪽 백운암인가 하는 절이 있는 무척산에서 들려오는 건지도 모른다고 분이는 생각했다. 가뜩이나 큰 키에

재실(齋室) 무덤이나 사당 옆에 제사를 지내기 위하여 지은 집.
당집(堂-) 신을 모셔 두는 집.
청룡(青龍) 풍수지리에서, 주산(主山)에서 갈려 왼쪽으로 뻗어 나간 산줄기.
　주산(主山) 풍수지리에서, 뫼자리나 집터 등의 운수 기운이 매였다는 산.
백호(白虎) 풍수지리에서, 주산(主山)에서 오른쪽으로 뻗어 나간 산줄기.
석가여래(釋迦如來) 석가모니여래. 석가모니를 신성하게 이르는 말.
길섶 길의 가장자리. 흔히 풀이 나 있는 곳을 가리킨다.
조갑지 '조가비'의 사투리. 조개의 껍데기.
서천서역국(西天西域國) 예전에 인도(印度)를 이르던 말.

언덕길을 올라서는 할머니를 돌아보았을 때, 분이는 우리 할머니가 제일이다 싶었다. 다른 집 할머니들보다 얼굴도 희고 키도 훤칠할 뿐더러, 남들이 잘 안 쓰는 처네까지 꼬박꼬박 쓰고 다녔다. 자줏빛 천에 이마를 반듯하게 가로지른 새하얀 처네 동정이 한결 의젓하고 깨끗해 보였다.

그러한 할머니가 미륵당 문간을 들어서자, 안에 있던 할머니들과 스님은 모두 일어서며 반기었다.

"가야 마님 오십니꺼!"

"설판재자 오시네요!"

그녀들은 할머니의 친가가 김해라 해서 가야 마님이라고 불렀다.

"아이고 모두 일찍 오싰네요!"

할머니는 분이의 손을 놓고서 그녀들의 손을 두 손으로 쥐었다. 아는 사람을 대할 때 그러는 것이 할머니의 버릇이었던 것이다. 할머니는 처네를 벗기가 바쁘게 미륵불 앞으로 나아갔다. 물론 분이의 손을 다시 잡고.

"알제. 부체님 앞에서는 절을 세 분 한데잇!"

이렇게 시켜 가며, 예배를 마친 뒤, 여럿이 있는 곳으로 돌아

처네 머리처네. 주로 시골 여자가 나들이를 할 때 머리에 쓰던 쓰개.
동정 한복의 저고리 깃 위에 조금 좁은 듯하게 덧대어 꾸미는 하얀 헝겊 오리.
오리 실, 나무 대 등의 가늘고 긴 조각.
설판재자(說辦齋者) 불교에서, 한 법회의 모든 비용을 마련하여 내는 사람.

와 앉자, 좌중은 다시 웃음과 이야기판이 되었다. 그래서 사월 초파일은 석가여래의 탄생을 축하하는 날이라기보다 시골 할머니들의 환담의 날인 것 같기도 했다. 그런 할머니들의 이야기며 웃음들이 시종 자기 할머니를 중심으로 진행되는 것 같아서 분이는 한결 흐뭇한 생각이 들었다.

할머니 가야 부인이 남들로부터 그러한 추킴을 받게 될 만한 원 내력을 알게 된 것은, 분이가 훨씬 더 자라서의 일이었다. 분이는 제법 처녀티가 날 때까지도 곧잘 공양미를 머리에 이고 할머니를 따라서 미륵당을 찾아갔던 것이다. 할머니는 원래부터 불교에 대한 신심이 대단하였다. 실은 그 미륵석불만 해도 수백 년 동안 땅 속에 깊이 묻혀 있던 것이, 그와 같은 신심의 공덕으로 가야 부인의 눈에 처음으로 뜨인 것이라고 사람들은 말했고, 그 미륵당이란 암자도 실은 할머니의 설두로 세워진 절이었다.

좌중(座中) 여러 사람이 모인 자리. 또는 모여 앉은 여러 사람.
환담(歡談) 정답고 즐겁게 서로 이야기함. 또는 그런 이야기.
추킴 '추임'의 사투리. 추앙하고 신임함.
내력(來歷) 일정한 과정을 거치면서 이루어진 까닭.
공양미(供養米) 부처에게 공양으로 바치는 쌀.
공양(供養) 부처나 죽은 이의 영혼에게 음식, 꽃 등을 바치는 일.
신심(信心) 종교를 믿는 마음.
공덕(功德) 좋은 일을 행한 덕으로 훌륭한 결과를 가져오게 하는 능력.
암자(庵子/菴子) 도를 닦기 위하여 만든 자그마한 집.
설두(設頭) 앞장서서 일을 주선함.

분이가 알기에도 할머니는 꼬박 십 년을 불교식 일종이란 걸 마쳤던 것이다. 할머니는 분이에게 여러 가지 이야기들을 들려주었다. 불교에 관한 것 이외에도 할머니는 구수한 이야기들을 곧잘 하였다. 그러나 분이가 할머니를 특별히 따르고 좋아하게 된 것은, 흔히 보살할머니들이 치켜세우는 그러한 이유에서만이 아니었다. 물론 그런 것도 중대한 이유의 하나임에는 틀림없었겠지만, 분이에게는 그보다 할머니가 하시는 모든 일들, 즉 할머니의 전 생애가 대견스럽고 우러러보였던 것이다.

사실 분이는 할머니의 얘기라면 어디서부터 시작해야 좋을지 모를 판이었다. 그만큼 할머니는 다른 집 할머니들과는 달리, 생애의 폭이 넓고 깊었던 것이다. 괴로운 과거와 의젓한 처신들이 많았다. 할머니가 시집을 온 것은 한일합방이 있은 다음 해라고 한다.

"시집올 때는 꼬박 사흘이나 안 걸렸디이나!"

할머니는 이 이야기를 아마 열 번도 더 하였을 것이다. 이녁 동서끼리는 물론 장가를 들어서 애까지 둔 아들들도, 모여 앉

일종 1월, 5월, 9월의 초하루와 보름에 한 끼씩만 먹는 행사. 여러 겁(劫)에 걸치어 지은 죄업을 소멸하고 내세에 복을 받아 많은 양식을 받기 위해서 한다.

⚜ 할머니가 시집을 온 것은 여기에서의 '시집을 온다(간다)'는 '결혼을 한다'는 것을 말하는 것이 아니라, 신랑이 신부의 집으로 가서 결혼식을 치르고는 처가에서 한동안 살림을 산 후에 신부가 시집(시댁)으로 가는 것을 말한다. 작품 속에서도 가야 부인은 이미 첫 아들을 낳은 이후에 시집으로 가고 있다.

한일합방(韓日合邦) 1910년 한일합병조약에 의해 일본이 한국의 통치권을 빼앗은 일.

이녁 듣는 이를 조금 낮추어 부르는 이인칭 대명사. 여기에서는 '자기'를 높여 이르는 말로 쓰였다.

동서(同壻) 자매의 남편 사이나 형제의 아내 사이에 서로 가리키거나 부르는 말.

으면 그런 얘기를 묻고 또 묻곤 하였다. 몇 번 들어도 싫지 않은 얘기라고, 분이도 오는 잠을 참아 가면서 귀를 기울였던 것이다.

"철이 애비(큰아들)는 그때 배에다 꽉 댕이(동여)매고 배를 안 탔디이나……."

할머니의 얼굴에는 그 당시의 결심 비슷한 빛이 퍼뜩 지나갔다. 옛날 '가야국'의 자리인 김해가 안태본이라 해서 가야 부인이라고 불리게 되었다지만, 할머니의 친정 곳은 김해 고을에서도 저 남쪽 끝에 가 붙은 명호란 소금 곳이었다.

할머니의 친가에서도 소금을 구웠다고 한다.

"신도란 섬에 가면 우리 염전이 제일 컸지!"

할머니는 고향 얘기를 할 때는 염전 얘기를 빼놓지는 않았다. 그러니까 미륵당 길목인 태고란 나루터에 그곳 소금 배가 와 닿아 있는 걸 보면, 할머니는 곧잘 달려가서, 아무개 무쇠 가마에 불 들었던가, 띠밭등 아무개 잘 있던가 하고, 친정 소식을 깍듯이 묻곤 하였다. 그럴 때마다 "그러이더, 그러이더." 하고 대답하던

가야국(伽倻國) 가야. 신라 유리왕 19년에 낙동강 하류 지역에서 12부족의 연맹체를 통합하여 감수로왕의 형제들이 세운 여섯 나라를 통틀어 이르는 말. 금관가야를 우두머리로 하여 여섯 개가 있었는데, 562년에 대가야를 마지막으로 신라에 병합되었다.
안태본(安胎本) 태중에 있을 때부터 가지는 본관. 선조 때부터의 고향을 이른다.
친정 곳 친정이 있는 마을.
소금 곳 소금이 생산되는 곳.
염전(鹽田) 소금을 만들기 위하여 바닷물을 끌어 들여 논처럼 만든 곳.
가마 가마솥. 아주 크고 우묵한 솥.

뱃사람들의 우스꽝스런 사투리를 분이는 재밌다고 생각했다.

아무튼 그런 먼 곳에서 차도 발동선도 없던 옛날에, 바다 같은 강까지 건너가며 시집을 오자니 사흘이 걸렸다는 것도 거짓말은 아니었다. 할머니의 말로는 하늘이 안 보일 정도로 길길이 자란 갈밭 속을 십 리도 더 빠져나와야 되는데, 그 갈밭 속 길이란 게 또 예사로 미끄럽지가 않은 데다, 돌이 지난 첫아이까지 달고서 가마를 탔으니까, 네 사람이 메는 가마라 하지만 교군꾼들이 땀을 팥죽같이 흘렸더란 거다. 게다가 강기슭에 나와서도, 하필 시위가 내린 위에 바람까지 어떻게 사나웠던지, 배끌기(배에 줄을 매어 어깨로 끄는 사람)들의 어깨가 뭉개질 정도가 되어도 어찌할 도리가 없어서, 두 차례나 팟자를 놓았다고 한다. 이러다간 아무 일도 되지 않으리라는 공론이 돌아서, 결국 시위 나불을 무릅쓰고 강을 건너는 판인데, 만약에 파선이 되거나 한다면 아기와 함께 죽을 작정으로 신부(할머니)는 젖먹이를 자기의 앞배에다 친친 동여매었더란 거다. 그때만 해도 할머니의 친

발동선(發動船) 모터보트. 내연 기관의 모터를 추진기로 사용하는 보트.
교군꾼(轎軍-) 가마꾼.
시위 비가 많이 와서 강물이 넘쳐흘러 육지 위로 침범하는 일. 또는 그 물.
⚜ 팟자를 놓았다 '팟자를 놓다'는 '파할 파(罷)라는 글자를 놓다', 즉 '일을 그만두다'라는 뜻이다.
공론(公論) 여럿이 의논함. 또는 그런 의논.
나불 '바다의 크고 사나운 물결'을 뜻하는 '너울'의 경상도 사투리. 여기에서는 강물의 사나운 물결을 의미한다.
파선(破船) 풍파를 만나거나 암초 등의 장애물에 부딪쳐 배가 파괴됨. 또는 그 배.

정은 명호서도 울리던 집안이라, 배도 예사 크지 않은 고물대 이물대가 다 갖춰진 큰 배였지만, 덩그런 사인교에다 상객, 몸종, 하인, 교군꾼 들까지 합쳐서 자그마치 일행이 열다섯도 넘는데, 오라범이 타신 청노새를 비롯해서 말까지 세 필이나 실어 놓았으니, 그런 난리가 어디 있었겠느냐는 할머니의 이야기였다.

"나불이 덮이닥칠 때마다 하님들은 상이 새파래 가지고 떨어 대지, 말은 하늘을 치다보고 홍호야 하고 울어 대지 — ."

할머니는 이렇게 이야기에 겁을 내다가,

"제우(겨우) 황산 앞벌에 배가 밀쳐 닿자, 인자는 살았다 싶으더구만!"

하고 숫제 그때의 기쁨을 얼굴에 되살리는 것 같았다.

"할매는 그때 안 무섭던기요?"

듣고 있던 분이가 한마디 끼우면,

"와 안 무섭아! 간이 콩 낟 같았지. 큰머리를 해 노니 고개는

울리다 소문이 날 만큼 명성을 내거나 세력을 부리다.
고물대 돛을 두 개 이상 다는 배의 고물(뒷부분) 쪽에 있는 돛대.
이물대 돛을 두 개 이상 다는 배의 이물(앞부분) 쪽에 있는 돛대.
사인교(四人轎) 앞뒤에 각각 두 사람씩 모두 네 사람이 메는 가마.
상객(上客) 혼인 때에 가족 중에서 신랑이나 신부를 데리고 가는 사람.
청노새(靑--) 푸른빛을 띤 노새.
노새 말과의 포유류. 암말과 수나귀 사이에서 난 잡종으로 크기는 말보다 약간 작으며, 머리 모양과 귀 · 꼬리 등은 나귀를 닮았다.
하님 여자 종을 대접하여 부르거나 여자 종들이 서로 높여 부르던 말.
숫제 처음부터 차라리. 또는 아예 전적으로.
큰머리 예식 때에, 여자의 어여머리 위에 얹던 가발.
어여머리 조선 시대에, 부인이 예장할 때에 머리에 얹던 큰머리.

아프고…… 그러자 황산 장터로부터 시가 댁 마중꾼들이 달려오는데—."

할머니는 어제 일같이 눈에 선한 모양이었다.

"양편 종년들이 우리 애씨 내 모시겠다 하고 싸움들이 벌어지고……."

이 대문에 가서는 언제나 감개무량한 표정을 지었다.

비록 서울로 빠지는 국도라고는 해도 그 당시의 '황산 베리끝' 하면 좁기로 이름난 벼룻길로서, 시가 측에서 마중 나온 사람만 보태도 서른 명이 넘었을 텐데, 구경꾼까지 합치면 줄잡아도 오륙십 명 가까운 사람이 외줄로 사뭇 늘어섰다고 하니, 과연 얼마나 볼 만했을까, 분이는 늘 자랑스럽게 생각했고, 또 못내 부럽기도 했다.

그러나 그와 같이 거추장스럽고 호들갑스럽던 우귀 행렬이었건만, 정작 가야 부인이 실려 간 허 진사댁은 그때만 해도 여간 까다로운 유교 가문이 아니었다. 게다가 한때 요부하던 가산마저 거의 탁방이 난 무렵이었다. 물론 이런 정도의 사연은 친

감개무량하다(感慨無量--) 마음속에서 느끼는 감동이나 느낌이 끝이 없다.
벼룻길 아래가 강가나 바닷가로 통하는 벼랑길.
우귀(于歸) 전통 혼례에서, 대례(大禮)를 마치고 신부가 처음으로 시집에 들어감.
　대례(大禮) 혼인을 피르는 큰 예식.
요부하다(饒富--) 살림이 넉넉하다.
가산(家產) 한 집안의 재산.
탁방나다(坼榜--) 1. 과거에 급제하거나 어떤 시험에 합격한 사람의 성명이 발표되다. 2. (비유적으로) '일이 되고 안 되는 것이 드러나 끝나다.'를 의미한다. 여기에서는 '집안의 재산이 거의 없어지다.'의 의미로 쓰였다.

정 오라범으로부터 미리 듣고는 있었다.

칠보화관의 구슬 잠이 떨리는 대례를 마친 뒤에도 고풍을 따라 삼 년을 친정에서 묵는 동안, 한 해 두어 번씩은 으레 찾아와 주시던 시아버지의 얼굴은 익혀 알았지만, 우귓날 그 앞에서 새삼 큰절을 드릴 때는 어련히 내립떠보실 눈이 더욱 두렵게 느껴졌다.

"오냐, 수로에 고생이 많았겠구나. 시할아버님이 못 오셨으니 절은 내가 먼저 받게 됐다마는……."

시아버지 오봉 선생(오봉산 밑으로 오고부터 부른 호라 한다.)은 점잖게 닦인 말씨에 약간 울적한 표정을 짓다 말았다. 역시 고풍 따라 시집온 사흘째 되는 아침부터 가야댁은 부엌으로 들어갔다. 우선 훤칠한 키가 사람들의 눈에 띄었다. 데리고 온 몸종 이외에도 삼월이니 구월이니 하는 부엌 식구들이 있긴 했었지만, 가야댁은 부엌일을 그녀들에게만 맡기지는 않았다. 어른들의 식성을 알고부터는 더욱 그러했다.

"시어머님은 내가 간을 본 국 맛을 용키도 알디이라."

칠보화관(七寶花冠) 칠보로 장식한 화관. 대례복(大禮服)에 갖추어 쓴다.
칠보(七寶) 금, 은, 구리 등의 바탕에 갖가지 유리질의 유약을 녹여 붙여서 꽃, 새, 인물 등의 무늬를 나타내는 공예. 또는 그 공예품.
화관(花冠) 칠보로 꾸민 여자의 관. 예장(禮裝)할 때에 쓴다.
잠(簪) 비녀. 여자의 쪽을 찐 머리가 풀어지지 않도록 꽂는 장신구.
고풍(古風) 옛날의 풍속.
내립떠보다 눈길을 아래로 뜨고 노려보다.

할머니는 이런 말을 자랑삼아 하였다. 고을에서 알려져 있는 명문이라고는 해도, 시할아버님이 왜놈들의 등쌀에 못 이겨 늘그막에 서간도가 북간도가로 떠나고, 시아버님이 북정이란 데서 그곳으로 이사를 온 뒤는, 집도 그저 그렇고 해서 돌담을 사이로 한 이웃과 별반 다를 바가 없었다. 생각했던 것과는 달리 중문, 대문이 없는 그런 집이었지만, 가야댁은 요만치도 꺼림칙하게 여기지는 않았다.

"그러이카네 우리 분이의 고조할배나 징조할배는 참 훌륭했었지. 더구나 고조할배는 진사 급제꺼정 해서도 베실[벼슬]을랑 하시지 않고서……."

오히려 그렇게 된 것을 자랑인 양 이야기한 적도 있었다.

"고조할배는 머한다고 간도란 데로 갔있덩강요?"

"그건 니가 좀 더 크야 안다."

해 놓고서도, 이내 덧붙였다.

"왜놈들이 우리나라를 뺏고서 미안 새김 겸 입이라도 틀어막아 보겠다고 베실아치나 이름 있는 양반네들에게 '합방은사금'이란 걸 내주었는데 그 고조할배는 그 돈을 더럽다고 그 자리에서 되돌려 주었더란다. 그러니 그놈들이 좋다 캤겠

서간도(西間島) 백두산 부근의 만주 지방.
북간도(北間島) 두만강과 마주한 간도 지방의 동부.
중문(中門) 대문 안에 또 세운 문.
⚜ 미안 새김 겸 미안함을 새기는(나타내는) 겸해서.
은사금(恩賜金) 은혜롭게 베풀어 준 돈이라는 뜻으로, 임금이나 상전이 내려 준 돈을 이르던 말.

나. 그 길로 밉비이다가 할 수 없이 그만 조선 땅을 떠나싰다고 안 하나!"

아직 철이 안 든 분이는 간도란 데가 어딘지, 또 무슨 뜻인지 자세히는 몰랐었지만, 아무튼 고조할아버지는 조금 무서운 어른이었나 보다 생각했다.

시아버지 오봉 선생은 그러한 아버지를 찾기 위해 몇 번이나 만주 땅을 헤매었다지만, 찾은 뒤에도 결국 모셔 오지는 못하고 돈만 작살을 내었다고 한다. 요컨대 이것이 일본의 식민지가 됨으로 해서 허 진사 집이 겪은 첫번째 수난이었다.

"하지만 그란다꼬 누구 하나 감히 참견할 사람도 없었지!"

할머니의 말을 들으면, 할머니의 시아버지— 그러니까 분이의 증조할아버지 오봉 선생도 고조할아버지 못지않게 무서운 어른이라고 느껴졌다. 아닌 게 아니라 분이의 아득한 어릴 적 기억 속에도 증조할아버지의 파르스름한 눈빛이 유달리 얼어붙어 있었다.

그러한 오봉 선생이 되고 보니, 왜놈들이나 그들의 앞잡이들의 비위에 맞을 리 없었다. 게다가 소위 합방 이후 낙동강 연안 일대의 그 질펀한 갈밭들이 모조리 동척•의 손아귀에 들어가고,

---

동척(東拓) 동양 척식 주식회사(東洋拓殖株式會社)의 줄임말. 1908년 일본이 한국의 토지와 자원을 독점하고 수탈할 목적으로 설립한 국책 회사. 주로 토지를 강점하고 강매하여 높은 소작료를 징수하고 많은 양곡을 일본으로 반출하였다. 1917년부터 본점을 일본 도쿄로 옮기고 동양 각지로 사업을 확대하였으나, 일본이 제2차 세계 대전에서 패하면서 문을 닫았다.

이내 그들의 논밭이 되어 가는 꼴을 보고는⚜, 당신은 당신대로 더욱 참을 수가 없는 듯이, 툭하면 구두덜거리며● 어디론지 핑 떠나기가 일쑤였다. 그러자니 사실 살림이라고는 깍듯이 돌아볼 경황도 생각도 없었던 것이다. 따라서 집안 식구들도 자연 그렇게 된 어른에게 기댈 도리가 없어지고 도리어 세상을 등진 듯 새침하게 세월을 보내는 그의 비위나 거스를까 조마조마할 따름이었다.

"우짜다가 화를 내실 때는 꼭 벼락이라도 떨어지는 것 같디이라. 목소리나 비미이(예사로) 컸나! '못난 것들!' 하고 호통을 치실 때는 그저 온 집이 쩌렁쩌렁 울리디이라."

할머니는 이런 표현을 하였다.

그러나 그렇게 두려운 반면 자기에게는 이를 수 없이 고마운 시아버님이었다는 말도 잊지는 않았었다.

"야야, 춥다. 어서 방에 들어가거라. 와 부엌 사람들한테 일을 맡기지 않고서……."

저녁 일이 늦을 때는 이렇게 나무람 겸 위로를 해 주시더란 것이다. 그러면서 때로는 가벼운 한숨을 쉬곤 하였다고 한다.

그러나 그렇다고 며느리 가야댁은 일을 덜하지는 않았다. 그

⚜ 소위 합방 이후 ~ 논밭이 되어 가는 꼴을 보고는 일본 제국주의는 한일합방 이후 '토지 조사 사업'을 실시해서 소유자가 신고하지 않은 땅을 몰수하여 동양 척식 주식회사에서 관리하도록 하였다. 그래서 그 사업에 대해 알지 못하거나 알면서도 일제의 정책에 동조하지 않아 신고하지 않은 사람들은 땅을 몰수당하였다.

구두덜거리다 못마땅하여 혼자서 자꾸 군소리를 하다.

당시만 해도 웬만한 가문의 부녀자들은 비록 굶는 한이 있더라도 손끝 하나 꼼짝하지 않는 것을 무슨 자랑처럼 여기었지만, 그녀는 타고난 천성이 그러질 못했다. 집안 형편을 따라서 진일 마른일 할 것 없이 닥치는 대로 해내었다. 일을 하는 것을 조금도 부끄럽게 여긴다거나 꺼리지는 않았다. 그래서 일찍 배우지 못한 일이라도 이내 손에 익숙해졌다. 머슴이나 부엌 식구들이 도리어 송구스럽게 여길 정도로 부지런했다. 벌써 그녀는 한다한 양반의 집 며느리가 아니라 흔해 빠진 농사꾼의 마누라처럼 되어 갔다.

남편인 명호 양반은 그저 미안스러운 눈치만 보였다. 그는 소위 양반의 집 맏아들로서 층층시하에 눌려 살아온 처지라, 대소사를 막론하고 어른들의 눈치나 살필 일이지, 이러쿵저러쿵하지는 않았다. 게다가 사실 그는 부인 가야댁보다 나이도 두어 살 아래였을 뿐 아니라 이녁 할아버지나 아버지 오봉 선생에 비하면 위인이 그저 순하기만 했지, 아직은 무슨 일을 이래라저래라 할 처지가 못 되었다.

진일 밥 짓고 빨래를 하는 등의 물을 써서 하는 일.
마른일 바느질, 길쌈 등과 같이 손에 물을 묻히지 아니하고 하는 일.
　길쌈 실을 내어 옷감을 짜는 모든 일을 통틀어 이르는 말.
한다한 한다하는. 수준이나 실력 따위가 상당하다고 자처하거나 그렇게 인정받는.
⚜ 명호 양반 가야 부인의 남편을 부르는 호칭이다. 여기서 '명호'는 가야 부인의 고향 마을의 지명으로, 예전에는 결혼한 남자를 부를 때 그 부인의 고향 마을 지명 뒤에 '양반', '아저씨' '할아버지' 등을 붙여 사용했다.
층층시하(層層侍下) 부모, 조부모 등의 어른들을 모시고 사는 처지.
대소사(大小事) 크고 작은 일을 통틀어 이르는 말.

시아버지 오봉 선생이 멀리 출타를 할 때는 마누라보다 자부인 가야 부인을 꼭 불렀다.

"야야, 내 옷 좀 챙겨 오너라. 여분이 한 불[벌]쯤 더 있었음 좋겠다."

애당초 어디로 간다는 말을 하지 않았다. 언제 돌아오겠다는 말도. 누가 따르기는커녕 배웅도 멀리 못 나오게 했다.

"아부이 잘 다녀오이소."

대문 밖에서 그저 이럴라치면,

"오냐, 집 잘 지켜라."

하고는 돌아도 안 보고 휭 떠나는 것이었다.

그렇게 해서 시아버지가 안 계시면 가야 부인이 실제 주인 구실을 하였다. 그럴 수밖에 없는 것이, 명호 양반은 아직 글만 읽는 서생인데다 시할머니는 일찍 돌아가셨고 시어머니는 워낙 눌려서만 살아오던 분이 돼서 매사에 자기의 의견이라고는 내세우는 일이 거의 없었기 때문이다. 그래도 시어머니라고 의향을 물으면,

"내가 머 아나, 니가 알아서 해라."

고작 이런 투였다.

출타(出他) 집에 있지 아니하고 다른 곳에 나감.
자부(子婦) 며느리.
아부이 '아버지'의 경상도 사투리.
서생(書生) 글만 읽어 세상일에 서투른 선비를 비유적으로 이르는 말.

이러한 환경 속에서 결국 가야 부인은 온갖 집안 살림살이를 도맡듯이 되어 버렸다.

그러면서도 그녀는 데리고 온 몸종을 이녁 딸처럼 아꼈다. 삼월이 구월이도 빨리 제 갈 길을 가야 된다고 하였다. 그녀는 종이라 해서 그녀들을 맘대로 부리거나 하시하지는 않았다. 원래 마음이 너그러운 데다 신심의 탓도 있었으리라. 길쌈 철이 되면 그녀들과 한자리에 어울려서 일을 거들었다. 무릎 위까지 살을 드러내 놓고 모시나 삼을 흡빨아 가며 뱌비쳐 이을 때는, 시어머니의 눈이 둥그레지기도 했지만, 가야 부인은 샌님들이 타고 다닐 마필이 없어진 처지에 상일이면 어떠며, 종이 무슨 소용이 있겠느냐는 말눈치를 일부러 비치기도 했다.

"나무 — 아미타불!"

시어머니의 입에서 이런 탄성이 자주 새어 나왔다.

그러나 허 진사댁의 불행은 이것으로써 끝나지는 않았다. 가야 부인이 시집온 지 만 구 년째 되는 해였다. 만주 땅에 가 계

하시하다(下視--) 남을 얕잡아 낮추다.

흡빨다 입으로 깊이 물고 흡뻑 빨다.

뱌비치다 두 개의 물건을 맞대고 마구 문지르다.

⚜ 시어머니의 눈이 둥그레지기도 했지만 며느리가 양반집 안주인인데도 종들과 어울려 상일(막일)을 하는 것을 보고 놀라는 시어머니의 모습을 나타낸 표현이다. 곧 양반집 며느리는 그렇게 행동해서는 안 된다는 생각을 갖고 있는 것이다.

샌님 '생원님'의 준말. 예전에, 평민들이 선비를 이르던 말.

마필(馬匹) 1. 말 몇 마리. 2. 말.

신다던 시할아버지가 거기서 무슨 강습소를 꾸몄다든가 독립 운동을 한다든가 하는 소문이 들리더니, 결국 일 년 전에 서간도에서 유골이 되어 돌아오고, 시아버지 오봉 선생이 그 유골을 안고 온 다음 해에는 삼일 만세 사건이 일어났다. 이 만세 사건에 오봉 선생은 둘째 아들—그러니까 가야 부인에게는 바로 손아래 시숙인 밀양 양반을 잃었다. 왜놈들의 총질에 생죽음을 당한 것이었다.

이태를 연거푸 이런 참변을 당하고 나자, 허 진사댁은 문자 그대로 쑥대밭같이 되었다. 온 가족이 죽은 상이 되었다기보다, 분노를 머금은 슬픔이 얼굴마다 사무쳤던 것이다. 그리고 그것은 허씨 일문만의 슬픔이 아니라, 보다 많은 사람들의 슬픔이기도 했다. 적어도 오봉 선생의 예와 다른 태도에는 그런 티가 뚜렷이 엿보였다.

그래서, 만주 눈벌에서 시할아버지의 유골을 찾아왔을 때나, 읍내 장터에서 피투성이가 된 시숙의 시체를 모셔 왔을 땐 일제의 날카로운 감시 속에서 내용만은 고을이 떠들썩하게 소위

삼일 만세 사건 삼일 운동(三日運動). 1919년, 곧 기미년 3월 1일에 한국이 일본의 강제적인 식민지 정책으로부터 자주 독립할 목적으로 일으킨 민족 독립운동.

시숙(媤叔) 남편의 형제를 이르는 말.

이태 두 해.

참변(慘變) 뜻밖에 당하는 끔찍하고 비참한 재앙이나 사고.

일문(-門) 한 가문이나 문중.

⚜ 예와 다른 예전과 다른. 보통 때와 다른.

눈벌 눈밭.

사회장이란 게 치러지긴 했지만, 그런 정도로써 유족들의 원한이 풀릴 리는 없었다.

"왜놈들의 총질과 미쳐 날뛰는 칼날에 무참하게 터지고 찢긴 아드님의 시체를 보시자마자 시어머님은 그대로 넋을 잃었디이라. 이놈들아 나라를 뺏음 좋기 뺏지, 와 금덩어리 같은 내 자식을 이렇게 쥑있노? 하고 그만 그 자리에서 안 자물시(까무라쳐) 버리나!"

가야 부인은 그때 일을 이야기할 때는 언제나 목 맺히는 소리로 눈물까지 글썽거리었다. 분이도 나이 들어서 그 이야기를 들을 때는 자기도 모르게 할머니를 따라 눈물을 지우곤 하였던 것이다. 그러고부터 시어머니는 식음을 전폐하다가 결국 종신 속병을 얻게 되고, 시아버지 오봉 선생은 돌부처처럼 입을 다물었다. 가야 부인은 서른도 채 못 되는 나이에 그러한 시부모를 모시고 연방 기울어져 가는 집안을 거의 혼자서 다스려 나가야만 했던 것이다.

이미 기울어진 가세에 권속만 웅성거릴 필요가 없었다. 어려

사회장(社會葬) 사회적으로 공로가 큰 사람이 죽었을 때에 모든 사회단체가 연합하여 장례를 치름. 또는 그 장례.

식음(食飮) 먹고 마심. 또는 그런 일.

전폐하다(全廢--) 아주 그만두다. 또는 모두 없애다.

종신(終身) 목숨을 다하기까지의 동안.

가세(家勢) 집안의 운수나 살림살이 따위의 형세.

권속(眷屬) 권솔(眷率). 한집에 거느리고 사는 식구.

운 가운데서도 삼월이는 곧 짝을 지어 내보내고 구월이는— 육순이 넘도록 부려 온 종이라 아쉰 대로 평생 입을 옷가지까지 지어서 제 아들에게로 돌려보냈다. 많잖은 농사에 머슴도 여럿을 둘 필요가 없었다. 가야 부인은 직접 안 내던 모도 내고, 길쌈도 하였다. 길쌈은 집안 식구들의 입성을 마련하는 데만 그치지 않고, 그것으로써 아이들의 학비에까지 보태었다. 이렇게, 손아 날 살려라 하고 애면글면 엉세판을 허둥거리는 동안에 다시금 십여 년의 세월이 흘러갔다. 그녀는 '가야댁'에서 '가야 부인'으로 칭호가 바뀌고, 어느덧 육 남매의 어머니일 뿐 아니라, 자부도 몇이나 거느린 버젓한 시어머니가 되었다. 손자녀도 분이를 비롯해서 여럿이 났다.

"여자 한평생은 그저 그런 기란다. 지내고 보문 잠깐이지만……."

결국 허씨 가문에서의 이십 년 남짓한 세월은, 그녀의 이마에 세 개의 긴 주름을 파 놓고 갔다. 희번드르하던 살결은 누르퉁퉁하게 탄력을 잃게 되고, 귀밑에는 서릿발이 희끗희끗 드러났다.

허구한 풍상과 세월은 시아버지 오봉 선생께도 놀랄 만한 변

입성 '옷'을 속되게 이르는 말.
애면글면 몹시 힘에 겨운 일을 이루려고 갖은 애를 쓰는 모양.
엉세판 매우 가난하고 궁한 판.
누르퉁퉁하다 1. 윤기가 없어 산뜻하지 않게 누르다. 2. 붓거나 불어서 핏기가 없이 누르다.
누르다 황금이나 놋쇠의 빛깔과 같이 다소 밝고 탁하다.
풍상(風霜) 많이 겪은 세상의 어려움과 고생을 비유적으로 이르는 말.

화를 가져오게 했다. 우선 옛날처럼 집이 쩌렁쩌렁하게 울리도록 호통을 치는 일은 거의 없어졌다. 소위 양반의 티도 줄어지고, 다만 옛날보다 더 잦게 출타를 할 뿐이었다.

한번은 이런 일이 있었다. — 표연히 집을 나선 뒤 근 두 달이나 지나서 돌아오던 참인데, 때가 공교히 한밤중인데도 불구하고 대문이 활짝 열려 있는 자기 집 뜰 안 광경에 깜짝 놀라 발을 멈추었다.

'어찌 된 셈일까……?'

달이 찢어지게 밝은 밤이었다. 그렇게 달이 밝은 안마당에 웬 사람들이 멍석을 펴 놓고 버릇없이 줄느런히 누워 자고 있지들 않은가! 모깃불까지 희부연 연기를 모락거리고. 옛날엔 없던 상스런 풍경이었다.

"어험!"

하는 오봉 선생의 기침 소리에 맨 먼저 뛰어나온 사람은 며느리 가야 부인이었다. 마당에 누워 있는 사람들은 여전히 움직이지 않는다. 옛날 같으면 불호령이 떨어질 일이다. 양반의 집 뜰에

표연히(飄然-) 훌쩍 나타나거나 떠나는 모양이 거침없이.

공교히(工巧-) 생각지 않았거나 뜻하지 않았던 사실이나 사건과 우연히 마주치는 것이 매우 기이하게.

줄느런히 한 줄로 죽 벌여 있는 상태로.

모깃불 모기를 쫓기 위하여 풀 등을 태워 연기를 내는 불.

희부옇다 희끄무레하게 뿌옇다.

모락거리다 김이나 연기 따위가 조금씩 자꾸 피어오르다.

상스럽다(常---) 말이나 행동이 보기에 천하고 교양이 없다.

이게 무슨 꼴이냐고!

"웬 사람들이지?"

그러나,

오봉 선생의 말은 생각 밖으로 부드럽게 나왔다.

"저 윗녘에 삼 받으러 갔다가 오는 아랫데 부인네들입니더. 잘 데가 없다 캐서……."

가야 부인은 가슴이 철렁한 채 이렇게 일러바치다가, 상대편에서 얼른 무슨 말이 없자 저녁 진지 걱정으로 수인사를 돌렸다.

"저녁은 묵고 왔으니, 술이나 한잔 들까? 있는강?"

"농주뿐이옵니더."

시아버님이 좋아하시는 약주나 구기자술을 유념해 두지 못한 것이 죄송스러웠다.

"농가에 농주면 족하지. 어디 조금만 가져오게."

그러고는 곧장 사랑으로 들어갔다.

마나님을 비롯해서 늘어섰던 가족들은 약간 싱거워졌다. 어디를 다녀왔는지 궁금하기도 했다.

그러나 당신이 사랑에 있을 때는, 이녁이 부르기 전에는 아무도 맘대로 들어가지를 못한다. 그것이 당신의 체통이고 또

윗녘 위쪽

수인사(修人事) 인사를 차림.

농주(農酒) 농사일을 할 때에 일꾼들을 대접하기 위하여 농가에서 빚은 술.

유념하다(留念--) 잊거나 소홀히 하지 않도록 마음속에 깊이 간직하여 생각하다.

사랑(舍廊) 집의 안채와 떨어져 있는, 바깥주인이 거처하며 손님을 접대하는 곳.

가풍이기도 했다.

며느리 가야 부인이 술상을 보아 갔을 때 그는 며느리를 일부러 들어오라 했다. 이러한 일은 그녀가 시집온 뒤 처음 있는 일이었다. 가뜩이나 조마조마하던 차에 가야 부인은 약간 섬뜩해졌다. 그러나 나들이 갓을 관으로 바꿔 쓰고 정좌한 시아버지의 말은 역시 예상 외로 부드러웠다.

"게 앉게."

가야 부인이 술을 따라 올리자 첫말이,

"윗녘에 삼 받으러 갔다 오는 부인네들이라고?"

"네, 그렇습니더."

"응 그래, 어렵게 사는 사람들이구만. 잘했소. 황혼 축객(逐客)이 인사의 도리가 아니거든!"

시아버지 오봉 선생은 잔을 한숨에 죽 비우고 나더니,

"이왕이면 저녁 대접까지 해 드리지 그래?"

"그렇게 했십니더. 어머님께서도 그러라 하시고 해서……."

"착한 일들을 했구먼!"

오봉 선생은 모든 걸 너그럽게 촌탁해 주면서,

"그새 별일은 없었는지?"

가풍(家風) 한 집안에 대대로 이어 오는 풍습이나 범절.

관(冠) 검은 머리카락이나 말총으로 엮어 만든 쓰개. 신분과 격식에 따라 여러 가지가 있었다.

황혼(黃昏) 해가 지고 어스름해질 때. 또는 그때의 어스름한 빛.

축객(逐客) 손님을 푸대접하여 쫓아냄.

촌탁하다(忖度--) 남의 마음을 미루어서 헤아리다.

집안 사정을랑 맨 나중에 물었다.

"네."

웬만한 일쯤은 있어도 있다 할 며느리가 아니었다. 고등계 형사들이 몇 번인가 다녀간 일은 있었지만, 그런 건 전부터 내처 있어 온 일이고 해서 새삼 아뢸 필요를 느끼지 않았다. 오봉 선생은 더 말이 없었다. 그가 물러가라 할 때 그의 장죽에 성냥을 그어 대 주던 가야 부인은, 그때야 비로소 시아버지의 얼굴이 한결 초췌해져 있음을 발견하고 갑자기 송구스런 생각이 들었다. 단순히 노독의 탓만이 아니리라는 생각이 들자, 무언지 모르게 처절한 것이 느껴졌다.

오봉 선생은 외로웠다. 가다가 무엇이 마뜩잖거나 몹시 울적해 보이는 날은 곧잘 아버지와 아들의 무덤이 있는 산으로 올라갔다. 그 밖에는 대개 문을 굳게 닫고 사랑방에 접치고 있었다. 그러고는 때 묻은 고서들을 뒤적거리거나 혼자서 골패를 달그락거리는 것이 거의 일과처럼 되어 있었다. 원래 말이 적은 데

고등계(高等係) 일제 강점기에, 한국인의 독립운동 및 정치적 · 사상적 동향을 감시하고 탄압하는 일을 맡아보던 경찰 부서.

장죽(長竹) 긴 담뱃대.

노독(路毒) 먼 길에 지치고 시달려서 생긴 피로나 병.

마뜩잖다 마음에 들 만하지 아니하다.

고서(古書) 1. 아주 오래 전에 간행된 책. 2. 오래되어 낡은 책.

골패(骨牌) 납작하고 네모진 작은 나뭇조각 32개에 각각 흰 뼈를 붙이고, 여러 가지 수효의 구멍을 판 노름 기구. 또는 그것으로 하는 노름.

다 웃어 본 적이 별로 없는 그는 더욱 말이 없었고, 웃음이란 건 아주 잊어버린 듯했다. 아직 철부지인 분이는, 찬 기운이 사무친 듯한 파르스름한 눈을 하고 집안 식구들에게까지 말을 잘 안 하던 그를, 증조할아버지라기보다 냉담한 사랑손님 처럼 두렵고 서먹하게 여기었다. 그래서 그 사랑 앞에 모란이니 영산홍이니 하는 꽃들이 아무리 탐스럽게 피어 있어도, 그가 방에 있을 때는 좀처럼 가까이 가지지 않았다.

이렇게 스스로 세상을 멀리하고 또 가정에서까지 외돌토리가 된 듯한 오봉 선생은 그저 친구와 술로써 시름을 잊는 것 같기도 했다. 그래서인지 멀리서 친한 선비들이 찾아오는 것을 무척 반가워했다. 옛날 같은 펄펄한 기상은 찾으려 해도 찾아볼 수 없었지만, 그래도 용기를 내어 술이야 밥이야 하고 서슴지 않고 분부를 내렸다. 여유가 있고 없고는 알 바 아니다. 그러한 유생 들일수록 또 오래 머물기가 일쑤였다. 하루 이틀에 뜨지 않는 경우가 많았다. 사흘도 좋고 닷새도 좋고, 때로는 달포 가까이 치대는 유생도 없지 않았다. 그렇게 되면 먹는 것만이 아니라 빨래까지 해 당해야 한다. 경우에 따라서는 새 입성도 해드려야 하고, 또 그런 분일수록 떠날 때는 노잣돈 도 쥐여 주어야 한다.

사랑손님(舍廊--) 사랑방에 묵고 있는 손님.
유생(儒生) 유학(儒學)을 공부하는 선비.
달포 한 달이 조금 넘는 기간.
노잣돈(路資-) 먼 길을 오가는 데 드는 돈.

다행히 가야 부인은 일찍이 그러한 가정에서 자라났기 때문에 아무런 불평 없이 이리 공대를 해갔다. 옛날처럼 나라에서 빌려 주는 환자(還子)도 없어진 세월이라 쌀이 떨어지면 여기저기서 꾸어 와야 했고, 닭도 돈도 그렇게 해서 구해 와야만 했다.

"말 말아라, 그렇다고 궁한 표를 보일 수도 없고……. 한번은 할 수 없이 어른들 몰래 친정 오라범에게까지 사람을 안 보냈디이나."

할머니는 그 무렵의 고충을 이렇게 회고하기도 했다.

이러한 일들로 해서 가야 부인은, 나이 많은 시어머니가 있어도, 동서나 시숙들로부터 자연 가모의 대접을 받게 되었다.

"인물이나 키만 보아서가 아니라, 제반 범절이 방가위 의관의 집 맏며누리감이지!"

남의 말을 잘 안 하는 오봉 선생이었지만 며느리 가야 부인에 대해서는 언젠가 친척들이 모인 자리에서 이런 칭찬을 하였다고 한다.

한편 시어머니는 둘째 아들 밀양 아이를 잃은 뒤론 정신 나간

공대(恭待) 공손하게 잘 대접함.
환자(還子) 환곡(還穀). 조선 시대에, 각 고을에서 식량이 모자라 고통받던 흉년이나 춘궁기에 백성들에게 곡식을 꾸어 주고 추수기에 이를 환수하는 제도. 또는 그 곡식을 이르는 말.
고충(苦衷) 괴로운 심정이나 사정.
회고하다(回顧--) 지나간 일을 돌이켜 생각하다.
가모(家母) 한 집안의 주부. 여기에서는 집안의 큰 어른이라는 의미로 쓰였다.
제반(諸般) 어떤 것과 관련된 모든 것.
방가위(方可謂) 과연 그렇다고 이를 만하게.
의관(議官) 조선 시대에, 중추원에 속한 벼슬.

사람처럼 되어 버렸다. 이녁 말마따나 모진 목숨이 죽어지진 않고서 시나브로 말라만 들어갔다. 남자들 같으면 다른 일에 머리를 쓴다거나 술로써 한때의 시름을 잊기도 하겠지만, 가뜩이나 얌전하기만 한 시어머니라 그저 한숨과 '나무아미타불'로만 세월을 보냈다.

그러던 시어머니가 어느덧 천수를 치기 시작했다⚜. 물론 바깥어른들이 안 듣는 데서만이었다⚜. 어디서 얻어 왔는지 가야 부인도 모르는 얄팍한 불경책의 노란 책가위가 말려들어 갈 정도로 손때가 묻었다. 아주 열심이었다. "정구업 진언 수리수리 마하수리 수수리 사바하"를 처음 따듬작거릴 때는 저 책을 언제 다 외우리 싶었지만, 시어머니는 실로 놀라울 정도로 빨리 나아갔다. 그리고 다행히도 그렇게 불도에 낙을 붙이게 된 것을 가야 부인은 고맙게 생각하였다. 다만 그렇게 불경을 열심히 외우면서도 가 보고 싶은 절에 남들처럼 마음 놓고 가 보지 못하는 시어머니의 심정이 못내 안타까웠다. 그녀들의 시가는 워낙 완고

시나브로 모르는 사이에 조금씩 조금씩.

천수(千手) 천수관음(千手觀音). 관음보살이 전생의 모든 사람을 구제하기 위해 변화하여 나타낸 몸. 천 개의 손과 눈이 있어 모든 사람의 괴로움을 그 눈으로 보고 그 손으로 구제하고자 하는 뜻을 나타낸다. 여기에서는 그런 '천수관음의 유래, 발원, 공덕 등을 말한 경문'인 '천수경(千手經)'을 의미함

⚜ 천수를 치기 시작했다 병 없이 오래 살 것을 빌기 위하여 천수경을 읽기 시작했다.

⚜ 물론 바깥어른들이 안 듣는 데서만이었다 엄격한 유교 집안이어서 집 안에서 불경을 읽는 것은 금지되었기 때문에 바깥어른들이 안 듣는 데서 천수경을 읽었다는 뜻이다.

책가위(冊--) 책의 겉장이 상하지 아니하게 종이, 비닐, 헝겊 등으로 덧씌우는 일. 또는 그런 물건.

따듬작거리다 말을 하거나 글을 읽을 때 나릿나릿하게 자꾸 더듬다.

나릿나릿하다 동작이 재지 못하고 좀 느리다.

한 유교의 집안이었던 것이다. 그러던 어느 날— 바람이 몹시 불던 밤이었다. 집 뒤를 에워싼 참대숲이 워썩워썩 울어 댔다. 그렇게 대숲이 워썩거리는 밤이면 가야 부인은 곧잘 고향인 명호 앞바다가 생각나고, 처녀 때 읽은 〈사씨남정기〉란 고대 소설의 한 대목이 잇달아 머리에 떠오르는 것이었다. — "하늬바람에 대숲은 일렁이는데, 창창한 바다는 만 리나 펼쳤도다."라고 하는 관세음보살의 화상을 칭송한 부분이었다. 그날 밤에는 이상하게도 죽은 딸까지 생각나서(가야 부인은 시집까지 간 고명딸을 달포 전에 잃었던 것이다), 더욱 잠을 이루지 못하고 늦게까지 분이의 버선을 꺼내 놓고 뜨개질을 하던 참인데, 뜻밖에 시어머니의 방에서 염불 외는 소리가 나지막하게 들려왔다.

"……옴 아라남 아라다. 천수 천안 관자재보살—."

또 시작이구나 싶었다.

나무대비 관세음

원아속지 일체법

워썩워썩 풀기가 센 옷이나 얇고 빳빳한 물건이 자꾸 서로 세게 스치거나 부서지는 소리.

사씨남정기(謝氏南征記) 조선 숙종 때 김만중이 지은 한글 소설. 유연수가 첩 교씨의 모함에 속아 착하고 현명한 본처 사씨를 내쳤으나, 끝내 교씨는 음모가 발각되어 처형당하고 유연수는 다시 사씨를 맞아 행복하게 살았다는 내용의 가정 소설이다.

하늬바람 서쪽에서 부는 바람.

창창하다(蒼蒼--) 바다, 하늘, 호수 등이 매우 푸르다.

화상(畵像) 사람의 얼굴을 그림으로 그린 형상.

고명딸 아들 많은 집의 외딸.

나무대비 관세음

원아조득 지혜선

나무대비 관세음

원아속도 일체중

나무대비 관세음

원아조득 선방편

나무대비 관세음

원아속승 반야선

나무대비 관세음

원아조득 원고해…….

빨리 대자대비하신 관세음보살의 불법을 익혀 이 사바의 고해를 건너고 싶다는 절절한 하소연이었다. 나직나직한 목청이 언제까지나 낭랑히 계속될 것만 같았다.

가야 부인은 뜨개질을 하던 손을 멈춘 채 가만히 귀를 기울이고 있다가, 자기도 모르는 사이에 눈시울이 뜨거워졌다. 틀림없이 시어머니는 또 죽은 밀양 양반을 생각하고 있으리라 싶었던 것이다.

가야 부인은 곧 시어머니에게로 건너갔다. 그냥 있을 수가 없

대자대비하다(大慈大悲--) 부처와 보살의 자비만큼 자비가 넓고 크다.
사바(娑婆) 불교에서, 석가모니불이 교화하는 땅, 곧 괴로움이 많은 인간 세계를 이르는 말.
고해(苦海) 불교에서, 고통의 세계라는 뜻으로, 괴로움이 끝이 없는 인간 세상을 이르는 말.

었던 것이다. 그러나 그때 무슨 말을 여쭈었는지는 기억에 확실치 않았다. 다만— 어머님 내일이라도 어느 절에 좀 다녀오이소! 통도사도 좋고, 밀양 표충사도 안 좋겠능기요. 밀양 같음 밀양 동시[동서]를 데리고…… 밀양 동시도 저래 외롭게 지내이카네! …… 아마 이러한 내용이 아니었든가 짐작되었다. 또렷이 생각나는 것은 그때 시어머니께서 눈이 오끔해 가지고서 자기를 뚫어지게 건너다보았다는 사실이다. 그러고 하신 말씀이다.

"오냐, 늬가 내 눈엔 꼭 관세음보살 같구나!"

느꺼웠던 탓인지 말소리조차 약간 떨렸었다. 그렇게 말하는 입가에는 난데없이 미소까지 떠올라 있었다.

이튿날 아침 가야 부인은 서둘러서, 시어머니에게 시줏돈을 쥐여 주었다.

"오냐, 곧 돌아오꾸마!"

홀로 사는 밀양 며느리의 손을 잡고 처음으로 집안이 알게 절 구경을 나서는 시어머니의 눈에는 이슬 같은 것이 맺혀 있었다. 마치 그것이, 오래도록 그녀의 넋을 억누르고 있던 두터운 안개가 가시어지는 듯한 해방감의 표시인 듯이.

통도사(通度寺) 경상남도 양산시 하북면 지산리 영취산에 있는 절. 신라 선덕 여왕 15년(646)에 자장 법사가 세웠다.

표충사(表忠寺) 경상남도 밀양시 천황산에 있는 절. 통도사의 말사(末寺)로 신라 흥덕왕 4년(829)에 창건되었다.

말사(末寺) 큰절의 관리를 받는 작은 절. 또는 큰절에서 갈라져 나온 절.

오끔하다 오긋하다. 안으로 조금 오그라진 듯하다.

느껍다 어떤 느낌이 마음에 북받쳐서 벅차다.

다행히 오봉 선생이 출타를 하고 없을 때의 일이었다.

천연스런● 얼굴로 시어머니를 배웅하던 가야 부인은 이미 마음속에 어떤 각오가 되어 있었다기보다, 밤마다 혼자서 천수경을 소곤거리는 시어머니를 위해서는 그 길밖에 도리가 없다고 믿었던 것이다. 그리고 그것을 결행했을● 뿐이었다. 물론 시아버지 오봉 선생이 안다면 그저 벼락 정도가 아니리라는 것을 모르는 바 아니었다. 그러나 그것은 그때의 일이라고 생각했다.

나중에 가서는 결국 드러나고야 말았지만, 사실은 가야 부인 자신이 불교에 대한 신심이 여간한 분이 아니었다. 뿐만 아니라 그것이 또 여간 뿌리 깊게 박힌 것이 아니었다. 결국 그로 인해 시아버지의 격분●을 샀지만, 그것은 신라 때의 유풍●으로 그저 여염집● 부인네들이 절 나들이를 한다든가, 수박 겉핥기 식으로 불교에 미치는 그런 것과는 달리, 자기 나름의 깊은 이유가 있었던 것이다. 게다가 가야 부인의 그러한 정체가 드러나게 된 동기가 또한 심상치 않았던 것이다.

"나는 그때 그만 머리를 깎고 영 이 가문을 떠날라꼬꺼정 안

천연스럽다(天然---) 천연덕스럽다. 시치미를 뚝 떼어 겉으로는 아무렇지 않은 체하는 태도가 있다.
결행하다(決行--) 어떤 일이 있더라도 변함이 없을 듯한 기세로 결단하여 실행하다.
격분(激憤) 격노. 몹시 분하고 노여운 감정이 북받쳐 오름.
유풍(遺風) 옛날부터 전하여 내려오는 풍속.
여염집(閭閻-) 일반 백성의 살림집.

했더나!"

시아버지 오봉 선생의 삼년상을 치른 파젯날, 가야 부인은 그 당시의 각오를 이렇게 말하며 이야기했다.

서간도에서 돌아간 시할아버지 허 진사의 입젯날의 일이었다고 한다. 어떻게 그날은 강추위였던지, 낙동강 물이 꽉 잡혀서 강 건너 상동 방면 사람들은 이쪽 황산장까지 등빙을 했을 정도였다. 제삿장을 보아서 머리에 이고 그놈의 베리끝을 돌아오자니, 언덕 위에 쌓였던 눈까지 휘몰아쳐 붙이는 바람결에 인제 곱다시 얼어서 쓰러질 것만 같아서 우선 폭풍이나 잠깐 피할까 싶어, 지금 미륵당이 서 있는 바람의지로 들어간 것이 꼬투리라고 했다.

"장작개비같이 언 팔에 힘을 주어서 머리에 였던 장바굼지를 겨우 내려놓고 막 웅크리고 앉일라카니 발끝에 수상한 기안 비이나! 거기만은 이상스럽게도 눈이 녹아 땅이 푸석푸석한데 반들반들한 돌부리가 하나 쑥 볼가져 있더라카이. 그래서 조금 긁적거리 보았디이……."

삼년상(三年喪) 부모의 상을 당해 삼 년 동안 상을 치르는 일.
파젯날(罷祭-) 파제삿날. 제사를 마치는 날.
입젯날(入祭-) 제사를 지내기 하루 전날. 이때 집안에 딸린 식구들이 모여서 제사 준비를 한다.
등빙(登氷) 얼음 위를 건너감.
곱다시 그대로 고스란히.
바람의지 문맥상 '바람을 피할 수 있는 곳' 정도의 의미임.
장바굼지 장바구니. '바굼지'는 '바구니'의 사투리.

가야 부인은 그때의 신비감을 만면에 되살렸다. 그것이 바로 한쪽 귀퉁머리가 이지러진 돌부처— 지금 미륵당에 모셔져 있는 돌부처의 정수리였다는 것이다.

마침 산에 눈이 무덕지게 덮여 있던 때라, 그녀의 머리에는 석가여래가 눈을 맞아 가며 수도를 했다는 설산 생각이 문득 떠오르고, 그때까지 오장육부가 다 어는 듯싶던 추위가 금시에 가시어지는 것 같더라고 했다. 그래서 다시 흙으로 덮어 두고 돌아왔지만, 가야 부인의 머리에는 그것이 떠날 날이 없게 되었다. 틀림없이 불교를 배척할 당시의 가혹한 손들에 의해서 절이 불태워지고, 내동댕이쳐진 불상이리라 싶었다. 그렇게 큰 것이 물결에 밀릴 리는 만무했지만, 가야 부인의 생각에는 아주 먼 데서 물결에 밀려온 것같이 느껴졌다. 그리고 그걸 안 보았다면 모르되, 직접 눈으로 보고 난 이상 차마 그냥 내버려 둘 수는 없었다.

가야 부인은 여러 날 여러 밤을 그것만을 생각하다 생각하다, 결국 시어머니에게 자기의 마음먹은 바를 아뢰었다. —그곳에 조그만 절을 짓고 모셔 주자는 것이었다. 불교라면 펄펄 뛰는 완고한 오봉 선생 밑에서 눌려 살아온 얌전하기만 한 시어

만면(滿面) 온 얼굴.
귀퉁머리 '귀퉁이'를 낮잡아 이르는 말.
이지러지다 한쪽 귀퉁이가 떨어져 없어지다.
무덕지다 한데 수북이 쌓여 있거나 뭉쳐 있다.
오장육부(五臟六腑) 오장과 육부라는 뜻으로, 내장을 통틀어 이르는 말.
완고하다(頑固--) 융통성이 없이 올곧고 고집이 세다.

머니의 처지로서 얼른 대답이 나올 리가 만무했다. 시어머니도 여러 날 밤을 생각하고 또 생각했다. 그러나 아버지의 성 하나타 가지고 남의 가문에 와서 '삼종지례'니 '칠거지악'이니 하는 무쇠 같은 유교의 계율에만 억눌려 사는 멀쩡한 노예인 그녀들에게는 뚫고 나갈 구멍이라곤 까마득했다.

결국 가야 부인은 그 일로 말미암아 마음에 병이 생겼다. — 하필 그 부처님이 자기의 눈에 뜨인 것은 정녕 무슨 심상치 않은 인연의 탓이리라, 그냥 모른 척하고 내버려 둔다는 것은 그야말로 억겁의 죄를 짓는 것만 같았다. 그녀는 잠을 제대로 이루지 못하게끔 되었다. 어쩌다 어렴풋이 잠이 들었다가도 꿈에 그 돌부처의 머리가 불쑥 나타나서 소스라쳐 일어나곤 하였다. 물론 음식도 잘 먹히질 않았다. 먹어도 삭여 내질 못했다. 시름시름 자꾸만 말라 들어갔다. 까닭을 아는 시어머니는 벙어리 냉가슴 앓듯 밤마다 그녀를 위해 천수만 쳤다. 얼었던 강이 풀리고 기러기 떠나가는 봄이 와도 마찬가지였다. 분이가 대여섯 살쯤 되었을 무렵의 일이다. 밭두덕 같은 데 파릇파릇 새싹이 돋

삼종지례(三從之禮) 삼종지도(三從之道). 예전에, 여자가 따라야 할 세 가지 도리를 이르던 말. 어려서는 아버지를, 결혼해서는 남편을, 남편이 죽은 후에는 자식을 따라야 하였다.

칠거지악(七去之惡) 예전에, 아내를 내쫓을 수 있는 이유가 된 일곱 가지 허물. 시부모에게 불손함, 자식이 없음, 행실이 음탕함, 투기함, 몹쓸 병을 지님, 말이 지나치게 많음, 도둑질을 함 등이다.

계율(戒律) 지켜야 할 규범.

억겁(億劫) 무한하게 오랜 시간.

⚜ 벙어리 냉가슴 앓듯 답답한 사정이 있어도 남에게 말하지 못하고 혼자만 괴로워하며 걱정하는 경우를 비유적으로 이르는 말.

밭두덕 '밭둑'의 사투리.

으면 곧잘 이웃 조무래기들과 어울려서 쑥이랑 그 밖에 이름도 모르는 풀잎들을 나물이라 해서 쬐깐 노리개 같은 바구니에 캐어 오곤 했다. 어머니는 어서 갖다 버리라고 야단을 했고, 그럼 할머니는 "와 그걸 베리[버려]! 그 조갑지 같은 손으로 캐 온 것을…… 아가 이리 가져오너라." 하며 감싸 주었던 것이다. 그러시던 할머니가 인제는 그럴 낙조차 없으리만큼 구겨져 있는 것을 보고 분이는 슬퍼졌다.

"할매, 어데가 아푸요?"

하면,

"오냐 괜찮다, 내 새끼야! 우째 니는 요렇게도 꼭 부체 새끼 겉노(같노)?"

하고 가야 부인은 분이의 곱슬곱슬한 머리를 쓰다듬어 줄 따름이었다.

옛날 같음 저녁 늦게까지 곧잘 모여 앉아서 일도 하고 정담• 들도 하고 가던 아이들이랑 며느리들이 늦게까지 모여 앉아서 걱정들만 하였다.

가야 부인은 기회만 있으면 형제간에 우애 있게 지내야 된다고 가르쳤고, 그래서 자기가 주장해서 지차• 아들들의 살림집들도 큰댁 곁 텃밭에 줄느런히 짓게 했던 것이다. 그러고서도 부

정담(情談) 정답게 주고받는 이야기.
지차(之次) 맏이 이외의 자식들.

족한 듯이 한집같이 죽 사잇담을 틔워서 서로 마음대로 나들게 했었는데, 아이들이 안 보일 때는 이녁이 직접 이집 저집 돌아보는 것이 또한 낙이기도 했었다.

"어무이, 지가 제일 손해 봅니데이."

오 동서 중 막내며느리가 이런 우스운 소릴 잘했다. 집이 맨 끝에 붙어 있으니까 "아지부이 편이 쉬이소, 성님 잘 자이소." 하는 수인사를 죄다 해야 되니 그렇다는 거였다.

"그럼 니가 시집을 먼저 올 거 앙이가!"

가야 부인은 이렇게 웃음으로 받아넘겼던 것이다. 그렇게 서글서글하던 가야 부인이 인제는 그러할 기력과 웃음조차 점점 잃어 가게 되었다.

천수만 치던 분이의 노할머니—가야 부인의 시어머님도 드디어 어떤 결심을 하였더라고. — 워낙 얌전하기만 한 그녀는 죽을 셈 치고(?) 남편 오봉 선생을 사랑방으로 찾아갔다. 그녀가 사랑방으로 찾아간 것은 칠십 평생을 통해서 그것이 처음이요 마지막이었다. 물론 며느리 가야 부인에 대한 사연을 자초지종 사뢨다. 그리고 이렇게 말끝을 맺었다.

"영감님도 아시리다. 가야 메누리야말로 지가 할 일을 다했십니더. 형제며 일가친척 간에 우애 있고, 그 몬 배운 상일꺼

아지부이 '아주버니'의 경상도 사투리.

서글서글하다 생김새나 성품이 매우 상냥하고 너그럽다.

사뢰다 웃어른에게 말씀을 올리다.

정 해 가며 이 집을 남 불게(부럽게) 안 해놨능기요. 사람 하나 살리는 심(셈) 치고……."

소원을 들어줍시사는 것이었다. 오봉 선생을 쳐다보는 노부인의 얼굴에는 눈물이 비 오듯 쏟아져 내렸다.

"나가요!"

오봉 선생의 무서운 호통 소리와 함께 벼락 치듯 열리는 장지문● 밖으로 마나님은 사정없이 쫓겨 나왔다. 그 길로 윗방으로 돌아와서 입을 봉했다. 식음을 전폐하려고 들었다. 가야 부인이 중이 되려고 결심한 것은 바로 그날 밤의 일이었다.

밤중에 온 집안이 발칵 뒤집히었다. 가뜩이나 시름시름 앓던 가야 부인이 별안간 간데온데가 없어졌기 때문이었다. 안방에 노● 데리고 자던 손녀 분이와 어미 여윈 어린 외손자만이 콜콜 잠이 들었을 뿐이었다. 그들을 깨워 본들 알 턱이 없었다. 분이는 눈만 썩썩 비비더니,

"아까 할매 울었데이."

하면서 도리어 울상을 지어 보일 뿐이었다.

불이 없던 사랑방 문이 별안간 덜커덕 열리더니,

"또 거기 간 거 앙이가?"

어둠을 찢듯한 오봉 선생의 날카로운 말소리가 튀어나왔다.

장지문(障-門) 방과 마루 또는 방과 방 사이에 있는, 장지 짝을 덧단 지게문.

노 노상. 언제나 변함없이 한 모양으로 줄곧.

가족들은 쥐 죽은 듯이 말이 없었다. 서로 얼굴만 쳐다볼 뿐이었다. 그러고는 비로소 모두 냉거랑 건너 대밭각단 쪽으로 시선을 보냈다. 아니나 다를까, 그 대밭각단이란 부락 아래쪽 솔밭 속에 희미한 불빛이 가물거리고 있었다.

"또 저게 갔는갑다!"

누군가가 이렇게 말했다.

"바보 같은 것들! 냉큼 가 봐라!"

오봉 선생은 다시 꽥 소리를 치고는 문을 덜컥 닫았다.

대밭각단 아래쪽 솔밭 속에는 가야 부인의 죽은 고명딸의 체봉〔假葬〕이 있었다. 마마에 죽은 어린것들의 시체를 오쟁이에 넣어서 나뭇가지에 주렁주렁 달아 두듯이, 그녀의 딸도 괴질에 죽었다 해서 괜스레 악령의 소멸을 빈다는 버릇으로 그렇게 솔밭 속에 빈소를 얽어 놓고 이른바 물이 빠지기를 기다렸던 것이다. 악질에 비명으로 죽은 것도 원통한데, 시체마저 흙 속에 곧 묻히지 못하고 있는 것이 더욱 원통하여, 가야 부인은 생각만

부락(部落) 시골에서 여러 민가(民家)가 모여 이룬 마을. 또는 그 마을을 이룬 곳.

채봉〔假葬〕 '임시로 장사 지낸 곳' 의 사투리인 듯함.

　가장(假葬) 시체를 임시로 묻음.

마마(媽媽) '천연두'를 일상적으로 이르는 말.

　천연두(天然痘) 천연두 바이러스가 일으키는 급성의 법정 전염병. 열이 몹시 나고 온몸에 발진이 생겨 딱지가 저절로 떨어지기 전에 긁으면 우묵우묵한 마맛자국이 남게 된다.

오쟁이 짚으로 엮어 만든 작은 자루.

괴질(怪疾) 원인을 알 수 없는 이상한 병.

빈소(殯所) 상여가 나갈 때까지 관을 놓아 두는 방.

악질(惡疾) 고치기 힘든 병.

비명(非命) 제명대로 다 살지 못하고 죽음.

나면 밤중이라도 그 먼 데까지 우르르 달려가서 흐느끼는 것이었다. 그 즈음은 몸도 불편하고 해서 한동안 뜨음했던 것인데…….

이윽고 가야 부인은 가족들에게 부축을 받으며 돌아왔다. 징검다리를 헛디디었던지 아니면 사뭇 물을 밟고 갔던지, 아랫도리가 온통 물에 젖어 있었다. 물론 오봉 선생은 그녀가 돌아오는 줄을 알면서도 일부러 내다보지도 않았다.

가야 부인은 내처 입을 열지 않았다. 분이는 그러한 할머니를 보고 울기만 했던 것이다.

이튿날 아침 가야 부인은 사랑으로 불려 나갔다. 바깥양반 명호 사람이 먼저 부옇게• 부대끼고 나온 직후였다.

"무당과 중을 멀리하는 것이 선비 집안의 체통•인 줄 알 터인데—."

오봉 선생의 그 푸른빛이 감도는 날카로운 눈이, 곱게 앉은 며느리 가야 부인의 정수리를 매섭게 쏘아보았다. 필연코 마나님으로부터 그녀에 대한 최근의 일들을 샅샅이 들어 안 모양이었다.

"어째서 자네는 그 요사스런 불교를 버리지 못하겠다는 건고?"

부옇다 심하게 닦아 세워지거나 캐어물음을 당하여 매우 열없고 어색하다.
열없다 좀 겸연쩍고 부끄럽다.
체통(體統) 지체나 신분에 알맞은 체면.

말소리는 한결 떨리고 높아졌다. 가야 부인은 이미 각오한 바는 있었지만, 감당해 내기 어려운 위엄에 질려 얼른 무어라고 대답이 나오질 않았다.

"기어코 생각을 고치지 못하겠는가?"

흰 수염이 부들부들 떨기 시작했다.

"……."

가야 부인은 내처 말이 없었다.

"기어이 불도를 버리지 못하겠다면—."

시아버지는 담배에 성냥을 좌르륵 그어 대며,

"그 까닭을 말해 보라!"

"죄송하옵니더……."

모기만 한 소리와 함께 가야 부인은 더욱 정수리를 숙였다. 신양• 중인데도 불구하고 칼날같이 가지런하게 다듬어진 가르마는, 벌써 참을 수 없는 결심을 의미하는 듯이 보였다. 어느 앞이라고, 감히 거들떠보지는 못했지만 소신•대로 실토•를 하지 않을 도리가 없었다.

"저희 집도 유교 가문이기는 했지만 친정 할무니는 지가 애릴 때부터 불법을 소중히 여겼사옵니더—."

이렇게 꺼낸 가야 부인의 이야기는 대충 다음과 같은 것이었

신양(身恙) 신병(身病). 몸에 생긴 병.
소신(所信) 굳게 믿고 있는 바. 또는 생각하는 바.
실토(實吐) 거짓 없이 사실대로 다 말함.

다. — 그러한 할머니 밑에서 자랐기 때문에 자연 불법을 대견스럽게 알게 되었고, 또 할머니의 가르침으로 공자님의 인(仁)이나 석가모니의 자비심이 근본에 있어서 다를 바 없다고 믿어 왔으며, 그보다 더욱 불도를 업신여기지 못하게 된 것은, 임란 당시 왜병이 쳐들어 왔을 때 소위 관군이란 것들은 지레 겁을 먹고 죄다 도망질들을 했었지만, 사명대사가 지휘한 승병들이 끝까지 싸워서 자기들의 고향 땅을 지켜 주었다는 이야기를 어른들로부터 들어왔기 때문이라 하였다. 그러고서는 불교에서 말하는 '인과응보'란 걸 억지로라도 믿지 않고서는 어떻게 요즘 세상인들 살아가겠느냐는 현재의 심경까지 당돌하게 덧붙였다.

이러한 며느리의 말 가운데서, 공자님과 석가를 함부로 겨누는 소행이라든가, 승병이 어쩌고저쩌고 했다는 따위는 듣기에 심히 거슬리기도 했지만, 점잖은 시아버지의 입장에서 그런 걸 가지고 이러쿵저러쿵 힐난을 할 수도 없었을 뿐더러, 이미 중년 나이를 훨씬 넘어선 며느리의 그렇게까지 굳어진 신심을 어떻

임란(壬亂) 임진왜란. 조선 선조 25년(1592)부터 31년(1598)까지 2차에 걸쳐서 우리나라를 침입한 일본과의 싸움.

왜병(倭兵) 일본 병정을 낮잡아 이르는 말.

관군(官軍) 예전에, 국가에 소속되어 있던 정규 군대.

사명대사(四溟大師) 조선 중기의 승려(1544~1610). 승과에 급제하였으며, 임진왜란 때는 승병을 이끌고 왜군과 싸워 공을 세우고, 1604년에 사신으로 일본에 건너가 전란 때 잡혀간 3,000여 명의 포로를 구해서 돌아왔다.

승병(僧兵) 승려들로 조직된 군대.

인과응보(因果應報) 불교에서, 선(善)을 행하면 선의 결과가, 악(惡)을 행하면 악의 결과가 반드시 뒤따름을 이르는 말.

힐난(詰難) 트집을 잡아 지나치게 많이 따지고 듦.

게 할 도리가 없을 것 같았다.

"승병이 거기도 왔다던가?"

오봉 선생의 입김은 예상 외로 빨리 누그러졌다.

"예, 어른들의 이야기로서는……."

가야 부인은 그제야 비로소 얼굴을 한 번 들었다가 이내 시선을 되깔았다. 오봉 선생은 문득 여러 가지 생각되는 바도 있고 해서, 막무가내란 표정으로 고개를 끄덕였지만, 다행히 가야 부인의 눈에는 뜨이지 않았다.

"물러가 있거라."

한 말만 들렸다.

"머라 쿠데?"

가야 부인이 사랑에서 돌아오자, 시어머니는 못내 궁금한 듯이 물었다.

"우짠 일인지 별로 다른 말씀은 안 하시데요. 와 불도를 못 버리겠느냐고만 하시고."

가야 부인은 한시름 놓인 듯이 시어머니와 마주 앉았다. 우거지상을 하고서 청 끝에서 담배만 태우고 있던 바깥양반이, 고부가 마주 앉은 방 안을 한 번 힐끗 돌아보았다.

시어머니도 얼굴을 펴며,

"그래 말이다. 그 성질에 또 불베락이 떨어질 줄 알았는데,

우거지상(---相) 잔뜩 찌푸린 얼굴의 모양을 속되게 이르는 말.

뜻밖에 목소리가 낮아지기 그런가 했지."

인제 무얼 보나 피차 그럴 나이가 아닌가⚜ 하는 이녁의 생각도 곁들인 말눈치였다.

가야 부인이 덤덤하고 있자,

"그래 절에 대한 말은 안 하던강?"

"야."

가야 부인은 고개를 저어 보였다. 시어머니는 혀를 끗끗 찼다.

그러는 동안에 오봉 선생은 어느새 입던 의관•을 정제하고• 무슨 급한 일이나 생긴 듯이 바삐 대문을 나갔다. 미처 누가 배웅을 나갈 새도 없었다.

"저런!"

시어머니는, 무슨 결말도 내지 않고서 그대로 핑 나가 버리는 남편을 닭 쫓던 개처럼 어이없이 내다볼 뿐이었다. 가야 부인 역시 같은 심사였다.

고부는 서로 얼굴만 쳐다보았다. "물러가 있거라." 한 말은

⚜ 인제 무얼 보나 피차 그럴 나이가 아닌가 이제 며느리인 가야 부인도 중년을 훨씬 넘긴 나이라 시아버지인 오봉 선생도 서로 같이 늙어가는 처지에 며느리에게 큰소리를 칠 수 없었을 거라고 추측하는 것이다.

의관(衣冠) 남자의 웃옷과 갓이라는 뜻으로, 남자가 정식으로 갖추어 입는 옷차림을 이르는 말.

정제하다(整齊--) 격식에 맞게 차려입고 매무시를 바르게 하다.

틀림없이 무슨 하달이 있으리란 뜻이었다.

그런데 아무런 말이 없이 오봉 선생은 나가 버렸다. 야속했다. 가야 부인은 생각해 보았다. 응당 무슨 말이 있어야 할 터인데, 또 그것을 기다리고 있었는데 아무런 말이 없다는 것은 두 가지 이유로써밖에 추측되지 않았다. 즉 하나는 이쪽 말이 타당성이 없다는 경우와, 또 하나는 충분히 타당성이 있다고 생각되더라도 일부러 묵살하겠다는 경우다. 가야 부인은 이 두 번째의 이유로써 시아버지 오봉 선생의 태도를 판단했다.

"나무— 아미타불……."

시어머니는 떡심 풀린 한숨만 내쉬었다.

"우짜겠는기요. 워낙 꼿꼿한 아부님이 되고 보니!"

가야 부인은 막무가내란 표정을 지으면서 자리를 털고 일어섰다. 잠깐 자기 방으로 건너가더니, 이내 외손자의 손을 이끌고 나왔다. 같이 놀던 분이가 따라나서자,

"분이 너는 여깄거라!"

하고, 외손자만 데리고 청을 내려선다.

"와, 어데 갈라꼬?"

시어머니가 눈이 둥그레 가지고 쳐다보았다.

하달(下達) 상부나 윗사람의 명령, 지시, 결정 및 의사 등을 하부나 아랫사람에게 내리거나 전달함.
응당(應當) 그렇게 하거나 되는 것이 이치로 보아 옳게. 마땅히.
묵살하다(默殺--) 의견이나 제안 등을 듣고도 못 들은 척하다.
⚜ 떡심 풀린 낙담하여 맥이 풀린.

"즈그 집에 데리다 조오야죠."

"와 하필 오늘이싸?"

청 끝에 걸터앉아 있던 남편이 수상해하자,

"제 갈 데로 가야지요!"

가야 부인은 어느새 축대를 내려섰다.

"할매, 나도 윤이 집에 같이 갈래."

분이가 또 따르려니까,

"너는 집에 있거라, 내 곧 오꾸마."

말리려 해도 듣지 않을 눈치였거니와, 그럴 새도 없이 가야 부인은 외손자를 이끌고 대문 밖을 나섰다. 속도 시끌시끌하고 할 테니, 딸 없는 딸네 집이라도 다녀오려나 보다 하고 더 이상 아무도 개의치 않았다.

해가 져도 돌아오지 않았다. 그럭저럭 밤이 되었다. 행여나 싶어 예의 대밭각단 아랫녘을 바라보아도 딸의 빈소가 있는 짬에는 불빛이 보이지 않았다. 그래서, 기다리고 있던 식구들은, 아마 오랜만에 사위하고 이런저런 이야기를 하다가 거기서 자는가 보다 생각했다. 그런 일이 과거에도 더러 있었으니까.

이튿날도 가야 부인은 쉬 돌아오지 않았다. 오후가 되자 뜻밖에 딸의 체봉이 있던 곳에서 시커먼 연기가 뭉게뭉게 피어올랐

축대(築臺) 높이 쌓아 올린 대나 터.
개의하다(介意--) 어떤 일 따위를 마음에 두고 생각하거나 신경을 쓰다.

다. 이내 벌건 불꽃이 치솟았다. 심상치 않은 일이었다.

마침 집에 있던 명호 양반은 부리나케 뛰어갔다. 그저 난 불이 아니라, 바로 이녁 딸의 시체를 화장하고 있었다. 친징이 지척인데, 알리지도 않고 그러는 것이 괘씸했다. 게다가 선산을 버젓이 두고도, 화장이라니! 괘씸하기가 이만저만이 아니었다⚜. 그러나 이상한 일은 어련히 있어야 할 사돈어른이 현장에 없었다. 사위만이 가까이 와서 수인사를 했다.

"와 이런 짓을 하는고?"

하고 물었으나, 사위는 고개만 푹 숙이고 대답은 마누라 가야 부인이 했다.

"죄송합니더. 아직 물도 덜 빠진 것을 내가 그러라고 시킸심더."

불가의 방식이란 말은 구태여 덧붙이지 않았다. 구태여 덧붙이지 않더라도 능히 짐작하리라고 생각했기 때문이다.

눈물과 그을음이 함께 짓이기어져 있는 아내의 얼굴을 보자, 명호 양반은 더 말이 나오지 않았다. 오히려 그렇게 서두르는

지척(咫尺) 아주 가까운 거리.

선산(先山) 조상의 무덤이 있는 산.

⚜ 게다가 선산을 ~ 이만저만이 아니었다 이 무렵만 해도 장례는 거의 유교식으로 치러진 데다, 명호 양반의 집안도 유교 집안이라 화장으로 장례를 치르는 것은 생각도 못할 일이었다. 그래서 선산을 두고도 화장하는 것에 대해 괘씸하다고 여긴 것이다.

사돈어른(査頓--) 주로 '바깥사돈'을 높여 이르거나 부르는 말.

바깥사돈(--査頓) 딸의 시아버지나 며느리의 친정아버지를 양쪽 사돈집에서 서로 이르거나 부르는 말.

불가(佛家) 불교를 믿는 사람. 또는 그들의 사회.

아내의 배포가 무언지 두려웠다. 멍청하면서도 어딘지 모르게 맺힌 데가 있어 보이는 얼굴이었다. 그러한 아내의 얼굴을 물끄러미 들여다보다가 비스듬한 바윗돌 위에 돌아앉아서, 담배만 태우고 있는 명호 양반의 심정은 별안간 무엇에 꽉 눌린 듯한 기분이었다.

화장이 끝나고 습골까지 마치자, 가야 부인은 바깥양반을 집으로 따돌려 보내고 자기는 사위와 단둘이서 그 유골 가루를 보자기에 싸 들고 강가로 나갔다. 강물에 뿌리자는 것이었다.

그러나 철둑 하나만 넘으면 곧 강기슭인 데까지 와서, 가야 부인은 뜻밖에 왼편 언덕 쪽을 더위잡았다.

"와 그리 갑니꺼?"

뒤따르던 사위가 수상해하니까,

"그저 따라와 보게."

할 뿐이었다. 그녀가 사위를 데리고 간 곳은 바로 저번 날 돌부처의 머리가 보인 곳이었다.

"엊지녁에 말한 것이 바로—."

가야 부인은 역시 푸석푸석한 흙바닥을 긁적거리더니, 흙 칠갑이 되어 있는 돌부처의 얼굴을 드러내고, 그 앞에 딸의 유골

배포(排布/排鋪) 머리를 써서 일을 조리 있게 계획함. 또는 그런 속마음.
습골(拾骨) 시신을 화장한 후 뼈를 모으는 일.
철둑(鐵-) 철롯둑. 철도가 놓여 있는 둑.
더위잡다 높은 곳에 오르려고 무엇을 끌어 잡다.
칠갑 물건의 겉면에 다른 물질을 흠뻑 칠하여 바름.

을 잠깐 놓았다. 그러고는 합장을 하였다.

나무 상주 시방불

나무 상주 시방법

나무 상주 시방승

이런 소리를 한참 중얼대고는 머리를 드는 것이었다.

"이 사람아, 자네 처는 인자 부체님한테 영 맽깄데잇!"

말은 수월했지만, 한숨은 길었다.

가야 부인은 딸의 유해 꾸러미를 다시 사위에게 안겨 가지고 강기슭으로 데리고 갔다. 유해는 이내 어머니의 손에 의해서 세 번 강물 위에 날려 흩어졌다. 마침 그 혼령을 받기나 하려는 듯이 이상하게도 난데없는 성에 한 장이 강심에서 둥실둥실 기슭 쪽으로 향해 왔다.

미륵당의 터가 닦이기 시작한 것은 바로 그 이튿날의 일이었다. 가야 부인은 딸의 시체를 화장하던 날 밤에도 집에는 돌아가지 않았다. 내처 사위집에 눌러 있었다. 며느리들이 모시러

합장(合掌) 불교에서, 두 손바닥을 합하여 마음이 한결같음을 나타내는 것. 또는 그런 예법.
수월하다 까다롭거나 힘들지 않아 하기가 쉽다.
성에 성엣장. 물 위에 떠내려가는 얼음덩이.
강심(江心) 강의 한복판. 또는 그 물속.

왔었지만 허탕이었다. "가거라!" 한마디에 모든 것이 끝났다.

며느리들은 울었다. 울어도 소용이 없었다. 며느리들은 놀랐다. —그렇게 어질던 시어머니의 어디에 그런 굳센 곳이 있었을까! 자기들은 흉내도 못 낼 어려운 일, 어려운 고비들을 겪어는 왔다지만, 이번 일에 대해서는 그렇게까지 대담하고 꿋꿋이 나올 줄은 미처 생각지 못했던 것이다. 그야말로 태산부동이었다. 그녀는 벌써 어떤 각오가 되어 있었던 것이다.

가야 부인은 집을 나올 때 정말 머리를 깎으려고 했다. 머리를 깎고 중이 되려고 했다. 늘그막까지의 시집살이가 고되어서가 아니다. 그런 건 오히려 아무렇지도 않았다. 오직 신심의 탓이었다. 허씨 가문을 위해서는 자기로선 할 만큼은 했다고 생각했다. 그런데도 불구하고 그녀의 마지막 조그만 소원—땅에 묻혀 있는 부처 하나 꺼내는 일까지 허락하지 않는다는 것은 억울한 일이었다. 여태껏 애써 살아온 보람, 그리고 자신의 존재가 고작 그것뿐인가 생각하면 어떤 의미로는 분하기까지 하였다. 게다가 그 이상 더 자기의 신심을 묵살한다든가 하는 것은 정말 스스로 억겁의 죄를 범하는 것이라고 느꼈다.

장모로부터 비로소 이와 같은 심정의 술회를 듣고 난 사위는, 푸뜩 어떤 생각이 떠올랐다.

태산부동(泰山不動) 큰 산과 같이 움직이지 아니한다는 뜻으로, 생각이나 의지가 흔들리지 아니함을 나타냄.

술회(述懷) 마음속에 품고 있는 여러 가지 생각을 말함. 또는 그런 말.

"그렇게꺼정 염려하실 건 없을 것 같은데요?"

그는 아주 수월스럽게 말했다.

"어째서?"

"절은 어데 꼭 장모님이 지어야 하능기요, 누라도 절만 지어서 부체만 모시믄 안 대겠능기요. 지가 짓겠십더. 죽은 처를 위해서라도……."

사위는 불각시 떠오른 자기의 생각에 숫제 자부라도 하듯이 벙긋거렸다.

"그래? 자네 처를…… 불쌍한 내 딸을 위해서 말이지?"

가야 부인은 별안간 깊은 감동에까지 젖으며 새삼 사위를 건너다보았다. 풍모만이 헌헌장부가 아니라 생각마저 과연 내 사위로구나 하는 표정이었다. 왜 자기는 미처 그런 생각을 못 했을까 앵하기도 했다. 오랫동안 수심으로 그늘져 있던 그녀의 얼굴에는 거짓말같이 흐뭇한 웃음이 떠올랐다. 그녀는 급히 화제를 바꾸었다.

"이 사람아, 자네도 인자 삼 년 거상이니 머니 하는 거 다 그

불각시(不刻時) 불시. 뜻하지 아니한 때.
자부(自負) 자기 자신 또는 자기와 관련되어 있는 것에 대하여 스스로 그 가치나 능력을 믿고 마음을 당당히 가짐.
풍모(風貌) 풍채와 용모를 아울러 이르는 말.
　풍채(風采) 드러나 보이는 사람의 겉모양.
헌헌장부(軒軒丈夫) 외모가 준수하고 풍채가 당당한 남자.
앵하다 기회를 놓치거나 손해를 보아서 분하고 아깝다.
수심(愁心) 매우 근심함. 또는 그런 마음.

만두고, 어서 새사람을 맞도록 하게."

"그기싸 안주[아직] 바뿌잖심더. 절이나 지아 놓고 천천히 생각해 보겠심더."

"와 바뿌잖아? 우선 밥 묵으러 댕기는 것만 해도 안 귀찮나."

윤이 아버지는 상처• 후 밥을랑 줄곧 큰댁에 가서 먹고 잠만 자기 집에서 자는 군색한• 살림을 하고 있었던 것이다.

"그런 건 지한테 맽기 놓이소."

말이 이럴 수 없이 서글서글했다.

"그래……?"

장모도 더 권하지는 않았다. 사위 사랑은 장모라고, 홀로 있는 사위가 애처롭기도 하고, 그날 밤에는 더욱 고맙기도 해서 도리어 잠이 얼른 오지 않았다.

"꼬꾜—."

어느새 홰를 치는• 첫닭 소리가 어쩌면 그렇게도 맑게 들릴꼬! 가야 부인에게는 여느 때와 다른 새로운 날이 밝아 오는 것 같았다. 아니 정말 그날부터 그녀에게는 새로운 일이 시작되었다. 홀로 있는 사위를 위해서 밥을 지어 주기로 했던 것이다. 사위는 물론 매일같이 절 세우는 일에 매달렸다. 손수 터를 닦고 이것저것 어려운 주선도 하고…….

상처(喪妻) 아내의 죽음 당함.

군색하다(窘塞--) 필요한 것이 없거나 모자라서 딱하고 옹색하다.

홰치다 닭이나 새 등이 날개를 벌리고 탁탁 치다.

일은 빨리 나아갔다. 굳이 절 일에 경험이 있는 목수를 부를 필요가 없었다. 비용도 비용이거니와, 우선 부처 하나 아쉽잖게 모실 만한 당집이면 족하니 가야 부인의 친정에서 부리던 텁석부리로써 무방했다. 그것이 되레 만만하기도 하고. 그녀는 곧 친정으로 사람을 보냈다.

"허허이, 애씨께서(그는 옛날 주인댁 따님에 대해서 하던 말공대를 그때도 했다) 땅속에 묻힌 부체를 찾아냈다고요? 인자(인제) 절꺼정 지우문(세우면) 극락도 상극락을 가시리더!"

텁석부리는 언제나 변함이 없는 털털한 사람이었다.

"욕 좀 보겠구만! 부대[부디] 잘 좀 해주시게, 부체님 모실 곳이니깐에……."

가야 부인도 그를 외간 남자같이 생각지 않았다.

"그럼은요! 부체님 모실 집인데 여부가 있능기요. 다른 시주는 몬 해도 정성 시주는 힘껏 해야 나도 극락에 가겠지요……."

하면서 허허 하고 웃어 댔다. 그는 가야 부인의 사위 박 서방네

텁석부리 짧고 더부룩하게 수염이 난 사람을 놀림조로 이르는 말.
무방하다(無妨--) 거리낄 것이 없이 괜찮다.
말공대(-恭待) 말로써 상대편을 잘 대접함.
극락(極樂) 불교에서, 아미타불이 살고 있는 세상으로, 괴로움이 없으며 지극히 안락하고 자유로운 세상.
상극락(上極樂) 극락 가운데서도 위[上]에 속하는 극락.
욕(辱) '수고'를 속되게 이르는 말.
외간(外間) 친척이 아닌 남.

집에서 같이 묵으면서 새벽부터 연장을 갈고, 날이 어둘 때까지 일을 서둘렀다. 절이 거의 다 서 갈 무렵이었다. 오봉 선생이 집을 비운 지 그럭저럭 달포가 가까웠을 땐데, 뜻밖에 형사들이 또 가택수색을 나왔었다. 허둥지둥 달려온 막내며느리의 말을 들으면, 온 가족을 옴짝달싹 못하게 하고는 사랑방이랑 책이 있는 안방을 마구 뒤졌다고 한다. 무슨 일이냐고 물어도 그저 나쁜 짓을 했으니 이러지 않느냐고 으르기만 하고 돌아갔다는 것이다.

가야 부인은 가슴이 철렁 내려앉은 채 막내며느리를 따라 집으로 돌아왔다. 온 집안이 흡사 초상당한 듯한 기색이었다.

'박에만 안 나갔이문 이런 일은 없었을는지……?'

가야 부인은 지레 질려서 아무 말도 나오지 않았다. 시어머니며 바깥양반의 얼굴을 쳐다보기가 송구스러웠다.

"'애비는 간도에 가 죽더니 영감도 옳은 죽음 하기는 어려울 걸!' 하고 안 가나……."

이러면서 시어머니는 눈물을 닦았다. 가야 부인도 어느새 눈알이 벌겋게 되어 있었다. 백지장 같은 얼굴들이었다. 속수무책인 듯 마주 앉아 있는 그녀들의 겉늙은 모습— 더구나 나이 아직 오십 미만인데도 벌써 귀밑이 희연 가야 부인의 울먹거리는

으르다 상대편이 겁을 먹도록 무서운 말이나 행동으로 위협하다.
백지장(白紙張) 핏기가 없이 창백한 얼굴빛을 비유적으로 이르는 말.
속수무책(束手無策) 손을 묶은 것처럼 어찌할 도리가 없어 꼼짝 못함.

표정에는, 그러한 가문에서 남 안 겪는 그러한 일들을 줄곧 겪어 온 빛이 완연히 드러나 보였다.

뒤미처 집을 나선 명호 양반을 비롯한 아들들의 수소문에 의해서, 오봉 선생의 거취가 겨우 알려졌다. 도 경찰국에 붙들려 가 있다는 것이었다. 물론 왜놈들의 눈에 난 소위 '후테이센징(不逞鮮人)' 들에게 맘대로 죄를 꾸며 뒤집어씌우는, 예의 고등계란 데였다.

거기는 오봉 선생만이 아니라, 육십이 훨씬 넘은 늙은 유생들이 수두룩하게 갇혀 있었다. 역시 왜경과 그 앞잡이들이, 충성심이 한도를 넘은 나머지 제 맘대로 조작해 낸 소위 '한산도 사건'이란 데 관련된 노인네들이었다. 사건이라고 일부러 어마어마한 이름을 뒤집어씌워 그렇지 실은 사건이 될 턱이 없는 어쭙잖은 일이었다. 그 당시만 해도 오봉 선생 같은 유생들은 한 해 한두 번쯤은 향교라든가 산수가 좋은 곳에 모여서 고풍 따라

완연한(宛然-) 눈에 보이는 것처럼 아주 뚜렷하게

거취(去就) 사람이 어디로 가거나 다니거나 하는 움직임.

후테이센징(不逞鮮人) 일제 강점기에, 불온하고 불량한 조선 사람이라는 뜻으로, 일본 제국주의자들이 자기네 말을 따르지 않는 한국 사람을 이르던 말.

왜경(倭警) 일제 강점기에, 일본 경찰을 낮잡는 뜻으로 이르던 말.

앞잡이 남의 사주를 받고 끄나풀 노릇을 하는 사람.

어쭙잖다 아주 서투르고 어설프다. 또는 아주 시시하고 보잘것없다.

향교(鄕校) 고려와 조선 시대에, 지방 교육 기관. 지방에 있던 문묘(文廟)와 그에 속한 관립(官立) 학교.

문묘(文廟) 공자를 모신 사당.

산수(山水) 산과 물이라는 뜻으로, 경치를 이르는 말.

시회(詩會)를 열고 하루를 즐기던 것인데, 마침 이순신 장군의 유적지인 한산도에서 그런 놀이가 있자, 어디 보자 하는 식으로 현장을 덮쳐서 압수한 글들을 조사한 결과 내용이 불온했다는 것이었다. 대부분이 그들의 내림을 따라 '산천은 예와 같으나 인물은 간 곳이 없구나.' 식으로 인생의 허무함을 읊었을 뿐인데, 장소가 장소였던 만큼 개중에는 자연 이순신 장군을 추모하게 되고, 나라를 잃은 원한이 나오고, 왜적이니 해적 무리니 하는 구절이 없을 리 없었다. 물론 오봉 선생의 글은 그런 점에 있어서 남 뒤떨어지지 않았다. 요컨대 왜경과 그 앞잡이들은 늙은 선비들의 그와 같은 어쭙잖은 일들까지 마치 무슨 비밀결사라도 만든 것처럼 서둘러서 일부러 '중대시'했던 것이다. 게다가 공교롭게도 시기가 또 불리했던 것이다.

2차 대전이 끝나기 이태 전이었다. 한창 중국 대륙을 밀고 내려갔던 왜군이 연합군의 반격에 되밀리자, 중국 국내에서 맹렬한 항일 투쟁이 벌어지고, 덩달아 우리 독립군까지 거기에 가담

시회(詩會) 시인이나 시의 애호가들이 시를 짓거나 시에 대하여 토론 · 감상 · 연구하기 위하여 모인 모임.

불온하다(不穩--) 사상이나 태도 등이 통치 권력이나 체제에 순응하지 않고 맞서는 성질이 있다.

내림 부모나 조상으로부터 내려오는 유전적인 특성. 여기에서는 '유전적 특성'이라기보다 '문화적 특성'이란 의미로 쓰임.

개중(箇中) 여럿이 있는 그 가운데.

비밀결사(秘密結社) 법률로 정해진 신고를 하지 않고 그 조직, 구성원, 소재지 등을 비밀로 하고 있는 결사 조직.

결사(結社) 여러 사람이 공동의 목적을 이루기 위하여 단체를 조직함. 또는 그렇게 조직된 단체.

했다는 소문이 쫙 퍼졌을 무렵이었다. 그러니 우리들의 동태를 살피는 왜경과 앞잡이들의 눈깔이 한창 피를 물고 있을 때였다. 말하자면 잘못 걸린 셈이었다.

그러니까 물론 면회도 들어주지 않았다. 가까이 오지도 못하게 했다. 아버지가 만주서 그렇게 되고, 또 아들이 만세 사건으로 그렇게 되고 한 오봉 선생의 경우는 더욱 그러했다.

"죽는 한이 있어도 잘못했다고 굽히지는 않으실 성민데……."

가족과 가까운 일가친척들은 밤이 되면 으레 한자리에 모여 앉아서 오봉 선생의 안위(安危)를 걱정했다. 그러나 결국 속수무책이었다. 가야 부인은 혼자서 생각한 나머지, 마지막 한 가지 방법을 궁리했다. 만약 시아버지 오봉 선생이 알게 된다면 그야말로 벼락이 떨어지고도 남을 일이었지만, 지금과 같은 처지로서는 막무가내라고 생각했다. 그것은 눈 질끈 감고 이와모도 참봉네(원래는 이 참봉이었지만 창씨를 하고부터 그렇게 불리었

동태(動態) 움직이거나 변하는 모습.

⚜ 우리들의 동태를 ~ 있을 때였다 일본 경찰과 그 앞잡이들이 무슨 꼬투리라도 잡으려고 한창 눈에 불을 켜고 우리들의 동태를 살피고 있을 때였다.

안위(安危) 편안함과 위태함을 아울러 이르는 말. 곧 '혹시 편안하지 않고 위태롭지 않은지' 정도의 의미임.

참봉(參奉) 조선 시대, 여러 관아에 속했던 최말단직의 종구품 벼슬.

창씨(創氏) '성씨를 새로 만든다'는 뜻으로, 일제 강점기 때에 우리나라 사람들 성씨를 일본식으로 바꾸도록 강요한 것을 이른다. 성씨뿐 아니라 이름도 함께 바꾸도록 강요하였으므로 흔히 '창씨개명(創氏改名)'이라 한다.

창씨개명(創氏改名) '일본식 성명 강요'의 전 용어.

다.) 집을 찾아가는 길이었다.

'오히려 이런 경우인 만큼 쉬 들어줄는지도 모르지……!'

가야 부인은 옷을 갈아입으면서 한 가닥이 아니라 두 가닥 세 가닥의 희망을 걸어 보는 것이었다. 물론 누구하고 상의한 것도 아니었다. 그녀의 독단이었다.

너무 앞을 서두르느라고 미처 얘길 못 했지만, 오봉 선생에게는 먼 데서 찾아오는 유생들 이외에, 인근동에는 글이나 나이로 보아서 벗될 만한 사람이 바이 없는 것은 아니었다. 양 접장만 하더라도 그랬다. 그는 '냉거랑'이라고 불리는 시내 저쪽 대밭각단이란 마을의 글방 접장으로서, 그곳 주산인 오봉산 발치의 질펀한 들녘을 에워싼 열두 부락에서는 오봉 선생의 유일한 글친구요, 또 바둑 친구였다. 오봉 선생은 속이 울적할 때는 곧잘 그를 찾아갔다.

이 양 접장 이외에 웬만큼 알 뿐 아니라 나이로 보아 벗뻘이 될 만한 사람으로 그 일대에서 가장 살림도 넉넉하고 거드름깨나 빼는 이가 바로 가야 부인이 찾아가려는 이와모도 참봉이었다. 오봉 선생은 멀잖은 이웃에 있으면서도 거기만은 잘 가질

독단(獨斷) 남과 상의하지도 않고 혼자서 판단하거나 결정함.

인근동(隣近洞) 이웃 동네.

바이 아주 전혀.

접장(接長) 원래 '서당에서 나이와 학력이 가장 높은 사람으로 뽑히어 글방 선생을 돕던 사람'이란 뜻인데, 여기에서는 '훈장' 정도의 의미로 쓰인 듯함.

않았다. 자기만 그러는 것이 아니라, 자녀들까지도 가는 것을 원치 않았었다.

"거기 가문 할배, 이놈— 한데잇!"

분이가 철들기 시작할 무렵부터 할머니 가야 부인으로부터 이런 당부를 받은 것도 이 때문이었다. 집도 덩그렇고, 그보다 분이에겐 같은 나이의 숙이란 애가 있고 해서 자꾸만 가 놀고 싶었던 것이다.

"돈 주고 산 참봉이라 카이……."

가야 부인도 그 가문을 대견스럽게 여기지는 않았었다. 그러한 할머니의 이야기로서는, 이녁 시아버지 오봉 선생이 그 집 앞을 지날 때는 괜히 침을 퉤퉤 뱉기도 했다는 것이다. 그 엄청난 참봉✤을 지내면서 그렇게 치부●를 했다는 것도 심히 수상스런 일이었지만 그보다 오봉 선생에게는 그가 합방을 계기로 해서 왜왕이 내주는 소위 그 '합방 은사금'이란 걸 받고서도 숫제 양반인 체하는 꼴이 못내 아니꼬웠다는 것이다. 그 당시만 해도 지금과는 아주 딴판으로, 그 댁에 무슨 대사나 모꼬지● 같은 게 있으면 그 무시무시한 순사●나 면 서기들이 언제나 상손님●이었

✤ 엄청난 참봉 '참봉'은 최말단직이기에, 여기에서의 '엄청난 참봉'은 비꼬는 의미를 지닌 반어적 표현이다.

치부(致富) 재물을 모아 부자가 됨.

모꼬지 놀이나 잔치 또는 그 밖의 일로 여러 사람이 모이는 일.

순사(巡査) 일제 강점기에 둔, 경찰관의 가장 낮은 계급. 또는 그 계급의 사람.

상손님(上--) 상객(上客). 자기보다 지위가 높은 손님. 또는 상좌에 모실 만큼 중요하고 지위가 높은 손님.

고, 그 다음에는 그저 물덤벙술덤벙 하는 치들이나, 그의 소작인과 동네 머슴들이 판을 쳤다. 오봉 선생이나 양 접장 같은 분은 그저 이웃 이목이 무엇해서 잠시 다녀갈 정도였다. 분이가 이웃 조무래기들과 어울려서 떡 부스러기 같은 걸 얻어 오면, 가야 부인은 언제나 떠름하게 웃던 것이었다.

그렇게 사이가 서먹한 집을 가야 부인이 새삼 뻐물고 찾아가야겠다는 데는 그럴 만한 이유가 있었다. — 바로 그 이와모도 참봉의 큰아들이(지금은 국회의원이란 보다 훌륭한 감투를 쓰고 있지만) 그때 시아버지 오봉 선생이 갇혀 있는 도경 고등계에 경부보로 있었기 때문이었다.

가야 부인은 먼저 이와모도 참봉의 며느리를 뵙고, 다음 마누라를 뵙고, 그러고는 이와모도 참봉이 있는 방으로 안내되었다.

귀밑이 허연 가야 부인이 공손스럽게 수인사를 마친 뒤 시아버님이 그렇게 되었다는 얘기로부터, 어떻게 해서 아드님의 덕

물덤벙술덤벙 아무 일에나 대중없이 날뛰는 모양.
치 '사람'을 낮잡아 이르는 말.
소작인(小作人) 다른 사람의 농지를 빌려 농사를 짓고 그 대가로 사용료를 지급하는 사람.
이목(耳目) 주의나 관심.
떠름하다 마음이 썩 내키지 아니하다.
뻐물다 무슨 일을 하려고 자꾸 벼르다.
감투 벼슬이나 직위를 속되게 이르는 말.
⚜ 지금은 국회의원이란 ~ 쓰고 있지만 '지금'이란 일제로부터 해방된 뒤를 말한다. 그러므로 일제 강점기에 일본 경찰 간부를 하던 사람이 대한민국에서 국회 의원이 되어 있다는 것은, 친일파들이 거의 숙청되지 않고 오히려 대한민국의 지배층이 되어 있는 현실을 드러낸다.
도경(道警) 각 도에 둔 지방 경찰청.
경부보(警部補) 일제 강점기, 경부의 아래, 순사 부장의 위인 경찰 계급을 이르던 말.

분으로 쉬 풀려 나올 수 없겠는가, 또 우선 면회라도 할 수 없겠는가, 나이도 나이고 입고 가신 옷도 다 헐었을 텐데…… 하고, 그야말로 있는 정성을 다해서 사정을 드렸다.

이와모도 참봉은 첫말에 그래 보마고 수월스럽게 승낙을 했다.

"다른 건 몰라도 면회쯤은 안 시켜 주겠소?"

짜장 가야 부인의 효성심에 감동이라도 한 듯이 미소를 지으며, 어서 떠날 채비를 해 오라고 하였다. 고맙게도 같이 가자는 것이었다. 물에 빠진 놈에게 썩은 새끼가 아니라 바로 실직한 밧줄이라도 얻은 듯한 기분으로 가야 부인은 집으로 돌아왔다. 마침 바깥양반은 집에 없고 해서, 지쳐 누워 있는 시어머니에게만 통사정을 하고서 가야 부인은 부랴부랴 나들이옷을 갈아입었다. 아직 신양이 덜 풀리긴 했지만 그렇게 길 떠날 채비를 하고 나서니 훤칠한 키에 옛날의 인물이 되살아나는 듯 엄전해 보였다.

그러한 가야 부인이 뜻밖에도 외간 남자인 이와모도 참봉을 따라서 동구 앞을 떠나는 걸 보고, 사람들은 이상하게 여기었다. 기차간에 나란히 앉았을 때는, 누구라도 시아버지와 며느리

짜장 과연 정말로.
실직하다(實---) 조금 튼튼하다.
엄전하다 태도나 행실이 정숙하고 점잖다.
동구(洞口) 동네 어귀.

로 곧이 먹겠지 싶어, 가야 부인은 겉으로는 조금도 어색한 내색은 하지 않았다. 기차에서 내려 곧장 전차를 갈아탔을 때도 그랬고, 도청이란 벌건 벽돌집으로 들어갈 때도 마찬가지였다. 그녀는 오히려 그런 길에 익숙하고 대담한 이와모도 참봉의 태도에 은근히 놀랄 뿐이었다. 고등계란 데는 역시 무시무시한 곳인가, 벽돌집의 이 층 가운데서도 저 뒤쪽 구석에 자리잡고 있었다.

이와모도 참봉은 가야 부인을 골마루에 세워 놓고, 자기 아들이 있다는 방으로 들어갔다. 제발 일이 뜻대로 되었으면 하고, 가야 부인은 이와모도 참봉이 들어간 방 창께로 신경을 곤두세웠다.

그러나 일은 간단히, 아주 간단히 끝났다. 이와모도 참봉이 들어가고 채 오 분도 안 지나서다. 안에서 느닷없이 불손한(적어도 가야 부인은 그렇게 생각했다.) 소리가 복도에까지 울려 나왔다.

"실데없는 짓 하고 댕기지 마소! 어서 돌아가소!"

가야 부인도 잘 기억하고 있는 이와모도 참봉 아들의 꺽꺽한 목소리였다. 쫓겨 나오듯 혼자 나오는 이와모도 참봉은 그야말로 뿔 빠진 쇠꼴이 되어 있었다.

전차(電車) 공중에 설치한 전선으로부터 전력을 공급받아 지상에 설치된 궤도 위를 다니는 차.
골마루 집과 집 사이 또는 집의 가장자리에 잇따라 골처럼 만든 좁고 긴 마루.
불손하다(不遜--) 말이나 행동 등이 버릇없거나 겸손하지 못하다.
꺽꺽하다 사람의 목소리나 성질 등이 억세고 거칠어서 부드러운 느낌이 없다.
뿔 빠진 쇠꼴 지위는 있어도 세력을 잃은 처지를 이르는 말.

"그만 갑시더."

이와모도 참봉은 이 말밖에 하지 않았다. 가야 부인은 남의 일에까지 속이 뭉클해졌다. 소위 '합방 은사금'까지 받은 두툼한 목덜미가 온 저렇게 초라할 수 있을까 보냐 생각하면서 그녀는 이와모도 참봉을 따라 층계를 밟고 내렸다.

"애비의 친구를 애비가 만나 보고 싶다고 해도 안 들으니 온!"

돌아오는 기차 안에서도 이와모도 참봉은 이렇게 한마디만 하고서 이내 창밖으로 눈을 보냈다. 그렇다고 해서 뭐 특별히 아지랑이 낀 먼 산들을 보는 것 같지도 않고, 들을 덮기 시작하는 봄을 유심히 보는 것 같지도 않았다. 창문 유리에 어슴푸레하게 비쳐 있는 그의 표정은, 올 때와는 달리 꽤 복잡한 데가 있어 보였다. 가야 부인도 멍청하게 앉아 있을 뿐이었다. 더욱 실의에 찬 얼굴이었다. 차라리 안 온 것만 같지 못했다고 생각했다.

—바보같이! 행여나 하고, 그러한 아들을 가진 이와모도 참봉한테 선불리 빌붙기까지 한 것이 도리어 후회막심이었다. 창피스러워서 누구 앞에 얼굴도 들지 못할 것만 같았다. 이러한 기분을 실은 채, 낙동강을 가까이 끼고 달리는 거친 차바퀴 소리는 자꾸만 그녀를 어느 어둔 구렁 속으로만 끌고 가는 것 같았다. 우악스런 차 소리에 놀란 물오리들이 푸덕푸덕 떼를 지어

온 감탄사 '원'의 사투리.
어슴푸레하다 뚜렷하게 보이거나 들리지 아니하고 희미하고 흐릿하다.
후회막심(後悔莫甚) 더할 나위 없이 후회스러움.

날아가도 이미 가야 부인에게는 아무런 느낌도, 흥미도 없는 일이었다.

창밖에는 봄이 한결 다가서고 있었다. 군데군데 벌써 평지꽃이 노랗게 피어 있고, 풀빛이 짙어 가는 강둑 비탈에는 새까만 염소들이 여기저기 악착스럽게 붙어 있는가 하면, 어스럭송아지들은 길 위에서 숫제 춤이라도 추는 듯 껑충껑충 뛰놀기도 했다. 역시 인간은 부지런해야 사는 것인지, 사래 긴 보리밭 들에 엎치고 있는 아낙네들은 차가 지나가도 고개도 들려고 하지 않았다.

어느새 차 안을 어슬렁거리던 이동 형사가 가야 부인이 타고 있는 앞줄에서 학생풍의 청년 한 사람을 데리고 나간다. 청년은 영양실조인 탓인지 얼굴에 노랑꽃이 피어 있었다. 가야 부인은 독립 만세를 부르다 죽은 시숙 생각이 문득 머리에 떠올랐다.

오봉 선생은 피검된 지 한 달이 되어도 풀려나오질 못했다. 또 한 달을 썩었다. 석 달째 접어들어서 겨우 송청이 되었다. 소위 치안유지법 위반이란 거였다. 감옥 앞뜰에 있는 벚나무들은 꽃이 핀 지가 오랜지 잎만 시퍼렇게 무성해 있었다. 새벽마다

어스럭송아지 크기가 중간 정도 될 만큼 자란 큰 송아지.
노랑꽃 영양 부족이나 과로, 병 등으로 인하여 얼굴이 노랗게 된 상태.
피검(被檢) 수사 기관에 잡혀감.
송청(送廳) 수사 기관에서 피의자를 사건 서류와 함께 검찰청으로 넘겨 보내는 일.
치안유지법(治安維持法) 1925년에 일제가 반체제 운동을 탄압하기 위하여 만든 법. 1945년까지 한반도와 대만에 적용하였다.

뻐꾹새 소리가 가깝게 들려왔다. 그는 무릎을 곤두세우고 버릇 없는 마룻바닥에 누운 채 가끔 〈자규(子規)〉란 옛 시구를 속으로 읊조렸다.

나라 잃은 한은 천년이 지나도 남는 것인가?
철쭉은 피를 뿜는 자규의 울음인 듯…….
(蜀魂千年尙怨誰 聲聲啼血染花枝)

천년이 지나도 변치 않는다고 한 작자의 그 기백이 좋았던 것이다.

송청이 된 뒤에도 공판까지는 상당한 시일을 끌었다. 딴은 생사람 잡는 국사(國事)들에, 그 비단 같은 말처럼 다망했으리라! 그래서 석 달이 꽉 찼을 때에 겨우 공판에 회부되었다.

소위 이 같은 '한산도 사건'이란 것의 공판 날에는 재판소를 찾아드는 진객들이 많았다. 이와모도 참봉의 아들이 고등계의

자규(子規) 두견새.
기백(氣魄) 씩씩하고 굳센 기상과 진취적인 정신.
공판(公判) 기소된 형사 사건을 법원이 심리하는 일. 또는 그런 절차.
국사(國事) 나라에 관한 일. 또는 나라의 정치에 관한 일.
다망하다(多忙--) 매우 바쁘다.
회부(回附) 물건이나 사건 등을 어떤 대상이나 과정으로 돌려보내거나 넘김.
⚜ 딴은 생사람 ~ 공판에 회부되었다 아무 죄 없는 사람을 잡는 나랏일인 만큼 비단 같은 말을 억지로 꾸며 내느라고 아주 바빴을 것이므로 기소 이후 재판이 열리기까지 정해진 기한을 거의 다 채우고서야 재판이 열렸다는 의미이다.
진객(珍客) 귀한 손님.

일을 보고 있는 바로 그 도청과 나란히 선 재판소 앞뜰에는 아침 일찍부터 피고들의 가족들이, 어떤 시인의 표현을 빌리면 '구데기처럼!' 꾸역꾸역 모여들었다. 절 일을랑 사위에게 맡겨두고 시아버지의 옥바라지에 매달려 있던 가야 부인을 비롯해서 오봉 선생의 가족들도 물론 와 있었다.

가야 부인의 훤칠한 키가 그들을 쉬 눈에 뜨이게 했다. 방청석은 이내 초만원을 이루었다. 피고들이 입장할 때는 조용히 앉아 있으란 간수들의 명령이 있었음에도 불구하고, 방청객들은 와 일어섰다. 오래 못 보았던 자기들의 할아버지, 아버지, 혹은 남편들의 얼굴이라도 빨리 보자는 것이었다.

용케도 모두 백발을 떠 인 피고들이 청어처럼 줄느런히 포승에 묶여 들어왔다. 언제 배웠는지 젊은 죄수들처럼 제법 방청석을 흘깃거릴 줄을 안다. 모두 껍데기만 남은 듯한 핏기 없는 얼굴에 퀭한 눈들을 박고 있었다.

"아구메!"

하면서, 가야 부인이 별안간 앞으로 비비대기를 치고 나갔다. 그녀는 날쌔게, 포승에 묶인 시아버지의 두 손을 꽉 쥐며 마구 울었다. 오봉 선생의 이마에 시퍼런 멍이 커다랗게 들어 있었던 것이다.

옥바라지(獄---) 감옥게 갇힌 죄수에게 옷과 음식 등을 대어 주면서 뒷바라지를 하는 일.
포승(捕繩) 죄인을 잡아 묶는 노끈.
비비대기 복잡한 일을 치르느라고 부산하고 분주하게 서두름.

"고라 고라(야 이것아)!"

앞문 쪽에 서 있던 간수가 꽥 소리를 치며 달려왔다.

가야 부인은 내처 시아버지의 손을 쥔 채, 설움과 분함에 사무쳐 흐느끼기만 했다.

"요놈의 요보가 요(요 조선년이)!"

간수는 우격으로 가야 부인을 떼 내고는 뒷자리로 우악스럽게 밀어 버렸다.

"간수는 부모도 없소?"

가야 부인이 넘어질 듯하다 돌아보며, 무슨 더러운 것이라도 몸에 닿은 듯이 악을 쓰자,

"니기미 시바라다!"

이런 욕지거리와 함께 숫제 걷어차기라도 할 듯이 다리를 움쭐하며 간수는 퉁방울 같은 눈알을 굴렸다.

일을 맡은 재판관들이 앞 벽 쪽에 달린 육중한 흑단빛 널빤지 문을 밀고 들어와 앉자, 소란하던 장내는 물을 뿌린 듯이 조용해졌다. 모두 신경이 그리로 쏠렸던 것이다.

곧 재판장의 인정심문이 시작되었다. 그는 서류를 받아 들더니,

요보 일제 강점기 때 일본인들이 조선인들을 낮추어 부르던 말.

우격 (주로 '우격으로' 꼴로 쓰여) 억지로 우김.

인정심문 인정신문(認定訊問). 실질적인 심리에 들어가기 전에 피고인으로 출석한 사람이 공소장에 기재된 피고인과 동일한 사람인가를 확인하는 절차. 재판장이 피고인의 성명, 연령, 본적, 주소, 직업 등을 물어서 확인한다.

"허……?"

하다 말고 잠깐 머뭇거렸다. 그리곤 이내 입술을 날카롭게 모았다. 아마 여태 일본식으로 창씨개명을 안 한 것이 몹시 비위에 거슬렸던 모양이었다.

"웅, 허웅 나왓!"

오봉 선생이 두목 격인지 맨 먼저 이름을 불렀다. 그는 수갑을 찬 채 앞으로 한 걸음 나섰다.

"성명은?"

경어를 쓰지 않았다. 상대가 '조센진(朝鮮人)'이니까!

"인자 막 부른 대로요."

오봉 선생은 반말을 썼다. 그것이 괘씸한 듯이 재판장은 처음부터 눈에 쌍심지를 올렸다.

"이쪽에서 묻는 대로만 대답해! 나이는?"

"무진생이요."

"무진생? 무신 소리고? 나이가 몇이냐 말이다?"

육갑법을 모르는 모양이다. 딱할 노릇이다.

"글씨(글쎄) 무진생이라고 하지 않았소."

경어(敬語) 높임말. 상대를 공경하는 뜻의 말.

무진생(戊辰生) 육십갑자로 따져서 무진년 생, 즉 무진년에 태어났다는 뜻. 오봉 선생의 나이로 보아 오봉 선생이 태어난 무진년은 1868년이다.

육십갑자(六十甲子) 천간(天干)의 갑(甲), 을(乙), 병(丙), 정(丁), 무(戊), 기(己), 경(庚), 신(辛), 임(壬), 계(癸)와 지지(地支)의 자(子), 축(丑), 인(寅), 묘(卯), 진(辰), 사(巳), 오(午), 미(未), 신(申), 유(酉), 술(戌), 해(亥)를 결합하여 예순 가지로 차례로 배열해 놓은 것.

육갑법(六甲法) 육십갑자로 해, 달, 일, 시 등을 따지는 법.

상대방의 하는 태도가 얄미워서 오봉 선생은 일부러 이렇게 버티었다. 가뜩이나 푸른, 재판장의 면도 자리가 더욱 푸르러졌다. 말소리도 높아졌다.

"이루미(이름) 따라 곰이 한가지로구나!✤ 한 사리[살] 두 사리 하논 고곳도 몰랏? 메이지(明治)• 몇 년에 났어?"

"명치가 아니요. 고종 오 년이요.✤"

오봉 선생은 내처, 침착한 표정으로 우리 연호를 쓰며, 고개를 들고 맞서듯 했다.

"고론 말이 하니, 나쁜 짓이 하지!"

재판장은 서슬이 시퍼래지며 테이블을 탁탁 쳤다.

"여쉰여덟이오.✤"

누군가가 뒤에서 나이를 대 주었다.

"누가 니보고 말이 하라 캤나? 오노리 재판이 고마니 한다!"

약이 오를 대로 올랐던지, 재판장은 펴 놓았던 서류를 확 뒤덮고서 일어섰다. 그러곤 휴정•에 들어갔다.

✤ 이루미(이름) 따라 곰이 한가지로구나! 오봉 선생의 성명은 바로 앞에서 재판장이 밝히고 있듯이 '허웅'인데, 이름인 '웅'은 곰 웅(熊) 자를 쓰는 듯하다. '이름 따라 곰이 한가지'라는 것은 이름이 곰이듯이 하는 행동도 곰과 같다고 비난하는 것이다.

메이지(明治) 일본 메이지 천황 시대의 연호(1867 ~ 1912).

✤ 명치가 아니요. 고종 오 년이요 고종은 1863년에 즉위했으므로 고종 5년은 1867년이 된다. 앞서 오봉 선생이 무진년 생이라고 했는데 무진년은 1868년이므로, 이는 작가의 착각일 것이다.

✤ 여쉰여덟이오 앞서 오봉 선생이 검거된 것이 제2차 세계 대전이 끝나기 이태 전이라 했으니 지금은 1943년일 것이다. 그런데 1868년생인 오봉 선생이 지금 68살이라면, 지금이 1935년(우리나라 나이로 따질 경우)이나 1936년(만으로 나이를 따질 경우)이 된다. 따라서 이 역시 작가의 착각일 것이다.

휴정(休廷) 법원에서, 재판을 잠깐 동안 쉬는 일.

오봉 선생은 동지들이나 가족들에게 미안한 듯이 뒤를 잠깐 돌아보았다. 놈들의 하는 짓이 그저 이렇고 이렇다는 것을 알리기라도 하듯이. 정말 싱겁고도 분한 일이었다.

이런 식으로 질질 끈 재판이 거의 한 달이나 걸린 뒤 오봉 선생은 집행유예 삼 년이란 억울한 판결을 언도받고, 동지 유생들과 함께 그 지긋지긋한 감옥에서 풀려나왔다. 그러나 칠십이 가까운 노령으로서 겪은 억울한 고문과 옥고는 오봉 선생에게 치명적인 타격을 주었다. — 그는 출옥하던 그날부터 누운 채 결국 일어나지를 못했었다. 가야 부인은 마치 그것이 자기의 책임이나 되는 듯이 갖은 간호를 다했으나 결국 백약이 무효였다.

쇠약할 대로 쇠약해진 오봉 선생은 마지막 숨을 거두기 직전, 모여 앉은 가족들에게 다음과 같은 말을 했다.

"다들 듣거라, 명호 메누리가 이 집안에서는 제일 큰 어른이데잇! 그 어른의 말을 잘 들어야 한다."

그러고는 점점 멀어져 가는 의식을 억지로 잡아매기라도 하듯, 눈까풀에 힘을 주어 가야 부인 쪽을 쏘아보면서,

"공자의 인(仁)이나 석가의 자비심이…… 근본에 있어서 같

집행유예(執行猶豫) 3년 이하의 징역 또는 금고의 형이 선고된 범죄자에게 정상을 참작하여 일정 기간동안 형의 집행을 유예하는 일.

언도(言渡) 선고. 공판정에서 재판장이 판결을 알리는 일.

옥고(獄苦) 옥살이를 하는 고생.

출옥하다(出獄--) 형기를 마치고 감옥에서 석방되어 나오다.

백약(百藥) 온갖 약이라는 뜻으로, 가능한 모든 대책이나 처방을 비유적으로 이르는 말.

명호 메누리 자기 며느리 중 명호라는 동네에서 시집 온 며느리, 즉 가야 부인을 가리킴

다고 했—제?"

겨우 이렇게 더듬거리고 눈을 감은 것이 결국 최후가 되고 말았다. 그만큼 그는 유교 사상에 무서운 집념을 가졌던 것이었다. 감옥에서 받은 앞이마의 푸렁덩이가 이내 시커메져 갔다.

가야 부인은 오봉 선생이 마지막 눈을 감았을 때 비로소 합장 기도를 올렸다. 그녀의 곱게 감은 눈 속에는 사랑 앞 모란꽃이 소리 없이 뚝뚝 떨어지기 시작했다. 그렇게 떨어지는 꽃잎들이 흡사 시아버지 오봉 선생의 이승에서 이루지 못한 소원들같이 느껴질 때, 그녀의 눈귀에 이슬 같은 눈물이 불쑥 솟아올랐다. 그것이 가야 부인이 시집온 이후 허씨 가문에 있어진 세 번째의 비극이었다.

오봉 선생의 장례가 집행된 것은 칠월 초순경이었다. 당신의 아버지와 아들의 뒤를 이어 모두 비명이라 할 수 있는 세 번째의 비극이었지만, 장례식만은 시골치고는 좀처럼 볼 수 없는 성대한 장례식이었다.

오봉 선생의 장지는 그의 호가 유래된 바로 그 오봉산의 주봉이 흘러내리는 중턱 '싸릿등'이라고 불리는 등성이였다. 벌써 거기는 비명 객사한 이녁 아버님과 독립 만세를 부르다 참살된

눈귀 눈 꼬리.
장지(葬地) 장사하여 시체를 묻는 땅.
객사하다(客死--) 객지에서 죽다.
참살되다(慘殺--) 참혹하게 죽임을 당하다.

아들이 앞서 묻힌 자리니까, 새로 마련된 선영이라 할 수 있다.

칠월 초순이라면 첫 더위가 만만찮을 무렵이다. 그렇게 만만찮은 더윈데도 불구하고, 오봉 선생의 장례에는 제법 '인산인해'란 말을 써도 무방할 만큼 조객들이 많이 모여들었다. 게다가 유별나게 눈에 뜨이는 것은 비록 '유림장'은 아니었지만, 고인과 교분이 있는 각처의 유생들이 만만찮게 모여든 사실이었다. 더위를 무릅쓰며 철릭에 장죽을 든 모습이라든가, 유복(儒服)을 정제한 풍도며, 전이 흐들갑스럽게 큰 갓에 중치막을 입고 태극선을 흔드는 광경들은 아마 그 지방으로서는 처음인 듯, 어린애들뿐만 아니라 어른들까지도 숫제 무슨 구경 삼아 쳐다들 보았다. 또 그들이 마련해 온 큼직큼직한 만장들!

선영(先塋) 조상의 무덤. 또는 조상의 무덤이 있는 곳.

인산인해(人山人海) 사람이 산을 이루고 바다를 이루었다는 뜻으로, 사람이 수없이 많이 모인 상태를 이르는 말.

조객(弔客) 남의 죽음에 대하여 슬퍼하는 뜻을 드러내어 상주(喪主)를 위문하러 온 사람.

유림장(儒林葬) 유학을 신봉하는 선비들이 연합하여 장례를 치름. 또는 그 장례식.

교분(交分) 서로 사귄 정.

철릭 조선 시대, 무관(武官)이 입던 제복. 허리에 주름이 잡히고 큰 소매가 달렸다.

유복(儒服) 유생(儒生)들이 입는 옷.

풍도(風道) 풍채와 태도를 아울러 이르는 말.

전 물건의 위쪽 가장자리가 조금 넓적하게 된 부분.

중치막 예전에, 벼슬하지 아니한 선비가 입던 웃옷. 넓은 소매에 길이는 길고, 앞은 두 자락, 뒤는 한 자락이며 옆은 무가 없이 터져 있다.

무 윗옷의 양쪽 겨드랑이 아래에 대는 딴 폭.

태극선(太極扇) 태극 모양을 그린 둥근 부채.

만장(輓章/挽章) 죽은 이를 슬퍼하여 지은 글. 또는 그 글을 비단이나 종이에 적어 기(旗)처럼 만든 것. 주검을 산소로 옮길 때에 상여 뒤에 들고 따라간다.

堂堂大義生前業　　살아 하시던 일은 당당한 대의였고,
烈烈精神死後明　　열렬한 정신은 사후 더욱 빛나리.
千秋寃恨憑誰問　　천추의 원한을랑 뉘더러 풀어 볼까,
寂寞荒陵白日明　　적막한 무덤 위엔 햇빛만 밝고녀!

침통한 분위기 속에서 발인제가 끝나자, 운아(雲亞)와 명정, 그리고 공포(功布)를 앞세우고, 이러한 내용들의 만장이 하늘을 뒤덮듯 했다.

동신(洞神)을 모신 '거릿대'가 있는 곳을 피해서, 견전(遣奠)이 하필 동구 오른편 늙은 느티나무가 서 있는, 이와모도 참봉의 문전 가까이서 베풀어졌다. 송죽을 그대로 찍어 붙인 듯한 커다란 병풍이 돌려진 제상 위에서, 서리 같은 눈씨를 한 오봉

천추(千秋) 오래고 긴 세월. 또는 먼 미래.
발인제(發靷祭) 상여가 집에서 떠나기 바로 전에 상여 앞에 차려 놓고 지내는 제사.
운아(雲亞) 운삽과 아삽을 아울러 이르는 말.
운삽(雲翣) 발인할 때, 영구(靈柩)의 앞과 뒤에 세우는, 구름무늬를 그린 부채 모양의 널판.
영구(靈柩) 시체를 담은 관.
아삽(亞翣) 제사에 사용되는 기구의 하나. '亞' 자 형상을 그린 널조각에 긴 자루를 댄 것으로, 발인 때 상여의 앞뒤에 세운다.
명정(銘旌) 죽은 사람의 관직과 성씨 등을 적은 기. 일정한 크기의 긴 천에 보통 다홍 바탕에 흰 글씨로 쓰며, 장사 지낼 때 상여 앞에서 들고 간 뒤에 널 위에 펴 묻는다.
공포(功布) 장례식에서 관을 묻을 때에, 관을 닦는 데 쓰는 삼베 헝겊. 발인할 때 명정(銘旌)과 함께 앞에 세우고 간다
동신(洞神) 마을신. 마을을 지켜 주는 신.
거릿대 문맥상 '솟대'의 일종인 듯함. 솟대란 '마을 수호신 및 경계의 상징으로 마을 입구에 세운 장대'로, 장대 끝에는 나무로 만든 새를 붙인다.
견전(遣奠) 견전제(遣奠祭). 영구를 상여에 실은 다음, 마지막으로 문 앞에서 지내는 제사.
송죽(松竹) 소나무와 대나무를 아울러 이르는 말.
눈씨 쏘아보는 시선의 힘.

선생의 사진이, 그의 유택의 자리인 오봉산 중턱을 건너다보듯 놓여졌다.

"오호통재(嗚呼痛哉)로다!"

하고 시작한 양 접장의 추도문 낭독이 동민들의 흐느낌 속에서 끝나자, 읍에서 달려온 청년 단체의 한 대표가 숫제 울면서 또 조사를 읽었다. 그러곤 모인 유생들의 정중한 분향이 시작되었다. 그들은 울지는 않았다. 그저 침통스런 표정들만 지녔었다. 오봉 선생처럼 눈동자가 파르스름한 할아버지들이 많았다. 그러한 유생들이 분향을 하고 절을 올릴 때는, 구경하던 개구쟁이들까지 고개를 수그렸다. 가야 부인은 그러한 유생들 가운데, 전번 날 고인과 함께 재판을 받던 얼굴들이 섞여 있음을 보자, 설움에 어깨가 더욱 흔들렸다.

물론 이와모도 참봉도 분향을 하였다. 유생들처럼 제법 점잖게 자리에 나아갔으나, 동네 사람들은 대개 그로부터 얼굴을 돌렸다. 하필 거기서 노전을 차린 것이 눈꼴틀리기나 한 듯이 그는 자기 집 대문 쪽을 힐끗거리기도 했다.

유택(幽宅) 무덤.

오호통재(嗚呼痛哉) '아, 비통하다'라는 뜻으로, 슬플 때나 탄식할 때 하는 말.

조사(弔詞/弔辭) 죽은 사람을 슬퍼하여 조문(弔問)의 뜻을 표하는 글이나 말.

분향(焚香) 향을 피움. 제사나 예불(禮佛) 의식 등에서, 향로에 불을 붙인 향을 넣고 향기로운 연기를 피우는 일을 이른다.

예불(禮佛) 부처 앞에 경배하는 의식. 또는 그 의식을 행함.

노전(路奠) 견전(遣奠).

눈꼴틀리다 눈꼴시다. 하는 짓이 거슬리어 보기에 아니꼽다.

구슬픈 만가와 더불어 장렬은 이내 산길을 더위잡았다. 분홍색 메꽃이 군데군데 두렁을 수놓고 있는 천수답 비탈을 지나자, 길은 드디어 거친 풀과 오금드리 잡목으로 덮이고 말았다. 그처럼 곱게 피던 진달래도 꽃 지고 나니 엉성한 덤불. 인동(忍冬), 왕머루 덩굴쯤은 그래도 나은 편, 가시 돋친 찔레나무나 청미래덩굴은 옷자락을 사뭇 찢거나 이치게 하게 마련이었다. 남자들은 걸타고 넘기도 하였지만 안상주들은 그리도 못 하고 피해 가자니 더욱 힘이 들었다.

"그렇기 봐라, 오지 마라 카이."

가야 부인은, 계집아이로서는 그래도 장손이라고 요질(腰絰)을 두르고 따라오는 분이의 손목을 끌고 가느라고 안 해도 될 수고까지 했다.

길이 그러고 보니 상두꾼과 상주 이외의 조객들은 자연 이리저리 흩어져 올라갔다. 거기서도 이색진 것은 역시 유생들이었

만가(輓歌/挽歌) 상엿소리. 상여꾼들이 상여를 메고 가면서 부르는 구슬픈 소리.
장렬(葬列) 영구(靈柩)를 따라 장사 지내러 가는 행렬.
천수답(天水畓) 천둥지기. 빗물에 의하여서만 벼를 심어 재배할 수 있는 논.
오금드리 오금까지 이를 만큼 자란 풀이나 나무.
  오금 무릎의 구부러지는 오목한 안쪽 부분.
이치다 '이아치다'의 준말. 거치적거려 방해가 되거나 손실을 입다. 또는 그렇게 하다.
걸타다 걸쳐 타다.
안상주(-喪主) 안상제, 즉 여자 상제를 말함.
  상제(喪制) 부모나 조부모가 세상을 떠나서 상중에 있는 사람.
요질(腰絰) 상복(喪服)을 입을 때에, 짚에 삼을 섞어서 굵은 동아줄처럼 만들어 허리에 띠는 띠.
상두꾼(喪--) 상여꾼. 상여를 메는 사람.
이색지다(二色--) 어떤 대상의 빛깔이나 모양이 서로 조화를 이루지 못하다.

다. 아무리 더워도 복장을 헐지 않고 줄느런히 줄을 지어 올라갔다. 상여가 도중에서 머물러 쉴 때에도 그들은 장지를 향해서 곧장 나아갔다. 장지인 '싸릿등'까지 가서도 허 진사와 그의 손자의 무덤을 돌아본 뒤에야 비로소 옷가슴을 헤치고 땀을 가시었다. 이와모도 참봉도 양 접장의 뒤를 따라서 유생들과 행동을 같이했다. 그는 수월찮은 나이에 몸이 워낙 육중했기 때문에 내처 비지땀을 흘렸다.

유생들 가운데서 풍수깨나 아는 선비가 있었던지 자연 그런 얘기가 오갔다. — 과연 명당이 그럴듯하다든가, 바로 '와우형(臥牛形)'이 아니냐느니, 혹은 주산에서 흘러내린 소위 '용래(龍來)'란 걸 훑어보고는 '혈(穴)'을 잘 맞혔다느니, 더러는 먼 산만 보고는 '조산(祖山)'이 되었다느니 해서, '좌청룡 우백호' 하는 정도를 훨씬 넘어선 얘기들을 하였다.

옷가슴 윗옷의 가슴 부분.
수월찮다 꽤 많다.
비지땀 몹시 힘든 일을 할 때 쏟아져 내리는 땀.
풍수(風水) 집 · 무덤 따위의 방위와 지형이 좋고 나쁨과 사람의 화복(禍福)이 절대적 관계를 가진다는 학설. 또는 그 방위와 지형.
　화복(禍福) 재화(災禍)와 복록(福祿)을 아울러 이르는 말.
　재화(災禍) 재앙과 환난(근심과 재난)을 아울러 이르는 말.
　복록(福祿) 복되고 영화로운 삶을 이르는 말.
명당(明堂) 풍수지리에서, 후손에게 장차 좋은 일이 많이 생기게 된다는 뫼자리나 집터.
와우형(臥牛形) 풍수지리에서, 누운 소처럼 보이는 산의 모양을 이르는 말. 뿔, 코, 꼬리, 젖, 눈썹 사이를 골라 묘지로 쓰면 좋다고 한다.
용래 문맥상 '용맥(龍脈)'과 유사한 의미인 듯함. 용맥은 '풍수지리에서, 산의 정기가 흐르는 산줄기'로, 그 정기가 모인 자리가 혈(穴)이 된다.
혈(穴) 풍수지리에서, 용맥(龍脈)의 정기가 모인 자리.
조산(祖山) 풍수지리에서, 혈(穴)에서 가장 멀리 있는 용의 봉우리.

태연스럽게 그러한 얘기들을 나누던 유생들도, 오봉 선생의 관이 땅속으로 들어가자, 상가 가족들 못지않게 비통한 표정들을 하였다. 오봉 선생의 옥중 동지였던 한 선비는 일부러 가야 부인을 찾아와서 흐느끼는 부인의 어깨를 두드리며 위로까지 하였다. (그는 재판정에서 그녀의 얼굴을 기억했던 것이다.)

"오, 효부였더군! 내 까막소에서 오봉으로부터 잘 들었소. 친정이 김해라 했지요? 나는 창원이요. 창원 김 진사라면 다 아요."

이러고는 다시,

"억울하지! 만약 우리 오봉과 가야 부인 같은 이들만 이 땅에 살았더람……."

이렇게 혼잣말처럼 중얼거리면서 선비들이 모여 앉은 잔디밭께로 돌아갔다. 위엄이 있는 말씨라든가, 자가 넘게 자란 흰 수염을 바람에 날리며 돌아가는 모습이 과연 기백이 대단한 어른같이 보였다. 결국 이 창원 김 진사란 선비가 그냥 있지를 않았다. 평토제가 끝나고 해반과 아울러 으레 있는 식사와 주찬이 나돌 무렵이었다. 술도 얼마 돌지 않았을 땐데, 별안간 선비들이 모여 앉은 자리에서 호통 소리가 일어났다.

까막소 '감옥'을 뜻하는 사투리.
자 길이의 단위. 한 자는 한 치의 열 배로 약 30.3cm에 해당한다.
평토제(平土祭) 평토를 한 뒤에 지내는 제사.
평토(平土) 관을 묻은 뒤에 흙을 쳐서 평지같이 평평하게 메우는 일.
해반 문맥상 '상두꾼들이 운구나 평토를 하면서 내던 소리를 거두는 일'을 뜻하는 듯함.
주찬(酒饌) 술과 안주를 아울러 이르는 말.

"이놈—개 같은 놈!"

소리의 주인공은 아까 그 창원 김 진사란 늙은 선비였다. 그는 계속 수염을 부들부들 떨며,

"오봉은 바로 네 자식이 줘있단 말여! 알겠나, 이 개 같은 놈아? 알았음 썩 물러가거라! 뻔뻔스럽게……."

"이놈이 무슨 소릴 대에놓고(함부로) 하노?"

상대방은 역시 이와모도 참봉이었다. 이와모도도 같이 수염을 떨어 댔다. 얼굴이 넓적해 그런지 꼭 삽살개가 으르대는 것 같았다. 아무래도 그는 처음부터 자릴 잘못 잡았던 것이다. 애당초 그런 데 온 것부터가 그렇고…….

그러나 그도 지기는 싫었다. 지다니!

"이놈아, 안 가라 캐도 갈 끼닷! 버릇없는 니놈과 자리를 같이하다니……."

이와모도 참봉은 벌써 자리에서 일어서 있었다. 상주들이 달려가 말렸으나, 이와모도 참봉은 들을 리 만무했다. 그는 화를 머리끝까지 올려 가지고 어기적어기적 산을 내려갔다.

"저런!"

상가 측에서 백관● 한 사람이 급히 그를 뒤따라갔다.

'줘일 놈들……!'

백관(白官) 장례식에서 상복을 입는 복인(服人: 고인의 친가쪽 8촌까지) 중 고인의 직계비속(아들, 딸, 손자, 증손 등 직계 자손)을 제외한 사람 전부.

이와모도 참봉은 집에 돌아와서도 화를 냈다. 생각할수록 분해서 치가 떨렸다.

웃옷을 훌쩍 벗어 사랑방 앞 청 기둥에 걸기가 무섭게 안뜰을 향해 소리를 쳤다.

"어서 세숫물 내오너라!"

푸드덕푸드덕 세수를 하고, 뒤미처 마누라가 등까지 닦아 주어도 속이 시원치를 않았다. 꿀 냉수를 두 그릇이나 연거푸 들이켜도 그저 그랬다. 사실 그래서 풀릴 일이 아니었다. 그렇다고 속이라도 시원하게 누구에게 말할 수도 없는 일이고. 생각할수록 속이 달아올랐다. 그는 헛가래를 몇 번이나 내리 뱉었다.

"머어 한다고 산에꺼정 따라갔덩기요. 그만 노전에나 얼굴을 내고 말 일이지."

마누라는 자세한 영문도 모르고 이런다.

"글씨……."

영감 역시 이럴 내기다. 속으로만 '죽일 놈들!'을 되씹었지, 어떻단 내색을 할 수도 없었다.

"안으로 들어가게!"

이와모도 참봉은 등 뒤에서 부채질을 해 주는 마누라의 손에서 부채를 뺏듯 받아 들었다. 혼자 있고 싶었다. 마누라까지 귀찮았던 것이다.

내기 '작정', '판국'을 구어적으로 이르는 사투리.

마누라는 수상타 생각하면서도 그의 비위를 거스르기 싫어서 안으로 들어가 버렸다.

홀로 앉은 이와모도 참봉의 눈은 싫으면서도 '싸릿등'께로 가지 않을 수가 없었다. 역시 그렇다! 아직도 오봉의 장지에는 사람이 허옇게 모여 있었다.

'빌어먹을 놈들, 하필 장지를 저게다 정할 끼 멋꼬!'

그는 가라앉던 불뚱이가 다시 치솟았다. 맘대로 할 수만 있다면 당장 사람을 보내서 싹 쓸어 버리고 싶었다.

그는 불룩한 배에다 대고 부치던 부채마저 던져 버리고 방으로 기어 들어갔다. 빳빳한 등등거리도 빼내고 땀받이 하나 바람으로 서늘한 장판 바닥에 등을 붙였다. 역시 그 편이 시원했다. 머리도 조금 식어 가는 것 같았다.

그러나 똑바로 쳐다보이는 천장지의 무늬가 또 마음에 거슬렸다. ―그놈의 포도 이파리들이 꼭 그 창원 김 진사란 놈의 수염 달린 상판대기 같았다.

"엑 이놈―."

괜히 그는 잠꼬대 같은 소리를 치면서 천장을 쳐다보고 눈을

불뚱이 걸핏하면 불끈 성을 잘 내는 성질. 또는 그런 성질이 있는 사람.
등등거리(藤---) 등나무의 줄기를 가늘게 쪼개서 엮어 만든 등거리. 여름에 땀이 배지 않도록 적삼 밑에 입는다.
땀받이 땀을 받아 내려고 입는 속옷.
천장지(天障紙) 천장을 바르는 도배지.
상판대기(相---) '얼굴'을 속되게 이르는 말.

부릅떴다. 중의 벗고 환도 차는 격이랄까. 천장에다 대고 가래라도 탁 뱉어 붙이고 싶었다. 그러나 순간, 여기저기 엉겨 붙은 동글동글한 포도알들이 마치 그러한 자기를 비웃는 눈깔들 같기도 했다.

이와모도 참봉이 그러한 자신을 냉정히 반성하게 될 때까지는 그다지 많은 시간이 필요치가 않았다. 이십 분도 채 지나지 않았을 거다. 그리고 그것이 모두 경부보로 있는 큰아들 천석이의 죄라고 생각했다.

물론 창원 김 진사란 놈도 사람이 덜 돼먹었다. 하필 만인 중시리에 그렇게까지 할 게 뭐냐 말이다! 그러나 그것도 따지고 보면, 놈이 어쩜 천석이한테 호되게 당했을는지도 모를 일이었다. 허긴 자식놈이 조금 우락부락하니까. 아무리 고등계 밥을 먹고 있기로서니, 애비가 일부러 찾아갔는데도 불구하고, 왜놈들이 그래도 무엇할 텐데 되레 제가 나서서 애비 친구의 면회까지 안 시켜 줄 정도니까……. 아무튼 좀 지나친 놈이라, 자기까지 그런 봉변을 당한 거라고 풀 수밖에 없었다. 그러나 역시 그 날 당한 것만은 분했다. 놈들이 아직 자기에게 대한 말들을 하

중의(中衣) 고의. 남자의 여름 홑바지.
환도(還刀) 예전에, 군복에 갖추어 차던 군도(軍刀).
군도(軍刀) 군인이 허리에 차는 칼.
⚜ 중의 벗고 환도 차는 격 격에 전혀 어울리지 않아 매우 어색하게 보임을 이르는 말.
만인 중시리(萬人重視裏/萬人衆視裏) 만인, 곧 여러 사람이 중시하고 있는 가운데, 혹은 중인환시리(衆人環視裏), 즉 여러 사람이 둘러싸 지켜보고 있는 가운데.

고 있으리라 생각하면 느닷없이 또 불뚱이가 치솟았다.

"죽일 놈들!"

그는 다시 천장에다 대고 구두덜거렸다. 반응 없는 발악이었다. 아무리 고쳐 보아도 천장지에 그려진 포도잎 무늬가, 그 창원 김가란 놈의 광대뼈가 쑥 불거지고 구레나룻이 곧게 빠진 상판대기를 닮아 보였다. 당장 확 걷어 내고 다른 것으로 갈아 발랐으면 싶었다. 그러나 도배를 한 지가 얼마 되지 않은 것을 다시 그러기도 우스꽝스럽고 해서 괜히 짜증만 더 났다.

그러나 일은 짜증 정도로써 끝이 나지를 않았다. 그날 저녁은 우선 분한 나머지라 그랬다 하더라도, 그 이튿날도 사흗날도 잠을 달게 잘 수가 없게 되었으니 탈이었다. 그리고 그런 증세가 내처 계속되었다. 불면증에 걸린 것이었다. 물론 모기장을 치고 잤지만 어쩌다가 한 군데쯤 물린 자리가 더욱 잠을 앗아 갔다. 미칠 지경이었다. 아니 정말 때로는 미친 사람처럼 날뛰었다.

인제 그 창원 김 진사란 사람을 생각지 않더라도 신경이 곤두섰다. 천장만 쳐다보면 이내 속이 뭉클거렸다. 포도 무늬만 봐도 이가 갈리었다. 캄캄한 밤중에 천장이 있다고만 생각해도 참을 수가 없었다. 결국 밤중에 일어나 장죽을 더듬어 들고 천장을 아무 데나 콱 뚫어 버리기도 했다. 자다가 "이놈들!" 하는 잠꼬대가 곁방에 자는 사람들에게까지 들릴 정도로 증세가 악화되었다.

물론 입맛도 떨어졌다. 아무리 먹음직한 진미가 상에 놓여 와도 저가 잘 가질 않았다. 별 먹는 것이 없는데도 변비증이 잦았다. 그것도 미칠 지경이었다. 한번 뒷간에 가면 수 식경씩 앉아 있어야 되고, 어쩌다가 나오는 거란 꼭 염소의 그것처럼 새까맣게 탄 것이었다. 그러다간 말경엔 치질까지 심해져서 피가 사뭇 쏟아지고 미주알이 빠졌다. 마누라가 그놈을 밀어 넣는다고 땀을 뺐다. 약도 무던히 썼으나 소용이 없었다. 걷잡을 수 없이 말라만 들어갔다. 그래서 마누라는 생각한 나머지 그게 그저 병이 아니라 죽은 오봉의 혼신이 덮친 것이라고 믿었다. 그렇게 약을 써도 안 나으니 틀림없다는 것이었다.

"바아라, 내 말이 옳을 끼데잇!"

마누라는 아이들에게 이런 장담을 하고서, 태고 나루께로 내려갔다. 명도를 부리는 천금새란 무당을 찾아간 것이었다.

천금새는 그 무렵 절 때문에 애살과 앙심이 가슴에 차 있었다.

진미(珍味) 흠식의 아주 좋은 맛. 또는 그런 맛이 나는 음식물.
식경(食頃) 밥을 먹을 동안이라는 뜻으로, 잠깐 동안을 이르는 말.
말경(末境) 사태나 일의 경과에서 마지막에 해당하는 부분이나 기간.
미주알 항문을 이루는 창자의 끝 부분.
혼신(魂神) 죽은 사람의 넋.
명도(明圖) 태주. 마마를 앓다가 죽은 어린 여자아이의 귀신.
애살 '샘'의 사투리. 남의 처지나 물건을 탐내거나, 자기보다 나은 처지에 있는 사람이나 적수를 미워함.
앙심(怏心) 원한을 품고 앙갚음하려고 벼르는 마음.

몇 해나 데리고 살던 서방까지 구기박질러 가면서, 매일같이 술을 마시지 않으면 부글거리는 불뚱이를 참을 도리가 없었다.

이유는 단순했다. 자기의 신주를 모신 곳에서 엎어지면 코라도 닿을 자리에 그놈의 미륵당인가 쥐뿔인가 하는 쬐깐 절이 섰기 때문이었다. 그러고부터는 자기에게 '삼신풀이'라도 능히 청해 올 만한 사람들이 생남불공이니 뭐니 해서 자연 그곳으로 빠져나가게 마련이었으니 말이다.

으레 그렇게 될 것을 미리 짐작했던 터이라, 천금새 부부는 절터를 닦을 때부터, 오고 가는 사람들을 붙들고는 넌지시 반대 의사를 표시했었다.

"땅에서 부체가 나왔이문 나왔지, 그기 머 대단한 기라고!"

천금새는 이렇게 빈정거렸고,

"절을 지을라면 널찍한 데 가 지을 일이지, 와 해필(하필) 남의 신주 모신 곁에다 지을라 카노?"

남편 박수는 이렇게 투덜거렸다. 말하자면 일종의 텃세와 같은 것이었다.

그러나 결국 드러내 놓고 크게 못 나오고 또 막지 못한 것은,

구기박지르다 몹시 구기지르다.
　구기지르다 함부로 마구 구기다.
신주(神主) 사당 등에 모셔 두는 죽은 사람의 위패.
삼신풀이(三神--) 아기를 낳게 해 달라고 굿을 하여 삼신에게 빎. 또는 그 굿.
　삼신(三神) 아기를 점지하고 산모와 아이를 돌본다는 세 신령.
생남불공(生男佛供) 불교에서, 아들을 낳기 위하여 올리는 불공.
박수 남자 무당.

그 일을 원체 설두한 분이 바로 가야 부인이었기 때문이다. 가야 부인은 보리 날 철, 나락● 날 철이 되면 으레 계면●을 도는 천금새에게 꼬박꼬박 곡식 몇 말씩은 순순히 내어 주던 은인일 뿐더러, 또 그 일을 맡아서 하던 그분의 사위인, 홀로 있는 박 서방이란 젊은이가 워낙 대가 찬⚜ 사람이기 때문이었다.

"죽은 내 마누라를 위해서 내가 절을 짓는데 누가 무슨 말을 할 낀고?"

박 서방은 처음부터 이런 조로 나왔다. 그렇게 죽은 처를 들고 나오는 데는 아무도 선불리 건드릴 사람이 없었다. 사실 완고한 유교 내림의 집안인 처가에서도 그것을 묵인하고 있는 터였으니까.

천금새는 벙어리 냉가슴 앓듯 자기 집 방 안에 차려 둔 '신주상' 앞에서 '비손●'이나 '푸념●'을 하는 것이 고작이었다.

강남서 나온 무학이 걸령쇠 띄워 놓고
팔도강산을 역력히 살펴보니
경상도 태백산은 낙동강이 둘러 있고

나락 '벼'의 사투리.
계면 내림굿을 하기 위하여, 무당이 집집마다 돌아다니며 돈이나 쌀을 거둘 때에 무당을 인도한다는 귀신. 여기에서의 '계면을 돈다(계면돌다)'는 '무당이 쌀이나 돈을 얻으려고 집집마다 돌아다니다'의 의미임.
⚜ 대가 찬 성미가 꿋꿋하며 세찬.
비손 두 손을 비비면서 신에게 병이 낫거나 소원을 이루게 해 달라고 비는 일.
푸념 굿을 할 때에, 무당이 신의 뜻을 받아 정성 들이는 사람에게 하는 꾸지람.

그 강 하나 건너뛰면
남북 해동 조선국의
영산 대산 오봉이라
수국 용왕 노는 곳에
터를 받은 신씨 내외분…….

이렇게 서두를 꺼내 놓고는, 사시나무처럼 전신을 떨어 대며, 엎어 놓은 징을 더욱 잦게 두들겼다.

대월은 서른 날이요, 소월은 이십구일이요.
금년은 열두 달, 좌우 삼백예순 날이 내내 돌아갈지라도,
안과태평하게 치성이올시다…….

그러나 이렇게 축원으로만 끝나는 것이 아니었다. 별안간 눈이 이상스럽게 빛나며, 푸념의 곡절이 갈팡질팡해졌다.

미륵이면 미륵이지

영산(靈山) 신령스러운 산.
대월(大月) 큰달.
소월(小月) 작은달.
안과태평하다(安過太平--) 탈 없이 태평하게 지나가다. 또는 그렇게 지내다.
치성(致誠) 신이나 부처에게 지성으로 빎. 또는 그런 일.
푸념 굿을 할 때에 무당이 신의 뜻을 받아 정성 들이는 사람에게 하는 꾸지람.
곡절(曲折) 순조롭지 아니하게 얽힌 이런저런 복잡한 사정이나 까닭.

무슨 죄를 지었건대
도솔천 내원궁에
들지를 못하고서
수로만리 떠돌다가
흑간지옥 진흙 속에
생매장이 되었다가…….

이러고는 미친 듯이 일어나서, 소반 위에 있던 물그릇을 덜렁 들어, 미륵당이 서고 있는 쪽을 향해 그 물을 확 뿌리며,

"엇쇠, 썩 물러가거라! 미련한 미륵신아!"

그러고는 대개 집을 핑 나가 버리는 것이었다.

그래도 절은 제 설 대로 서 갔다. 겉일이 거의 끝나고 안수장에 들어갈 무렵이었다. 그럴 때 마침 오봉 선생이 객지에서 구속이 되었다는 소문이 퍼졌다.

한창 구겨져 있던 천금새에게는 그 소식이 은근히 반가웠다. 속으로 '잘코사니!'를 외쳤다. 그날부터 그녀는, 한동안 잘 나

도솔천(兜率天) 하늘나라에서 미륵보살이 사는 곳.
내원궁(內院宮) 도솔천의 내부. 미륵보살의 처소를 이른다.
수로만리(水路萬里) 매우 먼 뱃길.
흑간지옥 문맥상 '흑암지옥'을 뜻하는 듯함.
　흑암지옥(黑闇地獄) 불교에서, 어둠침침한 지옥. 부모나 스승의 물건을 훔친 사람을 심문하고 벌준다고 지옥을 말함.
소반(小盤) 자그마한 밥상.
안수장(-修粧) 내부 수장. 집 안을 손질하고 꾸밈. 또는 그 일.
잘코사니 미운 사람의 불행을 고소하게 여길 때에 내는 소리.

타나지 않던 안동네에도 곧잘 나타났다. 열두 부락을 팔랑개비 처럼 돌아다녔다.

"진사 영감이 갇혔다 카지요?"

가는 곳마다 능청을 떨며 이런 질문을 하였다. 물론 '이상하지요?'하는 표정을 지으면서.

그러고는 뒤미처, 가야 부인이 설두를 해서 미륵당이란 절을 세우더니 웬일인지 멀쩡하던 그녀의 시아버지가 갑작스레 그런 날벼락을 당하게 되었다는 소문이 떠돌았다. '이상한 일이제' 하는 표정은, 벌써 엉덩이를 촐싹거리는 천금새에게만 한한 것이 아니었다. '냉거랑' 빨래터에는 한동안 그런 얘기가 판을 쳤다. 촉새 같은 부리들은 천금새가 모시는 용신님의 동티라고까지 오두방정을 떨기도 했다.

그런 말들이 가야 부인의 귀에 들어가자, 가야 부인은 같잖다는 듯이 웃으면서,

"미친 것들! 만주 가 돌아가신 시아버님도 절을 지어서 그렇고, 만세 부르다 생죽음을 당한 우리 밀양 시숙도 절 때문에 그랬던강?"

애당초 상대도 하지 않았다. 천금새는 그러고부터 지레 질렸음인지 그처럼 만만하게 드나들던 가야 부인의 집에는 발을 뚝

촉새 입이 가벼운 사람을 비유적으로 이르는 말.
동티 땅, 돌, 나무 등을 잘못 건드려 지신(地神)을 화나게 하여 재앙을 받는 일. 또는 그 재앙.
오두방정 몹시 방정맞은 행동.

끓었다. 가야 부인은 도리어 자기가 뭘 섭섭하게 한 일이나 없었던가 궁금했다. 그녀는 그런 경우 대개 자기가 인간에 덕이 없는 탓이라고 느끼는 성미였다.

일부러 찾아온 이와모도 마나님의 말을 듣자, 천금새는 금세 반색을 하며,

"옳고말고요! 그 말이 적실합니데잇!"

영락없이 이와모도 참봉에게 죽은 오봉의 혼신이 덮였으리란 것이었다. 그리고 그런 귀신은 보통으로써는 떨어지지 않는다는 것이었다. 천금새는 그것을 미리부터 알기라도 하는 듯이, 용수같이 생긴 상판을 일부러 절레절레 흔들어 보였다.

"어이구, 우선 살았을 때의 그 고집 보지, 어떤 고집이라고요!"

이와모도 참봉의 집에 기도 굿이 벌어진 것은 그러고 며칠 뒤의 일이었다.

이왕이면 복덕일(福德日)이 좋았다.

이틀 전부터 마을 어귀에 있는 '거릿대'와 해묵은 느티나무에는 금줄이 둘리고, 그 언저리에는 붉은 황토 흙이 뿌려져 있

적실하다(的實--) 틀림이 없이 확실하다.
용수 죄수의 얼굴을 보지 못하도록 머리에 씌우는 둥근 통 같은 기구.
복덕일(福德日) 〈주역〉의 원리에 의해 정해지는 길한 날의 하나.

었다. 이와모도 참봉집 솟을대문 주추께도 부정을 막기 위한 황토가 놓여 있었다. 부잣집에서 하는 굿이니 볼 만할 거라고, 열두 부락 아낙네들이 아침 일찍부터, 오색 깃발이 늘어져 있는 이와모도 참봉 집 안뜰로 모여들었다.

안채의 처마에 잇대어서 마당 한가운데까지 높이 쳐진 포장 밑에는, 백설기를 비롯한 몇 가지 제물로써 제격대로 차려진 신주마다의 진설상(陣設床)들이 죽 늘어놓이고, 쾌자 위에 노랑 목도리를 걸친 원무당 천금새를 중심으로 얼굴에 분칠을 한 화랑이들과, 풍악을 맡은 기무(技巫)와 악수(樂手)와 전악(典樂)들이 자리를 잡고 둘러앉은 품이 아닌 게 아니라 부잣집 굿 같은 기분이 났다.

우선 부정을 물리치는 굿의 첫마당부터 천금새의 눈은 숫제 이상한 광채를 나타내었다. 소위 강신을 위한 '가망'으로부터

솟을대문(--大門) 행랑채의 지붕보다 높이 솟게 지은 대문.
　행랑채(行廊-) 문간채. 대문간 곁에 있는 집채.
주추 기둥 밑에 괴는 돌 등의 물건.
부정(不淨) 깨끗하지 못함. 또는 더러운 것.
진설상(陳設床) 진설. 제사나 잔치 때, 법식에 따라 음식을 차려 놓은 상.
쾌자(快子) 소매가 없고 등솔기가 허리까지 트인 옛 전투복. 근래에는 복건과 함께 명절이나 돌에 어린아이가 입는다.
원무당(元--) 굿을 할 때, 여러 무당을 느리고 주장 노릇을 하는 무당.
화랑이(花郎-) 광대와 비슷한 놀이꾼의 패. 옷을 잘 꾸며 입고 가무와 행락을 주로 하던 무리로 대개 무당의 남편이었다.
기무(技巫) 굿판에서 장구를 치는 사람.
악수(樂手) 굿판에서 징을 치는 사람.
전악(典樂) 굿판에서 퉁소와 해금을 부는 사람.
강신(降神) 주문이나 술법으로 신을 청하여 내리게 함.
가망 굿의 둘째 거리인 가망거리에서 신들을 청하여 대접하는 일.

신탁(神託)과 무악(舞樂)으로 진행되는 '산마누라'에 접어들면서 굿은 점점 무르익어 갔다. 늴리리 덩더꿍의 풍악에 맞춰 쾌잣자락을 흩날리며 무녀들의 춤은 멋들어지게 덩실거렸다.

덩 더꿍, 덩더꿍!

제 장구 소리에 홍이 나서 갓이 젖혀진 기무들도 어깨가 절로 우쭐우쭐했다.

백의승복(白衣僧服)을 바꿔 입고 제석(帝釋)을 청배(請拜)하는 장면이 나오자, 구경을 하고 있던 보살할머니들까지 갑자기 덩실거리기 시작했다.

이와모도 참봉의 병세가 심상치 않은지라 바삐 한다고 해도 '열두 거리'의 전반이 끝났을 때는 해가 이미 낙동강 저편 고암산 위에 뉘엿뉘엿, 이상스런 까마귀 떼의 나래를 물들이고 있었다.

굿의 후반에 들어가기 전에, 몸져누운 이와모도 참봉이 마당 한 가운데로 들려 나왔다. 곧 '오귀'가 시작되는 것이다. 땀을 팥죽같이 흘리는 무배들과는 정반대로, 팔월 염천인데도 한기

신탁(神託) 신이 사람을 매개자로 하여 그의 뜻을 나타내거나 인간의 물음에 대답하는 일.
무악(舞樂) 춤을 출 때 연주하는 음악으로, 여기에서는 굿판에서 무당이 춤을 추는 단계를 이른다.
산마누라(山---) 삼마누라. 무당굿 열두 거리의 하나.
백의승복(白衣僧服) '백의(白衣)'는 '흰옷'을, '승복(僧服)'은 '승려의 옷'을 뜻함.
제석(帝釋) 제석신(帝釋神). 무당이 모시는 신의 하나. 집안 사람들의 수명, 곡물, 의류 및 화복에 관한 일을 맡아본다고 한다.
청배(請杯) 술잔을 청함. 그러나 여기에서는 '무당이 굿을 할 때에 신령이나 굿하는 집의 조상의 혼령을 불러 모심'이라는 뜻의 '청배(請陪)'일 수도 있음.
오귀 오구. 오구굿에서 죽은 이의 넋을 저승에 보낼 때 무당이 부르는 노래.
무배(巫輩) 무당들.
염천(炎天) 몹시 더운 날씨.

가 들이치는 판이라, 이와모도 참봉은 앉은 채 목 위만 빠끔 내놓고는 온통 핫이불에 둘러싸였다.

"남북 조선 해동국에, 갑술생 전주 이씨……."

사연 풀이를 시작하는 천금새의 목청은 한결 청승스럽게 떨렸다. 그리고 쾌자 소매를 나붓거리며 사뿐사뿐 춤을 추는 발짓도 가벼워졌다.

"어이, 이와모도야잇!"

되풀이되는 천금새의 아양에,

"워우 워우 워우, 구웃이야!"

오동 장구를 부둥켜안은 기무는 이런 후렴을 맥이면서 덩더꿍거리는 두 어깨를 흡사 용수철처럼 떨었다.

"어이, 이와모도야잇!" 하고 이름이 불릴 때마다, 병자가 눈을 번쩍 떠 본다든가, 자라처럼 움츠렸던 목을 쑥 빼고 두리번거리는 꼴이 또 가관이었다. 거기에 용기를 얻은 듯이 천금새는 더욱 고개를 희뜩거리며,

"그래 그래 그 넋인가?"

덩 더꿍, 덩더꿍!

"난데없이 떠들온 몸이—."

핫이불 솜이불.
나붓거리다 얇은 천이나 종이 등이 자꾸 나부끼어 흔들리다.
가관(可觀) 꼴이 볼만하다는 뜻으로, 남의 언행이나 어떤 상태를 비웃는 뜻으로 이르는 말.
희뜩거리다 갑자기 얼굴을 돌리며 슬쩍슬쩍 자꾸 돌아보다.

덩 더꿍, 덩더꿍!

"저언생[전생]에 무슨 일이—."

"워우 워우 워우, 구웃이야!"

"지독히도 맺혔던가배?"

덩 더꿍, 덩더꿍!

이렇게 해서 푸념의 화살이 별안간, 죽은 오봉 선생에게 넌지시 돌아가자, 그것을 눈치 챈 구경꾼들은 서로 얼굴을 쳐다보며 긴장된 표정들을 하였다.

한결 숨이 가빠진 천금새는 과연 신령님의 위력에 억눌리기라도 하는 듯이 얼굴빛이 점점 파르족족해• 갔다. 눈의 흰창•도 요란스럽게 희번덕거리고.

"아이고 저 늙은이들 보래! 키가 크이 뒤에 서 있어도 구경하기가 얼매나 좋겠노?"

남들이 이렇게 부러워하던 가야 부인이 곁에 있는 밀양 동서의 옆구리를 쿡 찔러서 나란히 자리를 뜬 것은 바로 그때였다. 워낙 두 분이 다 훤칠한 키라 그것이 또 남의 눈에 유달리 띄었다. 물론 천금새도 그것을 보았다. 그러나 그녀의 악지• 센 목소리는 잡귀 잡신을 대접하는 뒤풀이로 들어갔다.

파르족족하다 칙칙하고 고르지 아니하게 파르스름하다.

흰창 '흰자위'의 사투리.

악지 잘 안될 일을 무리하게 해내려는 고집.

상청은 서른여덟 수비●
중청은 스물여덟 수비
하청은 열여덟 수비
우중간 남수비, 좌중간 여수비
베루 잡던 수비, 책 잡던 수비
많이 묵고 가거라.
군웅●왕신● 수비 왔거든 많이 묵고 가거라.
손실 병상 수비 왔거든 많이 묵고 네 가거라.
해산영산에 간 수비 오거든 많이 묵고 네 가거라.
수살영산 간 수비 왔거든 많이 묵고 네 가거라.
먼 길 객사 간 수비 왔거든 많이 묵고 네 가거라.
언덕 아래 낙상 수비 많이 묵고 네 가거라.
염병 질병 돌아간 수비 많이 묵고 네 가거라.
여러 각항 수비들아 많이 묵고 네 가거라.⚜

덩 더꿍 덩더꿍, 덩 더꿍 덩더꿍……! 뒤풀이의 장단이 잦은

수비 주신(主神)에 따라 다니는 잡귀, 잡신.

군웅(軍雄) 무당이 섬기는 신의 하나. 무신(武神)으로서, 외부로부터 들어오는 액을 막아 주는 신이다.

왕신(王神) 무당이 모시는 신의 하나. '수로왕'을 신격화하여 이르는 말.

⚜ 상청은 서른여덟 수비 ~ 많이 묵고 네 가거라 굿이 벌어지는 곳에 모여 든 여러 잡신들에게 음식을 대접하며 물러가기를 바라는 내용의 노래이다.

고비를 한참 넘고는, 마침내 화랑이가 들고 있던 넋대가 덜덜덜 떨며 이와모도 참봉집 대문을 나섰다. 중추 명월이 벌써 하늘에 떠 있었다.

달이 밝아서 좋았다. 돌담을 끼고 도는 좁은 골목길로 넋대는 스륵스륵 소리를 내면서 나아갔다. 넋대를 잡은 화랑이 뒤에는 천금새, 그리고 그 뒤엔 동네 애들이 우 따랐다.

물론 이와모도 참봉은 이불에 싸인 채 방안으로 들려 들어가고, 마당에는 굿 잔치가 벌어졌다. 굿 떡은 복이 많다 해서 앞을 다투듯 손들을 내밀었다.

넋대는 가야 부인의 집 앞까지 가더니 담벼락을 두어 번 툭툭 치고는 이내 돌아섰다. 동네 어귀에 있는 해묵은 느티나무의 밑동을 한 바퀴 돌고선 계속 널찍한 들길로 빠졌다.

빨랐다. 들길에 나서자 거의 달리듯 나아갔다. 흔히 그러듯, 용왕님이 계신다는 태고 앞 시퍼런 강굽이께로 가는가 했더니 도중에서 느닷없이 산길을 더위잡았다. 산길 가 산밭들에는 메밀꽃이 한창이었다. 바람 한 점 없는 밤에 눈처럼 얼어붙은 것같이 메밀밭들은 그 숱한 풀벌레 소리도 멎고 그저 그림같이 고요하기만 했다.

그러한 메밀밭들이 있는 언덕을 넘어서자, 넋대는 곧장 불이

잦은고비 문맥상 '자진가락'을 의미하는 듯. 주로 한국 전통 음악에서 빠르고 잦게 넘어가는 가락을 뜻함.

넋대 무당이 물에 빠져 죽은 사람의 넋을 건지는 데 쓰는 장대.

빤한 미륵당 쪽을 향해 갔다. 이윽고 넋대는 미륵당 문전에 다다랐다. 서성거렸다. 더 나아가지를 못했다. 그날따라 절 문이 굳게 닫겨 있었다.

넋대는 이와모도 참봉을 덮친 악귀의 꼬투리가 바로 그 안에 있기나 한 듯이, 미륵당(마침 죽은 오봉 선생의 망령을 위한 재가 거기에 붙여져 있었다) 대문 귀틀 짬 땅바닥만 툭툭툭 쳐 댔다. 천금새는 무슨 주문을 중얼중얼하고는 거기에다 '물밥'을 철썩 엎질러 버렸다.

그러고 돌아선 지 얼마 되지 않았을 때였다. 삽 같은 데 뜨인 물밥과 흙더미가 느닷없이 천금새를 비롯한 일행의 머리 위에 마구 덮씌워졌다.

"아이구메!"

도리어 물밥과 흙더미를 뒤집어쓴 일행은 마치 범불이라도 만난 듯 사산분주를 해 버렸다. 굿으로서는 엉망이었다. 가장 긴요한 뒤풀이가 그 모양이 됐으니까!

빤하다 어두운 가운데 밝은 빛이 비치어 조금 환하다.

망령(亡靈) 죽은 사람의 영혼.

재(齋) 우리나라 절에서, 부처에게 드리는 공양. 여기에서는 '붙여져 있다'는 것으로 보아, 깨끗한 종이에 글을 써서 만든 신주(神主)인 '지방(紙榜)'을 가리키는 듯함.

귀틀 마루를 놓기 위하여 굵은 나무로 가로세로 짜 놓는 틀. 대문에도 그와 비슷한 틀을 놓은 것을 '대문 귀틀'이라 한 것으로 보임.

물밥 무당이나 판수가 굿을 하거나 물릴 때에, 귀신에게 준다고 물에 말아 던지는 밥.

범불 호랑이 불.

사산분주(四散奔走) 사방으로 흩어져 재빨리 달아남.

긴요하다(緊要--) 꼭 필요하고 중요하다.

천금새는 질겁을 해서 간이 콩 낟같이 움츠러 들었으나 원무당으로서 어쩔 수 없이 이와모도 참봉의 집까지 돌아가지 않을 도리가 없었다. 이와모도네 가족들과 구경꾼들은, 말이 없는 천금새와, 넋대조차 내던지고 돌아온 화랑이의 새파랗게 질린 표정보다 우선 물밥과 흙을 뒤집어쓴 그녀들의 쾌자 꼴을 보고서 심상치 않은 일이 있었던 것을 짐작했다.

천금새는 새전(賽錢)을 챙길 정나미도 없어 싱겁게 이와모도 참봉의 집을 물러 나왔다. 오동 장구를 둘러멘 그녀의 남편이랑 다른 굿패들도 얼떨떨한, 더러는 불만스런 얼굴들을 하고 그녀의 뒤를 따라나섰다.

누가 물어도 미륵당 중은 모른다고 하였다. 결국 동네 사람들은 제멋대로의 억측들을 하였다. 그날 저녁에 가야 부인의 사위 박 서방이 절에 가 있는 걸 누가 보았다느니, 혹은 오봉 선생의 혼신이 화를 내서 그랬으리라느니, "아니 산신령님이 그랬대!" 하는 식으로 그저 구구한 억측과 소문들만 나돌았다. 아무튼 용왕님을 모시고 있는 천금새가 말을 하지 않으니까 사실 마을 사람들은 확실한 것을 알 길이 없었다. 한 가지 확실한 것은 천금새가 그처럼 많이 들춘 신들이며, 심지어 '물밥'에 술까지 대접한 오봉 선생의 혼신조차 그녀의 소원을 들어주지 않았다는 사

새전(賽錢) 신령이나 부처 앞에 돈을 바침. 또는 그 돈.

억측(臆測) 이유와 근거가 없이 짐작함. 또는 그런 짐작.

실이다. 그 증거로는, 굿을 하면 나을 줄을 알고, "어이 이와모 도야잇!" 할 때마다 눈을 끔벅끔벅하던 그 이와모도 참봉이 웬 일인지 그날 저녁부터 더욱 병세가 악화되어 단 사흘도 채 못 넘기고, "이놈들아." 하며 뒤집었던 눈을 결국 감지 못했다는 것이다. 거짓말같이 가고 말았다. 그가 마지막 숨을 거둔 안방 천장지에는 다행히 그 창원 김 진사란 사람의 얼굴을 닮은 포도 잎 무늬가 없었다. 또 한 가지는 여태까지 영검이 대단타고 믿어 왔던 천금새에게 비손이나 푸닥거리를 청해 오는 사람들이 거의 없을 정도로 줄어진 사실이었다.

"물밥을 되덮어 썼다문서!"

태고 나루를 지나가는 소금배의 조군들까지 이렇게들 빈정거렸다.

그래도 천금새는 악지 세게, 허물어져 가는 자기 집 방구석에 모셔 둔 신주상 앞에서 새벽마다 징을 뚜들겨 댔다. 푸념은 사시장춘 하는 것이지만, 용왕님과 조왕님을 달래는 이외에, '흑간지옥에 묻혔던 미륵……' 운운하는 것은 틀림없이 미륵당을 저주하는 것이라는 이웃 사람들의 얘기였다.

그러나 아무리 미친 듯이 징을 두드리고 빌고 해도 '물밥'을 뒤덮어쓴 창피는 씻을 길이 없고, 미륵당을 찾아가는 할머니 어

영검 사람의 기원대로 되는 신기한 경험.

조군(漕軍) 고려와 조선 시대에, 배를 타고 물건을 실어 나르던 일에 종사하던 사람.

조왕(竈王) 부엌을 맡는다는 신. 늘 부엌에 있으면서 모든 길흉을 판단한다고 한다.

머니들이랑 젊은 아낙네들의 수효는 날이 갈수록 늘어만 갔다. 결국 천금새의 그따위 처방으로써는 어찌할 도리가 없는 일들이 줄곧 일어났기 때문이었다.

죽은 이와모도 참봉의 아들 이와모도 경부보 같은 위인들이 목에 핏대를 올려 가며 그들의 '제국'이 단박 이길 듯 떠들어대던 소위 대동아 전쟁이 얼른 끝장이 나긴커녕, 해가 갈수록 무슨 공출이다, 보국대다, 징용이다 해서 온갖 영장들만 내려, 식민지 백성들을 도리어 들볶기만 했다. 그리고 그것은 '제국'의 빛나는 승리를 위해서 불가피한 일이라고들 했다.

몰강스러운 식량 공출을 위시하여 유기 제기의 강제 공출, 송탄유와 조선(造船) 목재 헌납을 위한 각종 부역과 근로 징용은 그래도 좋았다. 조상 때부터 길러 오던 안산 바깥 산들의 소나

대동아 전쟁(大東亞戰爭) '태평양 전쟁'을 당시 일본에서 이르던 말. 1941년부터 1945년까지 일본과 연합국 사이에 벌어진 전쟁. 제2차 세계 대전의 일부로서, 일본의 진주만 기습으로 시작되어 일본의 무조건 항복으로 끝났다.

공출(供出) 국민이 국가의 수요에 따라 농업 생산물이나 기물 등을 의무적으로 정부에 내어놓음.

보국대(報國隊) 일제 강점기에, 우리나라 사람을 강제 노동에 동원하기 위하여 만든 노무대.

영장(令狀) 명령의 뜻을 기록한 서류.

몰강스럽다 인정이 없이 억세며 성질이 악착같고 모질다.

위시하다(爲始--) 여럿 중에서 어떤 대상을 첫자리 또는 대표로 삼다.

유기(鍮器) 놋그릇.

제기(祭器) 제사에 쓰는 그릇.

송탄유(松炭油) 송유(松油). 솔가지를 잘라서 불에 구워 받은 기름.

조선(造船) 배를 설계하여 만듦.

부역(賦役) 국가나 공공 단체가 특정한 공익사업을 위하여 보수 없이 국민에게 의무적으로 책임을 지우는 노역.

무들까지 마구 찍혀 쓰러진 다음엔 사람 공출이 시작되었다. '전력 증강'이란 이유로 영장 받은 남정들은 탄광과 전장으로, 처녀들은 공장과 위안부로 사정없이 끌려 나갔다. 그러한 오봉산 발치 열두 부락의 가난한 집 처녀 총각과 젊은 사내들은 이마를 히노마루(일본 국기)에 동여매인 채, 울고불고 하는 가족들의 손에서 떨어져, 태고 나루에서 짐덩이처럼 떼를 지어 짐배에 실렸다. (물금까지 나가면 기차 편도 있었지만 차는 위데에서 오는 그러한 사람들로 항상 만원이었다.) 손자녀를, 자식을, 남편을, 딸을 그렇게 빼앗긴 할머니, 어머니, 아버지, 아내 들은 태고 나루에서 눈물을 짓다 가까운 미륵당을 찾기가 일쑤였다. "명천 하느님요!" 하고 땅을 치던 그들은 말없는 미륵불 앞에 엎드리어 떠난 아들딸들이 무사히 살아 돌아오기를 빌고 또 비는 것이었다.

"시줏돈을랑 그만두이소! 내가 대신 다 내놓았심데이……."

돌아간 시할아버지와 시아버지, 그리고 만세통에 총 맞아 죽은 시숙과 딸의 영가를 거기에 모셔 둔 가야 부인은 오면가면 그러한 분들을 위로하기에 바빴다.

"억울한 말이싸 우째 다 하겠능기요. 나도 이렇게 안 살아 있능기요."

위안부(慰安婦) 주로 전쟁 때 군대에서 남자들을 성적(性的)으로 위안하기 위하여 동원된 여자.
명천(明天) 1. 밝은 하늘. 2. 모든 것을 똑똑히 살피는 하느님.
영가(靈駕) 영혼. 불교에서, 육체 밖에 따로 있다고 여겨지는 정신적 실체.
오면가면 오면서 가면서.

흐느끼는 아낙네들의 손을 잡아 주며 조용히 '관세음보살'을 염하는 것이었다. 먼 데서 온 분은 기어이 재워 보내기도 했다. 그것은 가야 부인 자신에게도 필요한 공덕이었다. 선심이라고는 생각지 않았다.

가야 부인은 결코 남들에게 절에 와 달라고 권하지는 않았다. 절을 맡아 있는 스님에게도 그렇게 시켰다. 시주는 더욱 권하지를 않았다.

"촌사람들이 무슨 여유가 있다고! 오다가다 찾아 주는 것만 해도 고맙지."

늘 이런 투로 말했다. 염전을 하는 친정 오라범이 막내동생인 그녀와 그 절을 위해서 강 건너 대동면에 사 준 논 열두 마지기의 수입으로 미륵당의 유지는 가능했기 때문이다. 절을 세울 때부터 그런 생각을 했거니와, 그야말로 가야 부인 자신을 위한 절이요, 불행한 아낙네들을 위한 사랑 같은 곳이었다. 무슨 기도를 드려 소원 성취를 한다기보다 아들, 딸, 남편, 손자녀들을 억울하게 빼앗긴 그녀들은 거기서 어떤 마음의 위안을 얻곤 하였던 것이다. 그래서 특별한 불사가 없는 날에도 할머니들은 곧잘 모여들었다. 대발각단 양 접장의 할머니도 손자가 학병에 끌

염하다(念--) 조용히 불경이나 진언(眞言) 등을 외우다.
　진언(眞言) 다라니. 산스크리트 어로 된 불경을 번역하지 않고 음(音) 그대로 외는 일.
불사(佛事) 불가에서 행하는 모든 일.
학병(學兵) 학도병. 학생 신분으로 군대에 들어간 병사. 또는 그 군대.

려가 죽은 뒤부터는 역시 미륵당에 나왔다.

어떤 일이 있어도 유독 나오지 않는 것은, 죽은 이와모도 참봉의 가족들뿐이었다. 그러나 이와모도 참봉의 가족들이 미륵당에 얼굴을 내놓지 않는다고 해서 아무도 서운하게 여기지는 않았다.

"잘 안 나오지. 그럴 낯짝도 없겠지만, 나와 덕 될 끼 멋고!"

오히려 나오지 않는 것을 다행한 일인 것같이 말하는 사람도 있었다. 이와모도 참봉의 아들이 고등계의 경부보로 있었기 때문이리라. 그녀들은 속에 있는 말을 마음대로 지껄이고 싶었던 것이다.

"왜놈들이 얼른 망해야 살지, 이래 가주고싸……."

"그 독한 놈들이 얼른 망하겠나!"

"왜놈이 망하문 끌려간 사람들은 다 죽구로?"

이건 '보르네오'댁이란 부인의 말이다. 그녀의 남편은 '보르네오'란 섬에 징용을 나가 있었다. 남편들이 징용 간 곳을 따라 '보르네오'댁이니 '뉴기니'댁이니 하는 새로운 택호•들이 유행되고 있었던 것이다.

"벌써 죽었는지 살아 있는지도 누가 아나?"

이미 송금(送金)•이 떨어진 사람도 없지 않았다. '보르네오'도

택호(宅號) 집주인의 벼슬 이름이나 처가나 본인의 고향 이름 등을 붙여서 그 집을 부르는 말.
송금(送金) 돈을 부쳐 보냄. 또는 그 돈. 여기에서는 징용 나간 사람들이 임금을 받아 집으로 부쳐 주던 돈을 말한다.

소식이 끊어진 지가 꽤 오래였었다.

"그래도……."

양 접장네 손자처럼 '명예의 전사' 통지가 오기 전에는 역시 희망을 가지는 그녀들이었다.

"나무아미타불!"

가야 부인은 내처 이런 한숨만 내쉬었다. 그녀는 하도 억울한 일들만 겪어 온 탓인지, 남의 이야기에만 귀를 기울일 뿐, 자기 이야기는 잘 하질 않았다. 그렇다고 새로운 걱정이 없는 것은 아니었다. 학병에 나가기가 싫어서 도망질을 떠난 막내아들의 일만 해도 그랬다.

"무슨 소식이나 있능기요?"

하고 누가 물으면,

"소식은 무슨 소식! 오는 편지 가는 편지 낱낱이 조사하는 판인데, 그런 어리석은 짓이싸 하겠나."

그러곤,

"산 놈이싸 어델 몬 댕기겠노. 고생이 말할 수 없겠지!"

할 따름이었다. 그러한 막내아들의 일보다 가야 부인에게는 우선 더 다급한 걱정거리가 있었다.

"이번에는 할 수 없임데잇! 그래 아이소."

전사(戰死) 전쟁터에서 적과 싸우다 죽음.

애국반장이란 사람이 하고 간 말.

"너무 그래 버투지[버티지] 마소. 그란이라도[그렇지 않아도] 의심을 받고 있는 집에서……."

이건 이와모도 참봉의 조카뻘인 구장이 와서 하고 간, 반 협박조의 소리다. 그 옴두꺼비 같은 구장이 언제 옥이의 징용 영장을 들고 올는지 모를 일이었다. 속칭 '처녀 공출'이란 것으로서 마치 물건처럼 지방별로 할당이 되어 왔다. 저희들 말로는 전력 증강을 위한 '여자 정신대원(女子挺身隊員)'이란 것인데, 일본 '시즈오카'라든가 어딘가에 있는, 비행기 낙하산 만드는 공장과 또 무슨 군수 공장에 취직을 시킨다고 했었지만, 막상 간 사람들로부터 새어 나온 소식에 의하면, 모조리 일본 병정들의 위안부로 중국 남쪽 지방으로 끌려갔다는 것이었다. 말하자면 기만과 강제에 의한 그들의 전쟁 희생물이었다. 어리석고 가난하고 힘없는 식민지 농민들의 딸들은 그렇게 끌려가게 마련이었다.

옥이도 바로 그러한 운명의 직전에 있었다. 더구나 그녀는 미천한 종의 딸이었다. 가야 부인이 애초 시집올 때 데리고 왔던

구장(區長) 예전에, 시골 동네의 우두머리를 이르던 말.

여자 정신대원(女子挺身隊員) '정신대(挺身隊)'란, '태평양 전쟁 때 일제가 식민지 여성들을 강제로 동원하여 만든 무리'를 뜻한다. 일제는 당시 조선 여성들을 강제 징발하여 일본 군대의 위안부로 삼았다.

군수(軍需) 군사상 필요한 것.

미천하다(微賤--) 신분이나 지위 등이 하찮고 천하다.

몸종은 이미 커서 짝을 지어 내보내고 역시 친정에서 부리던 종의 딸을 대신 데리고 왔던 것인데, 가야 부인은 그 옥이를 식모라기보다 차라리 양딸처럼 귀하게 길러 왔었다.

그러한 옥이가 벌써 나이 열아홉 살이다. 게다가 인품도 얼굴도 반반했지만 워낙 근본이 그런지라 얼른 적당한 자리가 나지 않아서 미처 작배를 시켜 주지 못하고 있는 형편이었다. 그래서 벌써 애국반장으로부터 몇 번인가 해당자가 되었다는 말을 들었거니와, 그럴 때마다 혼처가 이미 작정되어 행례날을 기다리고 있는 형편이니 제발 덕분 빼 달라고 애원을 하듯 해서 미뤄 온 참이었다. 그러니 사실 인제 더 버티기도 어려운 꼴이 됐다.

물론 옥이 자신도 그걸 눈치챘다. 그녀는 반장이나 구장이 무슨 일로 찾아오면 으레 부엌 문틈으로 바깥 동정을 살폈고, 밤에는 곧잘 가야 부인의 발치에서 소리 없는 울음을 울었다.

"옥아 바로 눕거라. 와 요새는 늘 발치에 그래 있노?"

가야 부인이 이렇게 타일러도 옥이는 발치가 좋았다. 종의 딸이라기보다 울기에 편리했다.

가야 부인도 벌써 며칠째 잠을 잘 자지 못했다. 딸과 같은 옥이를 놈들에게 빼앗길 수도 없었거니와, 그보다 또 한 가지 다른 걱정이 있었다. 그것은 홀로 있는 사위 박 서방의 일이었다.

작배(作配) 남녀가 서로 짝을 지음. 또는 배필을 정함.
제발 덕분 간절히 은혜나 도움을 바라건대.

"빙모님, 옥인 지가 데리고 가겠심더, 누구보담도 우리 윤이를 잘 키아 줄 끼고……."

박 서방은 옥이의 다급한 사정 얘기를 듣자, 대뜸 이런 소리를 했던 것이다.

"머? 그기 무슨 소리고?"

가야 부인은 벌어진 입이 닫혀지질 않았었다. 아무리 무엇하기로서니 종의 딸과…… 싶었다.

"신분이 그럼 어때요? 마음씨나 일솜씨나 얼굴 생김이 어데 한 군데 나무랠 데가 있던기요. 그보다 또 당돌한 소릴는지는 몰라도 빙모님이 꼭 이녁 딸같이 키운 아이가 앙잉기요! 그러이카네……."

누구보다도 믿고 처를 삼을 수 있다는 것이었다.

'옳지!'

가야 부인은 선뜻 짚이는 데가 있었다. 인제 보니, 누가 무슨 혼삿말이라도 하면 "그까짓 요새 양반인 체하는 것들의 딸?" 하던 그의 말이 실은 알속이 있었던 게로구나 싶었다.

가야 부인은 생각했다. —아마 미륵당을 세울 무렵에 정이 들었으리라고. 그녀의 친정 곳에서 온 텁석부리란 목수가 사위 박서방네 집에서 같이 묵고 있을 때, 그들의 조석 동자를 시키

빙모(聘母) 다른 사람의 장모를 이르는 말. 여기에서는 자신의 장모를 높여 부르는 말로 쓰였다.
알속 겉으로 드러나는 수량, 길이, 무게 등의 헛것을 털어 버리고 남은 실속.
조석(朝夕) 아침과 저녁을 아울러 이르는 말.
동자 밥 짓는 일.

기 위해서 한동안 옥일 데리고 갔던 것인데 그게 바로 꼬투리가 됐구나 싶었다.

"아이구, 옥이가 벌써 시집갈 나[나이]가 댔구나!"

옥이를 잘 아는 텁석부리가 일부러 이렇게 반가워하자, 유달리 얼굴을 붉히던 그때의 옥이를 가야 부인은 새삼 머리에 떠올려 보았다. 아닌 게 아니라 사위의 말마따나, 인물이며 마음씨며 어디 하나 버릴 데가 있어! 그런 게 내처 조석 수종을 들어주고 또 그 먼 미륵당 자리까지 참이며 점심을 해 날랐으니, 젊은 나이에 혼자 있는 사위로서는 응당 정이 들만도 했으리라 촌탁되었다. 사실 어느 쪽도 나무랄 수 없을 것 같았다. 요컨대 서로의 신분만 떼 놓는다면 그야말로 좋은 배필이 될 수도 있었다. 문제는 그 신분이었다. 박 서방이 그래도 시골 양반의 후엔 데 비해서 옥이는 기껏 종의 딸이 아닌가! 그러나 사위 박 서방이 정말 그렇게까지 절실히 원한다면……? 가야 부인으로서는 얼른 판단을 내리기가 어려워졌다. 시어머니에게 물어봐도 내내 그랬다.

"씨가 그래서……. 그러나 알아서 하게."

모든 걸 자기에게만 맡기는 성미였다. 바깥양반 역시 마뜩찮게 여기었다.

"인품이싸 그만함 댔지. 그렇지만 내림이 온천(워낙)……."

수종(隨從) 남을 따라다니며 곁에서 심부름 등의 시중을 듦. 또는 그렇게 시중을 드는 사람.
촌탁(忖度) 남의 마음을 미루어서 헤아림.
씨 어떤 가문의 혈통이나 근원을 낮잡아 이르는 말.

정상은 가련하나 어떻게 그렇게까지야 할 수 있겠느냐는 말눈치였다.

"그렇기요. 그래서 사돈어른들도 그 소릴 듣고는 펄쩍 띠(뛰)
드라 캅디더만……."

가야 부인은 인정에만 끌려 사실 어째야 할지를 몰랐다.

그러고만 어름거릴 때, 결국 옥이에게 붉은 딱지가 나오고야 말았다. 역시 그놈이었다. 여자 정신대원! 일본 병정의 위안부!

"내일 아침 아홉 시꺼정 꼭 동사에 내보내 주소!"

그 옴두꺼비 같은 구장은 그저 이 말만 하고 돌아갔다. 옥이가 마침 냉거랑에 빨래를 가고 없는 새라 대신 쪽지를 받은 가야 부인은 정말 가슴이 철렁 내려앉는 것 같았다. 왜놈들에 대한, 눌러 오던 증오감이 다시금 불붙기 시작했다.

옥이가 담뱃진을 먹고 죽기를 작정한 것은 바로 그날 밤이었다.

추위에 얼굴을 빨갛게 해 가지고 돌아온 그녀는 빨래통을 내려놓기가 바쁘게 가야 부인에게 불려 들어가서 '정신대(挺身隊)'의 영장이 나왔다는 소리를 들었다. 물론 가야 부인은 그녀의 눈치를 유심히 살폈다. 옥이는 그 자리에선 아무 말도 하지

정상(情狀) 있는 그대로의 사정과 형편.
어름거리다 말이나 행동을 똑똑하게 분명히 하지 못하고 우물쭈물하다.
동사(洞祠) 마을의 수호신을 모시는 사당.
담뱃진(--津) 담배에서 우러나는 끈끈한 물질.

않고 부엌으로 물러 나왔다. 별안간 얼굴에 핏기가 한 낱도 없었다. 공포와 저주에 굳어지기나 한 듯이.

그녀는 여느 때와 같이 저녁 준비를 하였다. 파를 가늘게 저미어 장도 제대로 끓이고 상도 제대로 날랐다. 다만 얼굴에 핏기가 없고 말이 없을 따름이었다.

"와 니 밥은 안 가주왔노?"

안식구들도 언제나 방에서 같이 먹는 버릇이었는데, 그날은 그녀의 밥그릇이 나와 있지 않았었다.

"정지(부엌)에서 묵을람더."

그저 이러고만 돌아갔다. 식사가 끝날 때까지 옥이는 부엌에서 나타나지 않았다. 부엌에서도 밥을 먹는 것 같지는 않았다. 그런 기색이 통 없었다.

가야 부인은 밥이 잘 넘어가질 않았다. 물도 목에 메는 것 같았다.

"내 저 건너 좀 갔다 오꾸마!"

가야 부인은 밥술을 놓기가 바쁘게, 옥이에게도 들릴 정도로 이런 말을 해 놓고서, 집을 나갔다. 저 건너란 건 언제나 사위의 집을 말하는 것이었다. 그러고 나간 가야 부인이 웬일인지 이슥토록 돌아오지를 않았다.

옥이는 저녁 설거지를 마친 뒤에도 한참 동안 우두커니 아궁이 앞에 앉아 있었다. 부엌 안은 바깥보다 어둠이 한결 빨랐다. 어둠침침한 부엌에서 불도 켜지 않고 옥이는 또 생각했다. 그리고 울었다. 그러나 아무리 생각해 보아도 피할 길은 없고, 울어 봐도 한이 없었다. 그녀는 가슴 밑 허리춤에 쑤셔 넣었던 '정신대'의 징용 영장을 꺼내어 아궁이 속에 던져 버리고, 자리를 털고 일어섰다. 영장 쪽지는 발간 혓바닥을 날름거리며 사라졌다.

뒷문으로 빠져나온 옥이는 냉거랑 건너 박 서방의 집이 있는 곳을 넋 없이 바라보았다. 다닥다닥 붙은 초가지붕들이 어스름에 싸여 분명치가 않다. 옥이는 별안간 머리가 아찔해졌다. 그녀는 쓰러지듯 차디찬 툇마루에 걸터앉았다. 꼭뒤를 기둥에 들이댔다. 어수선한 생각과 기억들이 가뜩이나 멍청한 그녀의 머릿속을 휘저었다.

'정말 윤이 아버지가 그런 생각을 가졌을까……?'

박 서방을 두고서다. 그녀는 달포 남짓 그의 집에서 그와 텁석부리의 조석 시중을 들었다. 빨래도 해 주었다. 그러나 자기에게 이상한 내색 한 번 해 본 적도 없는 박서방이었다. 그러한 그가 이쪽이 '여자 정신대'에 나가게 된다는 말을 듣고는 별안간 그런 소리를 했다고 하지 않는가? 물론 그로부터 직접 들은 것은 아니다. 자매처럼 사귀어 오던 분이가 일부러 그런 귀띔을 해 주었기에 비로소 알았고, 또 요 며칠 사이 집안 어른들끼리 오고가는 말눈치라든가 그 밖의 태도들이 어림짐작의 탓인지

꼭뒤 뒤통수의 한가운데.

역시 그렇게 보였다.

'정말 그런 생각을 조금이라도 가졌었다면?'

옥이는 윤이 아버지가 갑작스레 그리워졌다. 당장 달려가서 그의 커다란 손에 매달려 보고 싶었다. 울고 싶었다.

'아니!'

옥이는 하던 생각을 뚝 끊었다. 이제 막 그런 생각이 떠오른 것이 아니라는 걸 깨달았다. 실은 벌써부터, 미륵당의 터를 닦을 무렵— 그녀가 가야 부인을 따라 그의 집에 가 수종을 들 그때 벌써 그에게 대해서, 어떤 존경심과 더불어 야릇한 감정을 느꼈던 것이다. 장모인 가야 마님이 항상 자랑삼아 말하던 그 헌헌장부의 풍모와 대찬 성미! 그러나 내려오는 풍속과 예절은 그녀에게 존경심만 남게 하고 그 밖의 모든 감정은 모조리 거세시켜 버렸던 것이다. 그러니까 속으로 사랑했다는 말도 되지 않는다.

그러나 지금은 다르다. 저쪽에서 먼저 그런 말을 꺼냈다지 않는가! 옥이는 버티어 보았다. 하지만…… 역시 마찬가지였다. 그녀는 결국 종의 딸이었다. 이젠 눈물도 나오지 않았다. 도리어 정신이 말끔하게 돌아오는 것 같았다.

옥이는 불현듯이 일어나, 낮에 주워다 둔 헌 담배설대를 그 툇마루 밑에서 꺼냈다. 다시 부엌으로 들어갔다. 잠시 호롱불을

대차다 성미가 꿋꿋하며 세차다.
거세(去勢) 어떤 세력이나 대상 등을 없앰.
담배설대 담배통과 물부리 사이에 끼워 맞추는 가느다란 대.

켜 놓고 설대를 칼로 짜갰다. 독한 담뱃진 내가 코를 콱 찔렀다. 됐다! 그녀는 바삐 담뱃진을 긁어내어 환약처럼 만들었다. 넘기기 좋을 만한 게 열 개도 더 되었다. 어머니에게서 들은 방법이었다. 그녀는 그것을 대견스럽게 종이에 싸서 옷가슴에 쑥 밀어 넣었다.

가야 부인이 늦게야 돌아왔다.

"우짠 일인지 박 서방이 오늘도 늦게 안 돌아오네. 갑자기 머가 급한지 온……."

가야 부인은 이러면서 곧장 방으로 들어갔다. 꽤 추워 보였다.

한밤중이었다. "웩 웩!" 하는 이상스러운 소리에 온 가족이 놀라 깨었다. 소리는 뒤안에서 났다. 가야 부인은 불을 켤 새 없이 뒷문을 드르륵 열었다. 등불이 켜졌다. 툇마루 앞 땅바닥에 누군가가 쓰러져 있다.

"아이고 옥이 앙이가?"

가야 부인은 번개같이 뛰어내렸다. 그리고 덜렁 안았다. 상반신을.

"아이고 우리 옥이다!"

가야 부인은 불빛에 옥이의 얼굴을 돌려댔다. 입가에 누런 침이 엉겨 있다.

짜개다 나무 등의 단단한 물건을 연장으로 베거나 찍어서 갈라지게 하다.
환약(丸藥) 약재를 가루로 만들어 반죽하여 작고 둥글게 빚은 약.
뒤안 뒤꼍. 집 뒤에 있는 뜰이나 마당.

"야들아, 어서 소금물 해 오너라. 이기[이것이] 멀 묵웃구나!"

옥이는 눈알을 희멀거니 해 가지고 잇달아 딸꾹질을 해 댔다.

"어서 이 입 좀 벌기라!"

가야 부인은 옥이의 입에다 소금물을 주룩주룩 부었다. 다행으로 물이 꼴깍꼴깍 넘어갔다.

"아이고 진내야! 많이도 넘겼구나."

가야 부인은 손가락을 옥이의 입에다 쑥쑥 집어넣었다. 어서 토하란 것이다. 옥이가 다시 "웩 웩." 하기 시작한 것은 오 분도 채 안 지나서였다.

옥이의 몸뚱이가 방으로 옮겨지고, 주인을 쳐다보는 그녀의 입에서 "어머니……!" 란 말이 송구스런 목청으로 떨려 나왔을 때, 가야 부인은 비로소 마음을 놓았다.

옥이는 그러고서도 이튿날은 일찍이 일어났다. 분이가 그만 두라고 해도 그녀는 곧장 부엌으로 들어갔다.

지난밤 그런 일이 있은 때문인지 옥이의 얼굴에는 더욱 핏기가 없었다. 뿐만 아니라 하룻밤 사이에 십 년은 더 늙은 듯 눈이 아주 퀭해져 있었다. 아랫도리가 휘둘리는 모양인지 부엌에서 재소쿠리를 들고 잿간으로 가는 걸음걸이가 몹시 어설퍼 보였다.

'저런……!'

잿간(-間) 거름으로 쓸 재를 모아 두는 헛간.

가야 부인은 그러는 옥이의 뒷모습을 바라보며, 가슴을 에듯한 슬픔과 더불어 한편 이상한 감동 같은 것을 느꼈다. 하필이면 '정신대'에 끌려가는 날 아침에 아궁이의 재를 치다니! 이 집에 대한 마지막 봉사를 하겠다는 걸까……? 가야 부인의 입에서는 '나무아미타불!'보다 한숨이 먼저 나왔다. 건넌방에서는 새벽녘부터 나직나직 천수를 치는 시어머니의 경 외는 소리가 그저 멎지 않고 있었다.

아침 식사가 여느 때보다 빨리 끝나자마자 별안간 검둥이가 컹컹 사납게 짖어 댔다. 구장 이와모도가 건들건들 찾아온 것이었다. 다른 사람들을 보고는 잘 짖지도 않는 검둥이가 웬일인지 이 이와모도만 보면 죽자 하고 짖어 댄다. 개 눈에도 뭐가 좀 달라 보이는지?

"이놈의 개가 와 내만 보문 이 지랄이고?"

말은 안 해도 시무룩하다. 아마 동정을 살피러 온 모양이었다. 그는 전투모를 숙게• 쓴 채, 군대식으로 각반•까지 다부지게 치고, 팔에는 검정 바탕에 '국민총력연맹⚜'이란 여섯 글자가 하

숙다 앞으로나 한쪽으로 기울어지다.

각반(脚絆) 걸음을 걸을 때 발목 부분을 가뜬하게 하기 위하여 발목에서부터 무릎 아래까지 돌려 감거나 싸는 띠.

⚜ 국민총력연맹(國民總力聯盟) 일제가 1937년 중일전쟁을 일으키면서 황국신민화 등을 명분으로 한국인을 전쟁으로 끌어내기 위해 국민 총력 운동을 추진하면서 만든 조직.

황국신민화(皇國臣民化) 일제 강점기에, 우리 국민을 일본 천황의 충실한 백성으로 만들려는 정책.

약게 새겨진 완장을 두르고 있었다.

가야 부인은 청 끝에 나와 앉으면서 개만 불러들였다. 검둥이는 약간 물러서긴 했지만, 짖는 것만은 그치지 않았다.

"미안합니다." 하는 그의 입에 발린 수인사에, "수고합니더." 란 말 한마디조차 시원스럽게 해 주지 않는 가야 부인이 딴은 언짢았음인지, 이와모도는 부엌과 안청 쪽만 한 번 흘끗하고는 이내 돌아섰다. 물론 "꼭 부탁합니데잇!"이란 말은 잊지 않았다. 말하자면 그의 '제국'에 대한 '봉공 정신'이 아주 투철했던 것이다.

옥이는 아침도 제대로 먹지 않았었다. 두어 술 뜨다 말고 물만 후룩후룩 들이마셨다. 그것조차 잘 안 넘어가는 것 같았다. 그러나 머리만은 새벽 동자를 하기 전에 벌써 말끔하게 빗고 있었다. 죽어도 머리만은 마물러야 한다는 여자의 마음가짐이랄까.

이와모도가 돌아간 뒤 십 분도 채 안 지나서였다. 마을 어귀에 있는 동사의 종소리가 요란스럽게 울려 왔다. 집합 신호다.

그렇게 징용 소집이 있는 날, 더구나 처녀 징용이 있는 날은, 자식을 빼앗기는 집안은 흡사 초상 만난 집과 같았다. 아무리 싫더라도 안 갈 수 없고 또 안 뺏길 수 없기 때문이다. 옥이는

완장(腕章) 신분이나 지위 등을 나타내기 위하여 팔에 두르는 휘장.

봉공(奉公) 나라나 사회를 위하여 힘써 일함.

머무르다 1. 물건의 가장자리를 꾸며서 일을 끝맺다. 2. 일의 뒤끝을 맺다.

비록 이녁 딸이 아니었지만 가야 부인은 이녁 딸을 빼앗기는 것과 꼭 같은 기분이었다. 가족들 역시 그러했다. 그래서 조그마한 보퉁이를 들고 나서는 옥이는 가는 설움도 설움이었거니와, 그러한 가족들과의 작별이 슬퍼 더욱 흐느꼈다. 그러나 그녀는 결국 새침해졌다.

"갔다 오겠심더."

갔다 오겠다는 그 말이 듣는 사람에겐 더욱 뼈아프게 느껴졌다. 대문간에서 눈물을 씻는 사람은 가야 부인의 가족들만이 아니었다. 이웃 사람들도 다 옥이를 보내며 슬퍼했다. 가야 부인은 일단 방으로 들어갔다가 이내 옥이를 뒤쫓아 나섰다.

'히노마루'가 높다랗게 강바람을 맞아 펄럭이는 동사 앞뜰에는 옥이 말고도 여섯 명의 처녀가 나와 있었다. 배를 타야 할 태고 나루에서 가장 가까운 곳이라, 오봉산 밑 열두 부락의 해당자들이 모두 거기에 모였던 것이다. 그들 도합• 일곱 명을 위한 전송꾼과 구경꾼이 줄잡아도 사오십 명은 되어 보였다. 그 열두 부락의 대표이기나 한 듯이 이와모도 구장이 시종 앞장을 서서 서둘렀다. 숫제 학교 선생님처럼 고작 일곱 사람을 앞에 두고 줄을 지어 서라느니, 면 서기가 나누어 준 '히노마루'가 박힌 수건을 어서 이마에 동이라느니, 혼자서 야단을 빼듯 했다. 그것을 지극히 만족스럽게 바라보고 있던, 긴 칼을 허리에

도합(都合) 모두 합한 셈.

찬 순사부장이 드디어 출발에 즈음한 인사말을 했다.

"여러분은 오늘부터 우리 제국을 위해 일하게 되는 것입니다. 그것은 비단 여러분만의 명예가 아니라, 한편 이 지방의 자랑입니다……!"

그러고는 이와모도 구장을 선두로 일곱 처녀와 그녀들의 가족, 그리고 거기에 모였던 대부분의 사람들은 강가를 향해 나아갔다.

무당 천금새의 집 앞인 나루터에는, 벌써 소금 배 비슷한 수송선 한 척이 준비되어 있었다. 거기서는 꾸무럭거릴 필요가 없다. 짐 덩어리처럼 태우기만 하면 그만이다. 그리고 배편이 좋은 것은 도중에서 도망칠 우려가 전연 없다! 처녀들이 연방 실리고 있을 무렵이었다. 별안간 철둑 위를 달려오던 사내가 이쪽을 향해 손을 흔들면서 소리를 내질렀다.

"어어잇, 잠깐만 기다리소. 이것 가주가욧!"

모두 소리 나는 쪽을 돌아보았다. 쏜살같이 뛰어오는 사나이는 바로 가야 부인의 사위였다. 지난 밤새 돌아오지 않던 박 서방이었다. 가야 부인은 옥이의 손을 꽉 붙들었다. 그녀가 배에 오를 차례였다.

헐레벌떡 뛰어온 박 서방은 옥이의 팔을 덜렁 잡았다.

꾸무럭거리다 매우 천천히 자꾸 움직이다.

연방(連方) 연속해서 자꾸.

"가지 마라!"

그러곤 쓰러지듯 주저앉았다. 옥이의 팔을 잡은 채 숨소리가 흡사 기관차의 피스톤 소리처럼 거칠었다.

"와 이라노 이 사람이? 각중에[•] 미쳤나?"

이와모도가 옥이를 배에 밀어 올리려 했다.

"머? 내가 미쳐?"

박 서방은 연방 숨을 헐떡거리며 일어나더니,

"그 손 띠이라(떼라), 내 처다!"

"머? 이 사람이 정말 돌았는가베."

이와모도가 어이없는 듯이 웃다 말고 눈을 흘긴다.

"미쳤다문 니가 미친 길(걸)세. 징거를 비이 조야(보여 줘야) 알겠나?"

박 서방도 마주 눈을 흘겼다. 가야 부인은 어리둥절했다. 옥이도.

"고라 고라(이 자식)! 니가 무슨 소리 하노?"

칼을 찬 순사부장이 두 사람 사이를 막아섰다.

"무신 소리? 내 처라 캤소!"

박 서방은 분명히 말했다.

"내 처라?"

"그렇소! 처녀가 아닌데 와 데리고 갈라 카요? 징명을 비이

각중에 '갑자기'의 사투리.

(보여) 줄까요?"

박 서방은 가슴에서 두툼한 봉투 하나를 꺼내 보였다. 호적등본이었다. 분명히 옥이가 그의 호적에 처로 올려 있지 않은가! 면장의 도장도 찍혀 있다.

"오카시이네(이상찮나)?"

순사부장도 그런 데는 할 도리가 없었다.

"오카시이가 아뇨. 똑똑히 보고 말하시오!"

박 서방은 이렇게 말하고서 이와모도 쪽을 쳐다보았다.

"인자(인제) 알겠나? 괜히 똑똑히 알지도 몬하고 댐비지 마라 말이여!"

그러곤 옥이의 팔을 잡고 있던 이와모도의 손을 사정없이 퉁겨 버렸다.

"보소—."

옥이는 그제야 박 서방의 가슴에 얼굴을 묻으며 흐느꼈다. 그것은 물론 넘쳐흐르는 감격의 흐느낌이었다.

"어서 가자!"

가야 부인은 뭔가 속에 짚이는 게 있었다. 그녀는 이내 옥이의 덜덜거리는 손을 끌었다.

저만치서 면 서기가 빙긋이 웃고 있었다.

관중들은 마치 도깨비에게 홀리기라도 한 듯이 어리둥절한 표정들을 하고서, 총총히 떠나가는 그들의 뒷모습을 바라보았다.

나루터를 떠난 그들은 어느덧 미륵당이 있는 쪽 언덕을 더위잡고 있었다.

박 서방과 옥이가 가야 부인의 인도로 미륵불과, 거기에 모신 가야 부인의 시할아버지와 시아버지 오봉 선생, 삼일운동 때 희생된 밀양 시숙, 그리고 박 서방의 전처인 딸의 영전에서 백년가약을 맺은 것은 바로 그날이었다.

또 하나 그날의 일로서 그곳 사람들의 기억 속에서 영원히 사라지지 않는 것은 처녀 여섯 명을 제물처럼 데려다 주고 그날 밤으로 돌아오던 이와모도 구장이, 카키색 전투모에 각반을 다부지게 치고, '국민총력연맹'이란 완장을 두른 채, 이튿날 아침 그 아찔아찔한 '베리끝' 낭떠러지 밑 강물에 시체가 되어 떠 있었다는 것이다. 그리고 이른바 그의 '제국' 경찰은 웬일인지 그 어처구니없는 일을 그다지 중요시하지 않은 듯, 그저 술에 취해서 실족을 했을 것이라고만 소문을 퍼뜨렸다. 그래서 그의 죽음은 천금새도 못 알아맞힐 영원의 수수께끼가 되고 말았다.

고생한 보람 없이 원통하게도 오봉 선생이 마지막 숨을 거

영전(靈前) 신이나 죽은 사람의 영혼을 모셔 놓은 자리의 앞.

백년가약(百年佳約) 젊은 남녀가 부부가 되어 평생을 같이 지낼 것을 굳게 다짐하는 아름다운 언약.

카키색(khaki色) 탁한 황갈색. 주로 군복에 많이 쓴다.

실족(失足) 발을 헛디딤.

⚜ 이른바 그의 ~ 소문을 퍼뜨렸다 이와모도 구장의 죽음이 확실하지는 않으나 제국 '경찰'과 관련이 있을 것이라는 암시를 주고 있다.

둔, 또 다른 의미로는 절통하게도• 이와모도 참봉과 그의 조카 이와모도 구장이 세상을 지레 떠난 다음 해에, 식민지 조국은 이와모도의 이른바 '제국'으로부터 해방이 되었다.

"인자 가야 마님은 큰소리하기 안 됐능기요. 자손들도 다 베실[벼슬] 할 끼고⚜……!"

이웃 아니, 인근동 사람들은 모두 이렇게들 말했다. 부러워들 했다. 곧 서울 아니면 적어도 읍내로라도 이사를 갈 거라고들 믿었다. 그러나 해방 일 년이 지나고, 이 년 아니 삼 년이 지나 독립 정부가 수립되어도 내처 그곳에 머물러 있었을 뿐 아니라, 별수가 없었다. 해방의 덕을 못 본 셈이었다⚜. 물론 일본까지 가서 대학을 다니다가 학병을 피해 도망질을 하고 다닌다던 막내아들도 집에 돌아왔었다. 그러나 그는 벼슬이라도 할 궁리는 않고 농민 조합인가 뭔가를 만든다고, 자식 징용 보냈던 사람의 집을 찾아다니기나 하고, 아버지 명호 양반은 나라가 통일이 되지 못한 것만 한탄하고 있었다.

이런 꼴로 가야 부인의 시댁뿐 아니라 부락 자체들도 아직 신통한 해방 덕을 못 보았다. 첫째 징용에 끌려간 사람들이 제대로 돌아오지 않았다. 어쩌다가 돌아오는 사람은 거지가 되어 오

절통하다(切痛--) 뼈에 사무치도록 원통하다.

⚜ 인자 가야 마님은 ~ 할 끼고 일제에 억압 받고 항거한 사람들이 해방 시대의 주축이 될 것이라는 믿음을 표현한 부분이다.

⚜ 해방의 덕을 못 본 셈이었다 허씨 가문이 독립을 위해 헌신 했음에도 해방 후에 아무런 보상이나 혜택을 받지 못했음을 의미한다.

거나 병신이 되어 왔다. 더구나 '여자 정신대'에 나간 처녀들은 한 사람들도 돌아오질 않았다. '설마?' 하고 기다리는 판이었다. 그래서 부락들은 역시 걱정에 싸여 있는 셈이었다. 그러나 한편 불행하리라 믿었던 이와모도 참봉의 집은 반대로 활짝 꽃이 피어 갔다. 고등계 경부보로 있었던 맏아들은 해방 직후엔 코끝도 안 보이고 어디에 숨어 있느니 어쩌느니 하는 소문만 떠돌더니, 뜻밖에 다시 경찰 간부가 되었다고 했다. 그리고 몇 해 뒤엔 어마어마하게도 국회의원으로 뽑혔다.

명호 양반은 아버지 오봉 선생을 닮아서 다시 두문불출을 하다시피 구겨지고, 아들 가운데서 제일 똑똑하다고 하던 막내도 결국 반거충이가 되어 어딜 돌아다니기만 했다.

"애닯기도 하제, 즈그 할배나 징조할배가 그렇기 훌륭하고 독립운동도 많이 했다는데……."

마을 사람들은 이렇게들 안타까워 했다. 양 접장이 살아 있었더람 뭐라고 할는지, 사람들은 이렇게 궁금하게도 여겼다. 가야 부인의 머리에 흰 털이 부쩍 늘어난 것도 이 막내 때문이라고들 했다. 그러나 가야 부인은 아무런 내색도 하지 않고, 집에 있을 땐 돌아가신 시어머님처럼 천수나 치고 미륵당에 나가면 미륵불 앞에 앉아서 가만히 눈을 감았다. 그럴 때마다 그녀의 머릿

두문불출(杜門不出) 집에만 있고 바깥출입을 아니함.

반거충이(半---) 반거들충이. 무엇을 배우다가 중도에 그만두어 다 이루지 못한 사람.

속에는 곧잘 자줏빛 모란꽃잎이 뚝뚝 떨어지곤 하였다.

"석이 안 왔나?"

가야 부인은 겨우 눈을 또 뜨곤 막내아들의 이름을 불렀다. 벌써 몇 번째인지 모른다.

멀리서 또 포성이 쿵! 울려 왔다. ―왜 사람들은 싸우지 않음 안 될까? 가야 부인은 무슨 말이라도 할 듯이 입을 약간 우물하다 만다. 이마에서 잇달아 솟는 땀이 드디어 그녀의 열반을 알리는 것 같았다.

■ 『김정한 소설선집』(창작과비평사, 1974)

• 등장인물 들여다보기

가야 부인

이 작품의 주인공으로, 한일 합방 다음 해에 작품의 배경이 되는 경상도 어느 마을의 허 진사댁으로 시집을 와서 일제 식민지 지배 및 그에 저항하는 항일 운동으로 인해 어수선해진 집안을 꿋꿋하게 지켜 나가는 의지의 여인입니다. 특별한 능력이 있어서가 아니라 자신에게 주어진 책무를 성실하게 다하고 자신이 옳다고 생각하는 일에 있어서는 물러섬이 없이 자기 뜻을 관철시켜 나가는 의지를 보임으로써 그렇게 하지요. 양반집 며느리이면서도 험한 상일을 마다하지 않고, 어려운 살림임에도 시아버지의 뒷바라지에 소홀함이 없어요. 그러면서도 시아버지의 엄격한 가부장적 권위에 맞서 시어머니 및 자신의 불심을 지켜 나가지요. 시아버지인 오봉 선생은 유학자로서 집안에서 불교를 엄금하고 있었거든요. 그러나 오봉 선생도 결국 가야 부인의 뜻을 받아들이고 죽을 때에는 가야 부인이 집안의 어른임을 선언하게 되어요. 아직 남자가 한 집안의 최고 어른 자리를 이어가는 가부장 제도가 엄연하게 존재하던 당시에, 여성으로서 시아버지의 권위와 대결을 거쳐서 이처럼 가장으로 인정받게 된다는 것은 상상하기 어려운 일이었어요. 또한 죽은 딸의 남편인 박 서방이 양반 출신인데도 종의 딸인 옥이와 혼인하는 것을 도와주려는 등, 신분제에 대해서도 열린 마음을 갖고 있지요.

오봉 선생

가야 부인의 시아버지로, 과묵하고 서릿발같이 매운 기상을 지닌 선비입니다. 유학을 신봉하는 우리나라의 전통적인 가부장에 해당하는 인물이에요. 아버지가 일본의 합방 은사금을 거절하고 간도를 떠돌며 항일 운동을 하다 죽고, 둘째 아들은 삼일운동 때에 총에 맞아 죽는 등, 일제 식민지 지배로 인해 집안이 비운에 처해지는 가운데에서도 가부장으로서의 권위를 잃지 않고 집안의 기둥 역할을 해 나가지요. 특히 가야 부인이 며느리로 들어온 뒤 집안 살림을 일으켜 준 것이 많은 도움이 되었을 겁니다. 가야 부인이 절을 짓겠다고 하자 노발대발하지만, 석가모니의 자비심과 공자의 인(仁)이 근본에 있어서 다르지 않다는 가야 부인의 뜻을 받아들이는 등 포용력을 품고 있기도 합니다. 그저 친구와 술로써 시름을 잊으며 세월을 보내다가 어느 날 일제가 꾸민 애국 지사 박해 사건인 '한산도 사건'으로 투옥되어 고초를 겪게 됩니다. 재판 과정에서도 전혀 굽히지 않고 꿋꿋하게 임하지만 결국 출옥 직후 세상을 떠납니다. 한편으로는 일제에 영합하지 않는 지사적인 면모를 보이면서 다른 한편으로는 시대에 적응하지 못하고 자기만의 세계에 갇혀 살아간 인물이라 할 수 있지요.

이와모도 참봉

일제에 협력하는 친일파로, 허 진사 집 사람들과 대조적인 인물입니다. 참봉 벼슬도 합방 은사금을 받고 돈으로 산 것이라, 가야 부인의 시아버지인 오봉 선생은 멀지 않은 이웃에 살면서도 그를 가까이 하지 않아요. '이와모도'라는 이름도 창씨를 한 것이고, 큰 아들도 도경 고등계에서 경보부로 근무하고 있습니다.

가야 부인도 그 가문을 '대견스럽게' 여기지는 않지만, 오봉 선생이 구속되자 면회라도 하기 위해서 어쩔 수 없이 이와모도 참봉을 찾아갑니다. 이와모도 참봉은 가야 부인을 도와주기 위해 함께 큰 아들을 찾아가지만, 무안만 당하고 돌아옵니다. 그는 오봉 선생이 출옥 후 곧바로 세상을 떠나자 장례식에도 참례를 하는데, 그곳에서 오봉 선생의 친구인 김 진사에게 면박을 당하고는 화병에 걸려 앓다가 결국 죽고 말지요. 그러나 그의 아들은 해방 후에도 국회의원이 되는 등, 해방 후에도 친일파가 득세하는 우리 역사의 아이러니를 보여 주게 되지요.

박 서방

가야 부인의 사위로, 그의 아내인 가야 부인의 딸이 괴질을 앓다가 죽은 후 혼자 살고 있습니다. 아내가 죽은 뒤에도 가야 부인을 많이 도와주지요. 특히 가야 부인의 소원인 미륵당을 짓는 데에 앞장서서 도움을 줍니다. 절을 짓는 동안 가야 부인이 데리고 있던 옥이가 박 서방의 시중을 들게 되는데, 나중에 옥이가 정신대에 끌려갈 위험에 처하자 가야 부인에게 옥이와 혼인하겠다는 의사를 밝힙니다. 결국 정신대에 끌려가는 옥이를 구하기 위해 자신의 호적에 처로 올리고, 그녀를 구출해 내지요. 신분제가 관습적으로 강하게 유지되고 있던 당시에 양반 출신으로서 종 출신인 옥이와의 결혼을 마다하지 않는 줏대가 강한 인물이에요.

● 작품 Q&A

"선생님, 궁금해요!"

Q 이 작품의 배경에 대해 설명해 주세요.

A 이 작품은 주인공 가야 부인의 손녀인 분이가 어릴 적 할머니와 함께 작은 불당(아마 미륵당이겠지요.)에 갔던 일을 떠올리는 장면에서부터 시작합니다. 그런데 분이가 과거의 기억을 떠올리는 시점은 이미 성장해서 '낭자가 반듯한 색시'가 되어 있는 그녀가 가야 부인의 임종을 지켜보고 있는 시점이에요. 그리고 이 작품은 가야 부인이 열반에 오르면서(즉, 죽음을 맞으면서) 끝나고 있어요. 그러니까 이 작품은 가야 부인의 임종 장면에서 시작해서 과거로 돌아가 가야 부인의 생애를 회상한 다음, 가야 부인의 죽음으로 끝을 맺는 구조를 이루고 있답니다.

그리고 회상되는 가야 부인의 생애는 그녀가 허 진사댁으로 시집을 오면서 시작해서 그녀의 죽음 직전까지 진행되어요. 그녀가 시집을 온 것은 '한일 합방이 있은 다음 해'라고 했으므로 1911년이지요. 그리고 그녀가 임종을 앞두고 있는 시점은 해방된 이후이고, 또 임종 장면에서 주변에서 포성이 들리는 것으로 되어 있는데 '적을 가상한 훈련 포성'이라고는 하지만 6 · 25 전쟁을 상기시키지요. 그러므로 이 작품의 시간적 배경은 1911년 ~ 1950년에 걸쳐 있다고 할 수 있어요.

공간적 배경은 가야 부인이 시집을 온 허 진사댁 부근에서 거의 벗어나지 않고 있어요. (가야 부인이 오봉 선생을 면회하기 위해 이와모도 참봉과 함께 도경찰국을 찾아가는 장면과 오봉 선생의 재판 장면만이 예외이지요.) 허 진사 댁이 어디에 위치해 있는지는 전혀 단서가 주어져 있지 않아요. 그런데 소설 속 인물들이 다들 경상도 사투리를 구사하고 있으므로 공간적 배경은 '경상도 어느 마을' 정도로 정리하면 될 거예요. 다만 오봉산이나 황산 벼룻길, 대밭각단 등 작품에 등장하는 구체적인 지명들이, 김정한 작가의 부인의 고향인 경상남도 양산시의 어느 마을(원동면 화제리)의 지명과 일치한다고 해요.

Q '수라도'라는 제목이 의미하는 바는 무엇인가요?

A '수라도(修羅道)'는 어휘 풀이에도 나와 있듯이 불교 용어로서 교만심과 시기심이 많은 사람이 죽어서 가는 세계이며, 항상 싸움이 그치지 않는 세계를 뜻합니다. '아수라도(阿修羅道)'라고도 하는데, 여기서 '아수라'는 싸우기를 좋아하는 귀신을 뜻합니다. 아수라는 만화에 종종 나오는 캐릭터이므로 여러분에게도 친숙할 거예요. 참고로 '아주 시끄럽고 혼란한 상태나 장소'를 뜻하는 '아수라장'이라는 말도 여기에서 나왔지요. 불교에서는 사람이 죽으면 다른 세계로 가서 다시 태어난다고 하지요. 이를 '윤회'라고 해요. '수라도'는 불교에서 말하는 윤회하는 여섯 세상 중 하나로, 여섯 세상에는 지옥, 아귀도, 축생도(이 세 세계를 삼악도라고 해요.), 수라도, 인도, 천도(이 세 세계를 삼선도라고 해요.)등이 있어요. 수라도는 그래도 인도 즉 인간계 바로 아래에 있으니까 아주 나쁜 세계는 아

니지요. 그렇지만 어쨌든 늘 싸움과 다툼이 일어나는 세계로서 인간계보다 못한 세계인 것이 분명해요.

작품에서는 제목인 수라도와 관련하여 어떠한 단서도 주고 있지 않은데, 어쨌거나 주인공 가야 부인이 살아간 세계가 온전한 인간계보다도 못한, 교만심과 시기심으로 늘 다툼과 싸움이 일어나는 세계와 비슷하다고 해서 아마 제목을 '수라도'라고 붙인 거겠지요. 물론 그렇다고 해서 이 작품에서는 사람들 사이의 다툼과 싸움만을 그리고 있는 것은 아니에요. 가령 가야 부인의 집안 내에서는 다툼이나 싸움이 거의 일어나지 않아요. 가야 부인이 시아버지인 오봉 선생과 대립하기도 하지만, 그것을 싸움이라 보기는 어렵지요. 서로에 대한 존중심을 잃지 않으면서 대립을 하고, 오봉 선생도 결국은 가야 부인의 뜻을 완전히 거부하지는 않으니까요. 아마도 일제 강점기 하에서 이루어진 우리 민족에 대한 박해와 거기에 동조한 친일파들, 그리고 해방 이후에도 식민지적 현실이 청산되지 못한 점 등을 근거로 해서 우리 현실이 온전한 인간계에 미치지 못하는 '수라도'와 같다고 본 것이겠지요.

Q 작품의 전반부와 후반부의 내용이 조금 다른 것 같아요. 전반부는 가야 부인과 시아버지인 오봉 선생과의 관계가 이야기의 중심이 되는 것 같은데요, 가야 부인과 오봉 선생이 대립하는 모습이 그려지는 한편 오봉 선생의 미덕도 많이 그려지고 있어요. 도대체 가야 부인은 왜 오봉 선생과 대립하는 건가요?

A 이 작품은 주로 가야 부인이 허 진사댁으로 시집을 온 이후에 겪은 일들을 그리고 있는데, 시간적으로 약 40년에 걸쳐 일어난 일들입니다. 그러므로 이 작품은 거의 가야 부인의 일대기와 유사한 형식을 취하고 있다고 할 수 있어요. 그래서 여느 소설처럼 하나의 뚜렷한 사건을 중심으로 구성되어 있지 않아요. 가야 부인이란 주인공이 일생 동안 겪은 몇 개의 중요한 에피소드들을 그려 나가고 있는 셈이지요. 그중 전반부는 시집을 와서 시댁에서 겪은 일을 중심으로 그리고 있고, 후반부에서는 시아버지의 재판과 죽음을 계기로 하여 조금 더 넓은 사회 현실을 담아내고 있다고 볼 수 있습니다.

전반부에서도 가족 내부의 문제만 그려지고 있는 건 아니에요. 가야 부인이 시집을 왔던 당시, 이미 시할아버지는 집을 떠나 북간도나 서간도를 떠돌아다니고 있지요. 일본 제국주의의 합방 은사금을 받지 않아 그들에게 밉보였기 때문이라고 해요. 그리고 시집 온 지 9년째 되는 해에 독립운동을 하던 시할아버지가 유골로 돌아오고, 또 그 이듬해에 3 · 1 운동이 일어나 가야 부인의 시동생인 밀양 양반이 "왜놈들의 총질에 생죽음을 당한" 일이 일어납니다. 곧 가야 부인의 시댁은 항일 운동을 하다가 점차 몰락해 가는 과정에 있는 것이지요. 시아버지인 오봉 선생도 낙동강 연안의 갈밭들이 모조리 동척의 손아귀에 들어가는 꼴을 보고는 세상을 등진 듯 새침하게 세월을 보내고 있고, 남편인 명호 양반은 글만 읽는 서생이고, 시어머니도 매사에 자기 의견을 내세우는 일이 없어요. 그래서 자연 집안 살림은 오로지 가야 부인의 몫으로 떨어지지요. 가야 부인은 여느 양반집 며느리와 달리 나날이 어려워져 가는 집안 살림에 수동적으로 대처하지 않고, 직접 모 내기도 하고 길쌈도 하는 등 적극적으로 나서서 집안을 일으킵니다. 그래서 대쪽 같던 성미를 가진 오봉 선생도 아들인 명호 양반이 아니라 가야 부인을 집안의 실질적인 기둥으로 인정해 주지요. 가야 부인 역시 세상을 멀리하고 가정에서도 외돌토리가 되어 그저 친구와 술로써 시름을 잊는 오봉 선생을 성심껏 모십니다.

그런데 가야 부인이 오봉 선생과 대립하는 일도 일어납니다. 그건 한편으로는 종교적인 문제이지만, 다른 한편으로는 가부장제도 아래서의 여성 문제이기도 해요. 둘째 아들을 잃은 뒤 정신 나간 사람처럼 된 시어머니가 불교에 의지하게 되는데, 오봉 선생은 유학자이므로 불교를 절대로 용납하지 않는 거예요. 그러자 가야 부인은 오봉 선생 몰래 시어머니를 절에 보내 드리지요. 더욱이 가야 부인도 시어머니와 마찬가지로 불교에 대한 신심이 깊었고, 게다가 어느 겨울날 장에 갔다 오다가 폭풍을 피해 잠시 머물렀던 곳에서 땅에 묻힌 돌부처를 발견한 뒤로 그 자리에 절을 짓고 싶은 마음을 간직해오고 있었어요. 그것을 시어머니에게 말씀드리자, 평생 남편에게 복종하며 지내 온 시어머니가 직접 남편 오봉 선생을 찾아가 절을 짓게 해 주자고 건의했다가 오봉 선생의 격렬한 반대에 부딪히게 됩니다. 그러자 가야 부인은 출가를 할 각오로 오봉 선생과 맞서서 결국 공자님의 인(仁)이나 석가모니의 자비심이 근본에 있어서 다를 바 없다는 생각을 펼쳐서 오봉 선생의 묵인을 이끌어내지요. 물론 오봉 선생이 불교를 승낙한 것은 아니지만, 어쨌거나 가야 부인은 '무당과 중을 멀리하는 것'을 체통으로 삼아 온 유서 깊은 선비 집안에서 불도의 가르침에 따르는 것을 가능하게 만들었는데, 이는 또한 오직 남성들을 중심으로 유지되어 오던 가부장적인 가족 제도 내에서 여성들의 목소리를 살림으로써 가능하게 되었다는 점에서도 의미가 깊습니다. 특히 "아버지의 성 하나 타 가지고 남의 가문에 와서 '삼종지례'니 '칠거지악'이니 하는 무쇠 같은 유교의 계율에만 억눌려 사는 멀쩡한 노예인 그녀들"이 이룩해 낸 일이니까요.

이후 오봉 선생은 일제에 의해 억울한 옥살이를 하고 나오지만 고문과 옥고에 시달린 탓으로 결국 죽음을 맞게 됩니다. 그는 숨을 거두기 직전에 자기 아들이 아니라 "명호 메누리(곧 가야 부인)가 이 집안에서는 제일 큰 어른이데잇!"이라고 유언을 남기지요. 이는 가야 부인이 자신에게 복종하기만 한 것이 아니라 올바르다고 생각하면 자기 주장을 굽히지 않는 대찬 모습을 보여 주었기 때문에 가능했을 거예요. 엄격한 가부장적 가족을 유지해 온 그가 여성인 며느리를 가문의 후계자 비슷한 것으로 지정한다는 것은 당시로서는 상상도 못할 만큼 드문 일이었어요. 가야 부인은 '여성 해방'과 같은 이념이라곤 꿈에도 생각하지 못했을 사람이고, 작품 내에서도 그와 관련된 어떠한 생각이나 발언을 비친 적이 없지요. 그럼에도 불구하고 가부장적 가족 내에서 자신에게 주어진 역할을 성심껏 다하다 보니 결국 여성 해방을 몸으로 실천해 보인 셈이에요. 그래서 오봉 선생과 가야 부인의 관계는, 유교와 불교, 가부장적 질서와 여성 해방이라는 상반되는 두 가치들이 충돌을 통해서 화합해 가는 아름다운 장면을 연출해 내고 있답니다.

Q 작품의 후반부에서는 가족 내부의 문제가 아니라 일제 강점 말기의 불합리한 현실이 주로 그려지고 있어요. 그런데 후반부에서는 주인공인 가야 부인이 그다지 중요한 역할을 하지 못하는 것 같아요.

A 종교적인 문제로 가야 부인과 대립한 직후 오봉 선생은 집을 나가 한동안 돌아오지 않지요. 그러던 중 형사들이 들이닥쳐 가택 수색을 하는 일이 벌어지고, 결국 오봉 선생은 늙은 유생들과 함께 시회를 열었다가 일본 경찰에 구속되고 말지요. 그 뒤로 작품은 가야 부인이 오봉 선생을 면회하기 위해 이웃의 이와모도 참봉과 함께 도 경찰국에 있는 그의 아들을 찾아가지만 실패해서 돌아오는 장면, 오봉 선생의 재판과 그에 뒤이은 죽음, 이와모도 참봉이 오봉 선생의 장례에 참석했다가 무안을 당한 뒤 그것을 분해하다가 시름시름 앓는 장면, 이와모도 참봉의 마누라가 가야 부인이 세운 절 미륵당으로 인해 손님을 잃어서 가야 부인을 원망하고 있는 무당 천금새를 찾아가 굿을 하지만 실패하고 이와모도 참봉이 결국 죽는 장면, 일제 강점 말기에 이르러 징병과 징용이 극심해진 상황에서 가야 부인이 양딸처럼 데리고 있던 옥이도 정신대로 징집당하지만 가야 부인의 사위인 박 서방이 옥이와 혼인신고를 해서 가까스로 옥이를 구출하는 장면 등이 이어지지요. 그러고는 마지막으로 해방이 된 후 친일파이던 이와모도 참봉네는 아들이 국회의원이 되는 등 사정이 활짝 피지만, 항일 운동의 전통을 잇던 가야 부인의 집안은 학병을 피해 도망 다니던 가야 부인의 막내아들이 농민 조합 운

동을 하다 반거충이가 되는 등 어처구니없는 일이 일어나고, 곧바로 가야 부인의 임종으로 이어져요.

그래서 작품 후반부에 오면 가야 부인의 역할은 많이 줄어들어요. 가령 오봉 선생이 출옥한 후 죽어서 장례식을 치르고, 거기 참석한 이와모도 참봉이 무안을 당하고는 그 영향으로 앓다가 굿을 하는 장면이 이어지는 동안 가야 부인이 특별한 역할을 하는 일은 거의 없어요. 옥이가 정신대에 끌려갈 뻔하다가 구출되는 과정에서도 가야 부인이 특별히 어떤 대처를 하지는 않고 있지요.

그러나 일본 제국주의가 마지막 발악을 하는 동안 집안이나 마을이 큰 탈 없이 버텨 낼 수 있었던 데에는 가야 부인의 음덕이 알게 모르게 작용을 하고 있다고 보아야 해요. 가령 천금새의 굿이 실패로 돌아간 것은 미륵당에서 그녀가 물밥을 던지다가 되려 물밥과 흙더미를 덮어쓴 일 때문인데, 미륵당에서 천금새에게 물밥과 흙더미를 덮씌운 것은 아무래도 가야 부인의 사위인 박 서방이나 혹은 그녀의 은혜를 입은 누군가의 소행이겠지요. 그리고 박 서방이 용기를 내어 신분의 차이를 무릅쓰고 옥이와 혼인 신고를 하여 옥이를 정신대 징발로부터 구해 낼 수 있었던 것도 그동안 장모인 가야 부인의 영향을 받았기 때문일 거예요.

우리나라에서 신분제는 공식적으로 1894년의 갑오개혁 때에 철폐되었지만, 그 뒤로도 오랫동안 관습적으로 이어져 왔어요. 이 무렵만 해도 아주 강한 관습으로 살아 있었지요. 그래서 양반 출신인 박 서방이 노비 출신인 옥이와 결혼을 하려는 마음을 먹는 것 자체가 대단히 쉽지 않은 결단이었어요. 박 서방은 결행에 옮기기 전에 가야 부인에게 뜻을 전하지요. 가야 부인도 그 뜻을 전해 듣고 놀라기도 하고 "어째야 할지를" 잘 모르지요. 그러나 절대로 반대는 하지 않고 시어머니에게도 물어보는 등 궁리하는 모습을 보여요. 사실상 마음으로는 허락을 한 셈이고, 그래서 박 서방도 용기를 내어서 결행에 옮겼을 겁니다. 곧 이 장면에서도 가야 부인이 나름의 역할을 하고 있는 셈이에요. 그 외에도 미륵당에서 동네 아낙네들이 모여 징용에 나간 자식들에 대한 근심과 슬픔을 나누는 장면도 나오는데, 가야 부인이 나서서 만든 미륵당이 일종의 마을 공동체 역할을 하면서 그 힘든 세월을 견디는 버팀목이 되어 주지요.

소설의 주인공은 만화나 영화의 주인공처럼 아주 비범한 영웅적인 인물이 아니에요. 우리와 같은 평범한 인물이면서 남다른 비범한 측면도 다소 지닌 인물이 소설 주인공이 되지요. 이 작품에서도 후반부에서 그려지는 것과 같은 비상한 상황에서 가야 부인이 아주 비범한 역할을 하여 상황을 타개하는 것으로 그려졌다면 오히려 작품의 현실성을 해치는 결과를 가져왔을 거예요.

Q 작가는 무당 천금새를 부도덕한 인물로 그리면서도 그녀가 굿을 하는 장면은 아주 상세하게 그리고 있어요. 왜 그런 건가요?

A 단편 소설은 짧은 분량 안에 주인공이 겪는 사건의 전말과 그에 따른 주인공의 운명을 그려야 하기 때문에 구성, 즉 플롯이 잘 짜여야 해요. 흔히 소설의 구성을 '발단 - 전개 - 절정 - 결말'의 4단계나 혹은 그 가운데 '위기'를 집어넣어 5단계로 설명하곤 하는데, 이는 모두 단편 소설(혹은 극)에나 해당하는 이야기예요. 장편 소설

이나 이 작품과 같은 중편 소설은 단편 소설에 비해 훨씬 많은 이야기를 담아내기 때문에 잘 짜인 플롯에 따라 진행되지 않는 경우가 더 흔해요. 오히려 서사의 전개에 불필요한 것으로 보이는 장면들도 불쑥불쑥 등장하곤 하지요. 이 작품에서의 굿 장면도 그런 성격을 갖고 있어요. 주인공 가야 부인의 운명과는 별 연관이 없는 장면인데도 비교적 상세히 그려지고 있지요.

그런데 천금새는 비단 이와모도 참봉의 죽음과 관련하여 등장하는 것만은 아니에요. 가야 부인이 미륵당을 만든 것은 일단 자신과 시어머니의 불심에 따른 것이지만, 다른 한편으로 보면 이 미륵당이 단순한 종교적 기능만 하는 건 아니지요. 작품의 첫머리부터가 손녀딸 분이가 미륵당에 가야 부인과 함께 도착하는 기억을 떠올리는 데서 시작하잖아요. 여기서 미륵당의 분위기는 앞서도 잠깐 지적했듯이 마치 마을 여인들이 모여 노는 사랑방이나 공동체 같은 느낌을 주어요. 일반 종교 시설에서 주는 엄숙한 분위기라든가 사이비 종교 시설에서 주는 엽기적인 분위기와는 전혀 다르지요. 그 이후에 등장하는 미륵당 모습도 마찬가지고요. 그리고 이 미륵당이 들어섬으로 인해 이전에는 무당 천금새를 찾아가던 사람들이 미륵당으로 오게 되어 천금새가 가야 부인에게 앙심을 품는다고 되어 있어요. 곧 미륵당은 그동안 마을 사람들이 의지하던 미신을 대신해서 더 건강한 마음의 의지처 같은 것이 되어 준 거예요. 그래서 어차피 천금새는 몰락할 운명이었는데, 마침 이와모도 참봉의 굿이 그 몰락을 앞당겨준 것이지요.

그런데 왜 천금새가 하는 굿을 상세하게 형상화한 걸까요? 〈사하촌〉이란 작품에서도 비슷한 경우가 나와요. 〈사하촌〉에서 가뭄이 든 데다가 자신들의 땅 주인인 절의 횡포로 인해 고생을 하는 농민들의 모습이 주로 그려지는데, 가뭄을 해결하기 위해 절에서 베푸는 기우 예불을 아주 상세하게 그리고 있지요. 기우 예불이 사실상 가뭄을 해결하는 데 아무런 도움이 못 되는데도 말이에요. 그건 아마도 잘못된 종교가 백성들을 오히려 속이고 핍박하는 모습은 비판적으로 그리면서도, 예불이나 굿 자체는 우리의 전통 문화에 속하므로 나름대로 아끼고 보존하고 싶은 작가의 의식이 작용한 것으로 보여요.

더 읽어 봅시다

일제 강점하의 현실에 대응하는 여성을 그린 작품

강경애, 〈소금〉 _〈수라도〉와 달리 하층 여성이 주인공이다. 우리나라에서는 살지 못하고 만주으로 이민을 간 봉염 어머니가 주인공. 만주에서 남편은 지주를 위해 일하다 공산당 세력에게 살해당하고 아들은 공산당 패거리가 되었다가 총살당하며 자신은 중국인 지주에게 겁탈당하고 어린 딸들은 병에 걸려 죽는 등 온갖 시련을 겪다가 먹고살기 위해 소금 밀수입에 나서면서 현실에 대해 어렴풋하게나마 각성하게 된다는 이야기를 담고 있다.

작가 소개

김정한(1908 ~ 1996)

부조리한 현실과 맞서는 치열한 작가 정신

작가 김정한의 창작 정신을 아주 잘 드러 내주는 구절이 있다. 〈모래톱 이야기〉의 서두에 나오는 일종의 서문이다.

> "이십 년이 넘도록 내처 붓을 꺾어 오던 내가 새삼 이런 글을 끼적거리게 된 건 별안간 무슨 기발한 생각이 떠올라서가 아니다. 오랫동안 교원 노릇을 해 오던 탓으로 우연히 알게 된 한 소년과, 그의 젊은 홀어머니, 할아버지, 그리고 그들이 살아오던 낙동강 하류의 어떤 외진 모래톱 — 이들에 관한 그 기막힌 사연들조차, 마치 지나가는 남의 땅 이야기나, 아득한 옛날이야기처럼 세상에서 버려져 있는 데 대해서까지는 차마 묵묵할 도리가 없었기 때문이다."

현실에서 부닥치는 기막힌 사연들에 대해 침묵할 도리가 없어서 그것을 증언함으로써 널리 알려야 하겠다는 것이 김정한의 작품을 관통하는 정신인 것이다.

김정한의 실질적인 문단 데뷔작인 〈사하촌〉에서부터 그러한 현실 비판 정신은 뚜렷하게 나타난다. 가뭄과 아울러 농민들을 둘러싸고 있는 사회적 관계로 인해 고통받고 있는 농민들의 현실이 비판적인 시각으로 형상화되고 있는 것이다. 곧 자신의 농지를 갖지 못하고 남의 땅(절 소유의)을 빌려서 농사짓는 농민들이 가뭄 때 물을 대는 일에서도 손해를 볼 수밖에 없고, 가뭄 때문에 흉년이 들었는데도 소작료나 조합비, 비료 대금 등이 조금도 감면되지 않아 어쩔 수 없이 집단 행동에 나서게 되는 과정이 그려지고 있다. 불합리한 현실에 대해 등장인물들이 수동적으로 대처하지만은 않고 적극적인 대응에 나서고 있는 점도 김정한 소설의 특징이다.

이러한 작품 성격은 당시 유행하던 프롤레타리아 소설과 맥을 같이 하지만, 김정한의 소설에는 프롤레타리아 소설에서와 같이 농민들을 계급의식으로 각성시키는 사회주의자와 같은 존재는 등장하지 않는다. 역시 일제 강점기의 농민의 현실을 그리고 있는 〈항진기〉에서는, 오히려 입으로만 혁명을 외치는 사회주의자는 오히려 비판의 대상이 된다. 실제 불합리한 현실을 몸소 겪고 있는 민중들이 스스로 그와 맞서 싸우는 모습을 그리는 것이 김정한 소설의 주요 특징인 것이다.

일제 강점기 때의 김정한 소설은 〈사하촌〉에서 드러나듯 주로 농민들의 열악한 환경과 그에 맞선 투쟁을 그리고 있으며, 그와 아울러 〈추산당과 곁사람들〉에서는 대처승 추산당의 죽음과 그가 남긴 유산 상속 문제를 둘러싸고 벌어지는 인간의 추악한 욕망을 비판적으로 형상화하고 있고, 〈낙일홍〉에서는 작가 자신이 교사로 지내면서 목격한 조선인 교사에 대한 차별에 대해 그리고 있다.

일제 강점 말기 즈음에 김정한은 거의 붓을 꺾는데, 이는 일단 한국어 교육이 금지되고 한국어로 작품을 발표할 수 있는 매체도 거의 폐간되는 등 당시 사정에 따른 것으로 보인다. 해방이 된 후에도 김정한은 주로 자신의 천직인 교육을 비롯한 기타 사회 활동에 전념하느라고 본격적인 창작 활동을 재개하지 않고 있다가 1966년 〈모래톱 이야기〉를 발표하면서 오랜 침묵을 깨고 중앙 문단에 복귀하며, 이후 1970년대까지 매우 왕성한 활동을 벌인다.

이 시기의 그의 작품도 예전과 마찬가지로 불합리한 현실로 인해 고통받는 민중들의 삶과 그들의 현실에 대한 저항에 초점이 맞춰져 있다. 다만 일제 강점기 때의 소설들과 다른 것은, 일제 하 소설들의 불합리한 현실의 배후에는 일제 식민지 정책이 놓여 있었다면, 1960 ~ 1970년대 소설에서 그려지는 불합리한 현실의 배후에는 주로 '왜곡된 근대화'가 자리 잡고 있다는 점이다. 이 무렵은 우리나라가 급속한 근대화를 추진하던 시기였다. 이러한 근대화가 '개발 독재'라는 이름으로 요약되는 데서도 알 수 있듯이, 독재 정권이 근대화라는 이름으로 개발을 거의 강제적으로 추진하였던 것이다. 강제적으로 추진하다 보니 무리가 따를 수밖에 없었고, 그 무리에 수반되는 엉뚱한 희생은 죄다 힘없는 민중의 몫으로 돌아갔다. 〈모래톱 이야기〉는 바로 그러한 민중의 억울한 희생을 고발하고 있다. 자세한 사정은 그려지지 않고 있으나, 땅의 소유권이 일제 강점기 때의 동양척식 주식회사에서 해방 이후 어느 국회의원을 거쳐 현재 '유력자'의 손으로 넘어가 있는 것도 비리와 무관할 수 없을 것이고, 그 유력자가 지금 농민들을 몰아내고 무리하게 개발을 추진하는 과정에서 오래전부터 그 땅에서 농사를 지으며 생활을 영위해 온 농민들이 결국 삶의 터전을 잃고 마는 일이 벌어진다. 이는 개발과 근대화가 민중들을 위해 추진되는 것이 아니라 권력을 잡은 일부 세력의 이익을 위해 추진되는 것임을 짐작하게 해 준다. 〈모래톱 이야기〉 외에도 〈평지〉, 〈인간단지〉, 〈오키나와에서 온 편지〉 등의 작품에서 이러한 무리한 근대화 추진이 낳은 부작용과 민중층 희생의 다양한 양상들이 전개되고 있다.

특히 〈오키나와에서 온 편지〉는 1970년대에 사탕수수와 파인애플을 재배하는 오끼나와의 농장에 노동자로 일하러 간 어느 처녀의 편지 형식으로 구성되어 있는데, 주인공 자신이 당시 개발 독재가 부추기던 이른바 '외화 벌이'에 동원된 처지이기도 하지만, 그곳에서 일제 강점기 때 이루어진 강제 징용과 여자 정신대의 역사에 대해서도 눈뜨게 된다. 주인공이 일하는 농장의 주인이 일제 말기에 주인공 아버지와 같은 지역의 탄광에서 일한 경험이 있어, 그로부터 당시에 강제 징용된 한국의 노동자들과 위안부들의 비참한 역사에 대해 듣기도 하고, 또 위안부 출신으로 아직 귀국하지 못하고 오끼

나와에서 술집을 하고 있는 한국인 여성을 만나기도 한다. 그 여성은 오늘날 오끼나와로 노동하러 오는 한국인들이나 혹은 오끼나와에 주둔하는 미군에게 입양되었다가 버려진 고아들이 겪는 참상에 대해 이야기를 해 주는데, 그녀의 이야기가 사실이라면 아직도 일제 말기 강제 징용의 역사가 극복되지 못하고 다시 되풀이되고 있는 셈이 된다.

여러 작품을 통해 짐작할 수 있듯이 김정한은 우리 역사에 대해서도 날카로운 비판 의식을 기울이고 있다. 식민지로부터 해방은 되었으나 일제 식민지의 잔재는 제대로 청산하지 못한 역사가 오늘날의 왜곡된 근대화로 이어졌다고 보는 것이다. 그래서 작가는 일제 강점기 이래의 우리 역사에도 관심을 기울이는데, 그 중 가장 중요한 성과가 바로 1969년에 발표된 중편 〈수라도〉이다. 이 작품에서는 양반가 출신의 여성 주인공이 역시 양반 집안에 시집을 가서 일제 강점기 동안 겪는 중요한 일들이 그려지는데, 그녀의 시집은 항일 운동에의 참가로 인해 점차 몰락해 가고 있다가 그녀가 실질적인 가장으로서 집안을 이끌어 나가면서 중심을 잡게 된다. 작품 전반부에서는 그녀가 시아버지와의 대결을 통해 그동안 엄격하게 유지되어 오던 가부장적 질서를 대신하여 집안의 중심으로 자리 잡게 되는 과정이 그려져 있으며, 후반부에서는 일제 강점 말기의 우리 민족사의 비극이 본격적으로 형상화되고 있다. 극심한 민족적 탄압과 친일파들의 득세, 강제 징용과 위안부 문제 등이 그려지고, 이어서 해방이 되어서도 친일파 집안은 활짝 꽃이 피는 반면 항일 운동에 참가해 온 주인공 집안은 여전히 어려움을 겪는 현실이 제시되어 있는 것이다.

〈수라도〉 이외에도 〈사밧재〉, 〈위치〉, 〈슬픈 해후〉 등을 통해서 작가는 일제 강점기 하의 민족사의 비극과 해방 이후에도 식민지적 잔재를 청산하지 못한 우리의 못난 역사에 대해 비판적인 형상화를 이어 나갔다.

연보

1908년 _ 음력 9월 26일, 경남 동래군 북면 남산리에서 김기수의 장남으로 태어남. 아호는 요산(樂山).

1913년 _ 향리에서 한학을 배우기 시작함.

1919년 _ 사립 명정학교에 입학함.

1923년 _ 중앙고보에 입학함.

1924년 _ 동래고보로 전학함.

1927년 _ 경남 양산군 하서면 화제리 조희원의 장녀 분금과 결혼함.

1928년 _ 동래고보를 졸업함. 양산 대현공립보통학교 교원으로 취임함.
「동아일보」에 시를 투고함.
일본의 민족 차별 대우에 불만을 품고 조선인 교원연맹조직을 계획하였으나 사전에 발각, 일본 경찰에 검거됨.

1929년 _ 일본에 건너가 동경 제일외국어학원에 1년간 수학함.
일본 문학, 서양 문학을 탐독함.

1930년 _ 동경 와세다 대학 부설 제일고등학원 문과에 입학함.

1931년 _ 조선인 유학생회에서 발간하던 「학지광」 편집에 참여함.
「조선시단」,「신계단」 등에 단편을 발표함.

1932년 _ 일본에서 귀국함.
양산 농민봉기사건에 관련되어 다시 검거됨. 학업을 중단하고, 단편 〈그물〉을 「문학건설」에 발표함.

1933년 _ 남해공립보통학교 교원으로 취임함. 이때부터 농민문학에 뜻을 두게 됨.

1936년 _ 「조선일보」 신춘문예에 단편 〈사하촌〉이 당선됨.

「조선일보」에 단편 〈옥심이〉를 연재함.

1937년 _ 「조선일보」에 단편 〈항진기〉를 발표함.

1938년 _ 「조선일보」에 단편 〈기로〉, 「조광」에 〈그러한 남편〉을 발표함.

1939년 _ 남해군 남명공립보통학교로 전임함.

1940년 _ 〈낙일홍〉(「조광」), 〈추산당과 곁사람들〉(「문장」), 〈월광한〉(「문장」) 등을 발표함.

학교에서는 우리말 교육이 불가능하게 되고 신문들도 자진 폐간을 강요받자, 교원 직을 사직하고 동아일보 동래 지국을 인수하여, 가족을 거느리고 동래로 옮겨 옴. 지국 일에 전념하던 중 치안유지법 위반이란 죄명으로 경찰에 검거됨.

「동아일보」가 강제 폐간당하고, 일제의 탄압이 극도에 달해지자 붓을 꺾음. 경남도청 상공과 면포조합 서기로 취직하여 해방될 때까지 근무함.

1945년 _ 5월, 부친상을 당함.

신변의 위협을 느껴 잠시 구포로 피신했다가 해방을 맞음.

이후 건국준비위원회 경남지부 문화부 책임자 및 「민주신보」의 논설위원으로 활동함.

1947년 _ 부산중학교 교사로 취임함.

1949년 _ 부산대학교에 출강함. 경남 중등교사 자격심사위원으로 위촉됨.

1950년 _ 부산대학교 조교수로 발령받음.

6 · 25전쟁으로 가족들이 분산됨.

1956년 _ 창작집 『낙일홍』(세기문화사)을 출간함.

1958년 _ 경상남도 도지(道誌) 편집위원에 위촉됨.

1959년 _ 경남 지명 제정위원에 임명됨.

제3회 부산시 문화상(문학상)을 수상함. 이 무렵부터 「부산일보」에 논설을 집필하며, 다수의 칼럼과 수필을 발표함.

1960년 _ 4 · 19 혁명이 일어남.

5월, 부산대학교 문리대 문학부장으로서 학장 일을 맡아 봄.

1961년 _ 6월, 5 · 16 군사정변으로 학교에서 물러남.

「부산일보」 상임 논설위원이 됨.

1963년 _ 부산대학교에 다시 출강함.

1965년 _ 부산대학교 전임 강사로 복직했다가, 11월에 조교수가 됨.

1966년 _ 〈모래톱 이야기〉(「문학」)를 발표하며 문단에 다시 등장함.

1967년 _ 〈과정〉(「문학」), 〈입대〉(「문학시대」) 등을 발표함.

한국 문인협회 및 예총(한국예술문화단체총연합회) 부산 지부장에 취임함.

1968년 _ 〈곰〉(「현대문학」), 〈유채〉(「창작과비평」), 〈축생도〉(「세대」) 등을 발표함.

1969년 _ 부산대학교 부교수로 승진함.

〈제3병동〉(「세대」), 〈수라도〉(「월간문학」), 〈뒷기미 나루〉(「창작과비평」) 등을 발표함.

중편 〈수라도〉로 제6회 한국문학상을 수상함.

1970년 _ 〈지옥변〉(「세대」), 〈독메〉(「월간문학」), 〈인간단지〉(「월간중앙」), 〈어둠 속에서〉(「창작과비평」) 등을 발표함.

1971년 _ 〈사밧재〉(「현대문학」), 〈산서동 뒷이야기〉(「창조」) 등을 발표하고, 창작집 『인간단지』(한얼문고)를 출간함.

제3회 문화예술상을 수상함.

1972년 _ 전국 지방국립대학 교수협의회연합회 회장이 됨.

1973년 _ 〈회나뭇골 사람들〉(「창작과비평」)을 발표함.

문고판 작품집 『수라도 · 인간단지』(삼성출판사)를 출간함.

1974년 _ 부산대학교에서 정년퇴직함. 만해문학상 심사위원, 자유실천 문인협의회 고문, 민주회복국민회의 대표위원 등을 역임함. 『김정한소설선집』(창작과비평사)을 출간함.

1975년 _ 〈어떤 유서〉(「월간중앙」), 〈위치〉(「신동아」) 등을 발표함. 문고판 작품집 『수라도』(삼중당)를 출간함.

1976년 _ 문고판 작품집 『모래톱 이야기』(범우사)를 출간함. 『김정한소설선집』(창작과비평사) 재판이 『제3병동』으로 개제되어 나옴. 10월, 문화훈장(은관)을 수상함.

1977년 _ 〈오키나와에서 온 편지〉(「문예중앙」)를 발표함. 동서출판사에서 문고판 작품집 『사밧재』와 『인간단지』를 출간함. 장편 소설 〈삼별초〉(동화출판사)를 발표함.

1978년 _ 수필집 『낙동강의 파수꾼』(한길사)을 출간함.

1983년 _ 『제3병동』(창작과비평사) 5판이 다시 『김정한 소설선집』으로 개제 · 증보되어 출간됨.

1985년 _ 12인 신작 소설집 『슬픈 해후』(창작과비평사)에 〈슬픈 해후〉를 발표함.

1987년 _ 단편 〈어둠 속에서〉(「실천문학」)를 발표함. 민족문학작가회 초대 회장을 역임함.

1994년 _ 심산상 문학 부문을 수상함.

1996년 _ 11월 28일, 부산 남천 성당에서 타계함.